KB160108

캐릭터 아크 만들기

캐릭터 아크 만들기

캐릭터 변화 곡선으로
탄탄한 스토리를 구축하는 법

K.M. 웨일랜드 지음
박지홍 옮김

CREATING CHARACTER ARCS 경당

당신의 **진실**을 보여주고 나의 **거짓**을
극복하도록 도와주며,
매일 긍정적인 변화로 이끌어주시는
나의 사랑하는 구세주께 바친다.

(신명기 30장 19~20a절)

그리고 친구이자 동료 작가로서
경청하는 귀이자 격려하는 입이 되어준
로나에게.

지난 수년간 내가 스토리 이론을 조사하고 연구하면서 수행해온 작업은 대부분 스토리라는 것을 한번 '이해'해보겠다는 단순한 욕구에서 비롯되었다.

처음엔 오로지 픽션 작가의 관점에서 시작했다. '성공적인 스토리'를 만들려고 노력할 때면 항상 수반되는 듯하던 불가사의한 당혹감을 조금이나마 떨쳐버리고 싶었다. 한번 습득하고 나면 우리 작가들이 본능과 의식을 결합하여 응집력 있고 공감을 불러일으키는 스토리를 꾸준히 쓰는 데 도움이 되는 패턴과 기법이 분명 있었다.

그 과정에서 나는 이런 패턴과 기법 중에서 가장 큰 공감을 불러일으키는 것 하나가 '캐릭터 아크'임을 알게 되었다. 인간의 경험 속에서 일어나는 유기적 변화의 리듬을 알게 되고, 그 리듬이 고전적인 플롯 구조의 리듬과 어떻게 그토록 완벽하게 일치하는지를 깨닫게 되면서, 내가 전반적으로 스토리 이론에 접근하는 방식, 특히 내 소설에 접근하는 방식이 바뀌었다. 스토리 속의 플롯, 캐릭터 변화, 주제는 더 이상 별개의 독립체가 아니었다. 오히려 이것들은 모든 스토리의 핵심이 되는 본질적인 삼위일체였으며, 공생 관계로 서로 협력하여 즐거움과 영감을 동시에 줄 수 있는 강력한 스토리를 만들어냈다.

이 연구를 시작했을 때만 해도 나는 캐릭터 아크가 픽션을 쓰는 나의 접근 방식뿐만 아니라 인생관까지 송두리째 바꾸리라고는 예상하지 못했다. 사실상 스토리 이론과 기법에 대한 연구는 그야말로 인간의 경험에 대한 연구나 다름없다. 스토리가 다루는 것은 변화다. 캐릭터 아크가 다루는 것도 변화다. 그리고 근본적으로 삶도 마찬가지다. 우리는 스토리를 제대로 구성하는 방법을 이해하기 위해 삶을 연구한다. 그러나 항상 우리가 곧바로 알아차리지를 못하는 것은 스토리의 역학을 연구할 때면 필연적으로 삶 자체도 연구하게 된다는 사실이다.

캐릭터 아크에 대한 내 생각을 처음 지면에 발표하기 시작한 지 거의 10년이 지난 지금, 이 한국어판을 통해 새로운 독자와 그 생각을 함께 나누게 되어 뿌듯하고 영광스럽다. 이 책에서 더 훌륭한 스토리를 쓰는 데 유용한 도구뿐만 아니라 여러분 삶의 캐릭터 아크를 만들어가는 데 도움이 되는 토대도 찾을 수 있기를 바란다.

K.M. 웨일랜드

박지홍

스토리의 전환점과 캐릭터 아크

이 책에서 스토리 속 캐릭터 아크의 진행 과정을 설명하면서 그 토대로 삼고 있는 모델은 널리 알려진 '3막(액트) 구조'이다. 시나리오 작법의 대가 시드 필드가 창안한 이 패러다임에 따르면, 대부분의 좋은 시나리오(스토리)는 **액트 I**(설정)에서 시작하여 **액트 II**(대립)를 거쳐 **액트 III**(해결)로 이어지는 견고한 구조를 갖추고 있다.

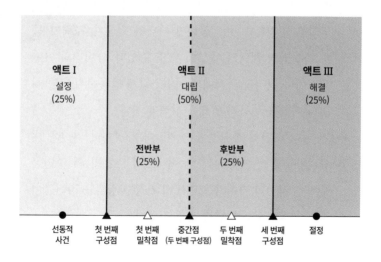

스토리는 **액트 I**의 **선동적 사건**을 계기로 비로소 시작되며, 갈등이 최고조에 이르는 **액트 III**의 **절정** 이후에 마무리된다. 각 액트들은 스토리의 흐름을 전환하는 **구성점**과 **중간점**, 스토리가 순조롭게 진행되도록 하는 **밀착점**을 통해 서로 유기적으로 연결된다. 한편, 이 책『캐릭터 아크 만들기』에서는 **중간점**을 두 번째 구성점으로 간주하고, 일반적으로 '구성점 II'로 불리는 **액트 II** 끝의 전환점을 **세 번째 구성점**이라고 부른다.

'캐릭터 아크' 주요 용어 맛보기

* **캐릭터 아크**Character Arc: 스토리가 진행되는 동안 캐릭터가 변화하는 패턴. '스토리 아크(내러티브 아크)'가 사건의 전개와 같은 외부적 상황의 흐름이라면, '캐릭터 아크'는 주로 성격, 태도, 관점, 마음가짐과 같은 캐릭터 내면의 변화를 일컫는다. 주인공뿐만 아니라 적대자, 조력자 등도 자신만의 캐릭터 아크를 가질 수 있다. 캐릭터의 어떤 행동이나 결정을 독자에게 자연스럽게 납득시키려면, 캐릭터 아크를 설득력 있게 구성해야 한다.
* **거짓**Lie: 내면이 불완전한 캐릭터가 세상이나 자신에 대해 품고 있는 오해. 예를 들어 〈토이 스토리〉의 주인공 우디는 자신의 가치가 주인에게 가장 사랑받는 장난감이라는 사실에서 생겨난다고 믿고 있다.
* **진실**Truth: **거짓**을 깨뜨리기 위한 해독제로, 쉽게 말해 스

토리의 주제라고도 할 수 있다. **진실**은 캐릭터에게 현재의 내적 곤경이나 나쁜 상태에서 벗어나 긍정적인 방향으로 성장할 수 있는 능력을 제공한다.

* **캐릭터가 원하는 것**Thing the Character Wants: 캐릭터의 외부적, 물리적 목표. 이런 목표에는 반드시 이유가 있게 마련인데, 그 이유가 바로 **거짓**이다. 캐릭터는 **자신이 원하는 것**을 가질 수만 있다면 모든 것이 잘되리라고 생각한다. 예컨대 제인 에어는 무엇보다도 '사랑받는 것'을 원한다.

* **캐릭터에게 필요한 것**Thing the Character Needs: 한마디로 말하면 **진실**이다. 성장하는 캐릭터는 줄곧 **그가 원하는 것**을 뒤쫓다가 점차 내면의 진정한 목표를 인식하고 추구하게 된다. 궁극적으로 **제인 에어에게 필요한 것**은 '영적 자유를 얻는 것'이다.

* **유령**Ghost: 캐릭터를 괴롭히는 과거의 어떤 것. '상처'라고도 하며, 캐릭터가 **거짓**을 믿고 **진실**을 보지 못하는 근본적 원인이 된다. 예를 들면, 인정머리 없는 구두쇠 스크루지에게는 어린 시절 매정한 아버지 때문에 크리스마스를 기숙학교에서 외롭게 보냈던 아픈 기억이 있다.

* **캐릭터 모멘트**Characteristic Moment: 독자에게 선보이는 캐릭터의 첫인상. 캐릭터의 성격과 관심사를 소개하면서 독자의 공감이나 관심을 낚아채는 기능을 한다. 대개 첫 챕터에서 주인공이 뭔가를 하는 순간에 나타나며, 여기에

서 캐릭터 아크의 구조가 시작된다.

* **정상 세계**Normal World: **액트 I**의 초기 설정으로, 주요 갈등이 드러나기 전 캐릭터의 삶과 내면세계를 표현한다. 스토리 시작 부분의 **정상 세계**는 **거짓**에 짓눌린 상태(《헝거게임》의 독재국가 파넴)일 수도 있고, **진실**을 기반으로 하는 곳(《라스트 모히칸》의 아름다운 자연과 단순하고 보람 있는 삶)일 수도 있다.

* **임팩트 캐릭터**Impact Character: 다른 캐릭터가 변화할 수 있게 해주는 '촉매 캐릭터'. 어쩌면 주인공은 **거짓**을 계속 지닌 채 살아가려 할 수도 있지만, **임팩트 캐릭터**는 주인공 곁에서 내적 갈등을 불러일으키면서 서서히 **진실**을 깨닫게 한다.

* **포지티브 체인지 아크**Positive Change Arc: 스토리가 진행되면서 캐릭터가 자신의 결점을 벗어던지고 더 나은 사람으로 성장하는 아크. 가장 대중적이며 큰 공감을 불러일으키는 캐릭터 아크이다.

* **플랫 아크**Flat Arc: 처음부터 완벽한 모습으로 등장하는 캐릭터는 개인적 성장을 이룰 필요가 없기에 그 아크가 '평탄'하다. 이런 주인공은 자신이 변화하기보다 주변 세계를 변화시키는 촉매제가 된다.

* **네거티브 체인지 아크**Negative Change Arc: **포지티브 체인지 아크**를 뒤집은 아크로, 스토리가 시작되었을 때보다 더 나쁜 상태로 끝나는 캐릭터를 보여준다. **네거티브 체**

인지 아크는 다시 **환멸 아크**, **하강 아크**, **타락 아크** 등 세 가지로 나눌 수 있다.

* **환멸 아크**Disillusionment Arc: **포지티브 체인지 아크**에서처럼 주인공은 **진실**을 이해하게 되지만, 그 **진실**은 장밋빛이 아니라 오히려 냉혹한 사실이다. 그의 인생관은 부정적으로 바뀌고, 스토리는 여전히 우울하다. 이런 캐릭터로는 〈위대한 개츠비〉의 닉 캐러웨이가 있다.

* **하강 아크**Fall Arc: 〈폭풍의 언덕〉의 히스클리프처럼, 캐릭터는 이미 **거짓**에 뒤덮인 채 시작하지만 **진실**을 포용할 기회를 거부하고 점점 더 죄악의 수렁에 빠져든다. 결국 광기, 부도덕, 죽음으로 끝나는 이런 스토리는 비극에서 가장 흔히 나타나는 형태이다.

* **타락 아크**Corruption Arc: **진실**이 가득한 세계에 살면서 자신도 선한 잠재력이 다분하던 주인공은 **진실**을 받아들일 기회를 버리고 어둠을 선택하게 된다. 〈스타워즈〉의 아나킨 스카이워커가 대표적이다.

차례

제2부 플랫 아크

제3부 네거티브 체인지 아크

제4부 캐릭터 아크 Q&A

서문

캐릭터를 구조화할 수 있는가?

멋진 캐릭터 아크character arc를 만드는 확실한 비결이 있다면 어떨까? 여러분은 그 비결을 찾는 데 관심이 있는가? 독자나 관객과 소통하고, 감정을 자극하고, 단순한 엔터테인먼트보다 더 깊이 있게 공감할 만한 스토리를 만드는 데 관심이 있다면, 대답은 분명 "그렇다"일 것이다.

하지만 캐릭터 아크는 너무 당연하게 받아들이기 쉽다는 데 문제가 있다. 표면적으로 캐릭터 아크는 다음과 같은 단순한 3단계 프로세스에 불과한 것처럼 보인다.

1. 주인공이 한 방향으로 출발한다.
2. 주인공은 스토리가 진행되면서 몇 가지 교훈을 얻는다.
3. 주인공은 (아마도) 더 나은 곳에 도달한다.

간단히 말하면 이것이 캐릭터 아크다. 아주 쉽다. 그래서 배울 게 뭐가 있나 싶겠지만 알고 보면 아주 많다.

캐릭터 아크와 스토리 구조의 연관성

캐릭터와 플롯은 곧잘 별개의 독립체로 간주되어, 우리는 어떤 것이 더 중요한지 결정하려고 애쓰곤 한다. 그러나 둘 중 어느 것도 진실과 동떨어져 있을 수 없다. 플롯과 캐릭터는 서로 불가분의 관계이다. 방정식에서 둘 중 하나를 제거한다면(혹은 두 가지를 서로 독립적인 것처럼 다루어보려 한다면), 멋진 '부분'이 있을지는 몰라도 멋진 '전체'가 될 수는 없는 스토리를 만들 위험을 감수해야 한다.

우리는 흔히 플롯은 곧 구조라고 생각하지만, 캐릭터와 캐릭터 아크에 대한 우리의 개념은 다소 애매하다. 모름지기 캐릭터 아크란 캐릭터 자체에서 유기적으로 변화해야 하는 것이다. 모름지기 캐릭터 아크를 '구조화'하려거든 캐릭터를 정형화하거나 캐릭터에게서 활력과 즉흥성을 박탈해야 하는 법이다.

과연 그럴까?

사실은 그렇지 않다. 플롯과 캐릭터가 서로에게 불가결하다는 말이 실제로 뜻하는 바는 플롯 '구조'와 캐릭터 '아크'가 서로에게 불가결하다는 것이다. 로버트 매키는 고전적인 지침서 『스토리Story』에서 이렇게 말한다.

구조와 캐릭터 중 어느 것이 더 중요하냐고 묻기가 불가능한 것은 구조가 캐릭터이고 캐릭터가 구조이기 때문이다. 두 가지는 동일한 것이므로 어느 하나가 다른 하나보다 더 중요할 수 없다.

스토리 구조의 기초(나의 저서 『소설 구조화하기Structuring Your Novel』참조)에 익숙하다면, 캐릭터 아크의 이러한 구조화가 실제로 작동하는 것을 어느 정도 알아볼 수 있을 것이다. **주요 구성점**들은 모두 캐릭터의 행동과 반응을 중심으로 전개된다. 마이클 헤이그는 『팔리는 시나리오 쓰기Writing Screenplays That Sell』에서 다음과 같이 말한다.

[스토리의] 세 액트는 주인공의 외적 동기의 세 단계에 해당한다. 주인공의 동기가 바뀌는 것은 다음 액트의 도래를 예고한다.

캐릭터는 플롯을 주도하고, 플롯은 캐릭터 아크를 주조한다. 두 가지는 독립적으로 작용할 수 없다.

캐릭터와 주제의 연관성

하지만 이게 끝이 아니다! 캐릭터 아크는 스토리 구조에 직접 영향을 미칠 뿐만 아니라, 주제에도 직접적인 영향을 준다. 어떤 면에서는 '캐릭터 아크 = 주제'라고까지 할 수 있다.

표면상으로도, 이 세 가지 가장 중요한 스토리 요소의 불가결성을 발견하는 것은 짜릿한 일이다. 그중 어느 한 가지도 고립되어 있지 않다. 모두가 공생 관계에 있다.

이렇게 본다면 세 가지 모두를 만들어내는 일이 조금 더 복잡해지지만, 동시에 훨씬 더 쉬워지기도 한다. 더 복잡해지는 이유는 한마디로, 한꺼번에 따라가야 할 스토리 요소가 세 배나 되기 때문이다. 하지만 이 세 가지 모두를 하나의 응집력 있는 전체로 뭉치면 전체 프로세스가 단순해진다. 일단 플롯, 캐릭터, 주제가 모두 어떻게 함께 작용하는지 이해하고 나면, 그중 하나를 제대로 만든다면 세 가지 모두를 제대로 만들게 될 것이다.

세 가지 기본 캐릭터 아크

캐릭터 변화의 가능성은 인간 본성의 변덕만큼이나 끝이 없지만, 몇 가지 주요 차이점에 따라 캐릭터 아크를 세 가지 기본 유형으로 좁힐 수 있다.

포지티브 체인지 아크Positive Change Arc

이것은 가장 대중적이며 가장 큰 공감을 불러일으키곤 하는 캐릭터 아크이다. 주인공은 으레 크고 작은 개인적 불만과 거부감을 지닌 채 시작한다. 스토리가 진행되는 동안, 그는 자기 자신과 세상에 대한 자신의 믿음에 의문을 품을 수밖에 없게 되며, 마침내 자기 내면의 악마(그리고 결과적으로 외부 적대자까지)를 정복하고, 긍정적인 방향으로 변화된 자신의 아크를 마무리한다.

플랫 아크Flat Arc

많은 대중적 스토리에는 이미 본래부터 완벽한 캐릭터들이 등장한다. 그들은 이미 영웅이며, 외부 적대자를 물리칠 강인함을 얻기 위해 괄목할 만한 개인적 성장을 이룰 필요가 없다. 이런 캐릭터들은 스토리가 진행되는 동안 좀처럼 변화를 겪지 않으므로, 그 아크가 고정적이며 '평탄'하다. 이 같은 캐릭터는 주변의 스토리 세계에 변화를 일으키는 '촉매제'이며, 마이너 캐릭터들의 현저한 성장 아크를 촉발하기도 한다.

네거티브 체인지 아크Negative Change Arc

논란의 소지가 있기는 하지만, **네거티브 체인지 아크**는 다른 두 가지 아크에 비해 몇 가지 변이형이 더 있다. 그러나 가장 기본적인 사실은, **네거티브 체인지 아크**는 **포지티브 체인지 아크**를 그저 뒤집은 것이라는 점이다. 자신의 결점을 벗어던지고 더 나은 사람으로 성장하는 캐릭터 대신, **네거티브 체인지 아크**는 스토리가 시작되었을 때보다 더 나쁜 상태로 끝나는 캐릭터를 보여준다.

포지티브 체인지 아크는 세 가지 아크 중 가장 복잡한 데다가 나머지 두 가지 아크를 이해하는 데에도 대단히 필수적이기 때문에, 캐릭터를 긍정적인 방향으로 변화시키는 이 복잡한 방법을 논의하는 데 이 책의 가장 큰 부분을 할애할 것이다.

캐릭터 아크를 어떻게 만들어야 하는가? 그 토대를 어디에서 찾을까? 스토리 구조의 중요한 순간은 캐릭터 아크의 중요한 순간과 어떤 영향을 주고받는가? 간단히 말해, 캐릭터 아크는 어떻게 '작용'하는가? 그리고 각각의 스토리에서 어떻게 암호를 해독하여 멋진 캐릭터 아크를 만들 수 있을까? 계속 읽으면서 알아보자!

제1부

포지티브 체인지 아크

The Positive Change Arc

"적어도 두 가지 진실이 들어갈 여지는 항상 있다."

콜럼 매캔

1

캐릭터가 믿는 거짓

사람들은 변화를 싫어한다. 우리는 빈둥거릴 때면 우리 삶이 달라지기를 바랄지도 모르지만, 정작 본격적인 경쟁이 펼쳐지면 대개는 늘 드나드는 여기 안전하고 친숙한 장소에서 편안히 시간을 보낼 수 있기만을 바라게 마련이다.

캐릭터도 다르지 않다. 캐릭터 또한 여느 사람 못지않게 변화에 완강히 저항하는데, 이는 좋은 일이다. 저항에서 갈등이 나오고, 갈등에서 플롯이 나오기 때문이다. 이것은 플롯과 캐릭터 아크가 서로 떼려야 뗄 수 없도록 만드는 여러 방법 중 첫 번째에 불과하다. 그 연결이 곧바로 드러나든 않든 간에, 외적인 플롯에서 가장 중요한 것은 바로 캐릭터의 내적 여정이다.

플롯을 단순화해본다면, 관건은 바로 주인공의 좌절된 목표이다. 그는 어떤 것을 원하지만 가질 수 없으므로 계속 시도한다.

포지티브 체인지 아크를 단순화해본다면, 관건은 바로 주인공의 변화하는 우선순위이다. 그는 플롯 속에서 자신이 원하는 것을 얻지 못하는 이유가 다음 중 하나 때문임을 깨닫는다.

a) 그는 잘못된 것을 원한다.
b) 그가 원하는 것을 성취하기 위한 도덕적 방식이 모두 잘못되었다.

　　『드라마티카Dramatica』에서 멜러니 앤 필립스와 크리스 헌틀리는 다음과 같이 지적한다.

　　작가들이 경험이 많건 적건 가장 흔히 저지르는 실수 한 가지는 전반적인 스토리와 아무 관련이 없는 주인공의 문제를 만드는 것이다. 그 이유는 이 두 가지를 분리해서가 아니다. 이런 실수는 대개 작가가 스토리를 구성하고 나서 스토리에 개인적인 면이 부족하다고 생각하기 때문에 발생한다.

캐릭터가 믿는 거짓

　　체인지 아크에서 가장 중요한 것은 바로 **캐릭터가 믿는 거짓**이다. 그의 삶은 끔찍할 수도 있고, 꽤 멋져 보일 수도 있다. 하지만 표면 아래에서 곪고 있는 것은 **거짓**이다.

캐릭터가 긍정적인 방향으로 변화하기 위해서는 자신의 삶에서 부족한 어떤 것, 변화가 필요하도록 만드는 어떤 이유를 가지고 시작해야 한다. 그는 어떤 면에서 불완전하지만, 이는 외적인 것이 부족해서가 아니다. 포로수용소에 갇힌 사람이 도리어 내면이 지극히 온전하고 균형 잡힌 반면, 말리부 저택의 수영장에 한가로이 떠 있는 사람이 비열한 악당일 수도 있다.

캐릭터는 '내면'이 불완전하다. 그는 자신이나 세상, 어쩌면 두 가지 모두에 대해 뿌리 깊은 오해를 품고 있다. 다음 장에서 살펴보겠지만, 이러한 오해는 캐릭터의 플롯 목표를 달성하는 능력에 직접적인 장애가 될 것이다. 경우에 따라서는 강점처럼 보이기도 하지만, 스토리가 진행되면서 그의 아킬레스건이 될 것이다.

캐릭터는 '자신에게 문제가 있다'는 사실조차 깨닫지 못할 수도 있다. **액트 I**에서는 자신의 결함을 기껏해야 어렴풋하게밖에 파악하지 못한다. **선동적 사건**(12% 지점)이나 **첫 번째 구성점**(25% 지점)이 자신의 세계를 뒤흔들고 방어선을 허물기 시작할 때까지는 이러한 **거짓**에 대한 거부감이나 불편감을 느끼지 못할 것이다. **액트 I**에서 작가는 이런 **거짓**을 소개하고, 캐릭터의 **정상 세계**(5장에서 자세히 다룬다)를 통해 **거짓**에 대한 캐릭터의 확고함을 보여줄 시간과 공간을 얻는다.

거짓은 어떻게 나타나는가?

캐릭터의 **거짓**은 다양한 형태를 취할 수 있다. 예를 들어 캐릭터는 다음과 같은 것을 믿을 수 있다.

* 〈토르〉: 힘이 곧 정의다.
* 〈제인 에어〉: 사랑을 얻는 유일한 방법은 예속이다.
* 〈쥬라기 공원〉: 아이들은 돌볼 가치가 없다.
* 〈세컨핸드 라이온스〉: 당신이 사랑하는 사람들은 항상 당신에게 거짓말을 한다.
* 〈토이 스토리〉: 당신의 유일한 가치는 가장 인기 있는 존재가 되는 데에 있다.
* 〈쓰리 킹즈〉: 돈은 사람보다 귀하다.
* 〈훌리건스〉: 약자는 항상 강자에게 복종해야 한다.
* 〈밥에게 무슨 일이 생겼나〉: 사람들은 당신이 미쳤다고 생각할 때만 당신에게 관심을 기울인다.

거짓이란 특정한 믿음으로, 짧은 한 문장으로 표현할 수 있다. 제인 에어의 **거짓**처럼 몇 가지 조건이 포함되기도 한다. 제인의 기본적인 **거짓**은 '그녀는 사랑받을 자격이 없다'는 것이지만, '육체적으로나 감정적으로 다른 사람의 노예가 되기를 마다치 않는다면 사랑을 얻을 수 있다'는 부가적인 믿음으로 보강된다.

거짓의 증상

거짓을 어떻게 찾을 것인가? 먼저 플롯을 검토하여 **거짓**이 갈등 속에서 이미 명백히 드러나는지 알아보자. (다음 장에서 **캐릭터가 원하는 것**과 **캐릭터에게 필요한 것** 사이의 갈등을 논의할 때 더 자세히 다룬다.) 그다음에는 캐릭터의 행동, 특히 반응을 살펴보자. 다음과 같은 것을 발견할 수 있는지 확인해보자.

* 두려움
* 극심한 상처
* 용서할 수 없음
* 죄책감
* 무시무시한 비밀
* 했거나 겪은 어떤 일에 대한 수치심

이 중 어느 것도 **거짓**은 '아니지만', **거짓**의 산물로서 나타나곤 한다. 주인공은 아직 **거짓** 자체를 인식하지는 못하더라도 자신의 삶에 있는 **거짓**의 '증상'은 알고 있을 수 있다. 더욱이 부정적인 증상을 떨쳐버리는 것 말고는 바라는 게 없을지도 모르지만, **거짓**에 대한 근본적인 믿음에서 벗어나지 못하기 때문에 떨칠 수가 없다.

예를 들어 나의 중세 소설 〈새벽을 보라Behold the Dawn〉에서 주인공 마커스 애넌의 **거짓**은 '어떤 죄는 너무 커서 용서받을 수 없다'는 것이다. 그의 증상은 '죄책감, 수치심, 비밀, 파괴적인 생활 방식'이다. 애넌은 용서를 받아 행복과 성취감을 되찾고 싶지만, 이런 거짓에서 벗어나지 못한다.

앤절라 애커먼과 베카 퍼글리시는 『부정적 특성 유의어 사전 Negative Trait Thesaurus』에서 (캐릭터 아크에 관한 훌륭한 논의와 더불어) 거짓의 다양한 증상을 제시한다. 쓸 만한 증상(또는 쓸 만한 거짓)을 떠올리는 데 어려움을 겪고 있다면, 착상을 얻기 위해 이 책을 한번 살펴보자.

캐릭터가 믿는 거짓: 추가 사례

* **찰스 디킨스의 〈크리스마스 캐럴〉:** 에버니저 스크루지의 악명 높은 크리스마스 전날 밤의 변신 스토리는 '사람의 가치는 그가 번 돈의 양으로만 측정할 수 있다'는 잘못된 믿음에 뿌리를 두고 있다.
* **존 래시터 감독의 〈카〉:** 픽사 영화 중에서 내가 가장 좋아하는 이 작품은 이기적인 경주차 라이트닝 매퀸의 '인생은 원맨쇼'라는 거짓에 대한 뿌리 깊은 믿음을 스토리의 동력으로 이용한다.

캐릭터가 믿는 거짓: 질문

1. 여러분 작품의 주인공은 자신이나 세상에 대해 어떤 오해를 하고 있는가?
2. 그 결과 정신적, 감정적, 영적으로 무엇이 부족한가?
3. 이러한 내면의 **거짓**은 캐릭터의 외부 세계에 어떻게 반영되는가?
4. 스토리가 시작되면 **거짓**이 캐릭터의 삶을 비참하게 만드는가? 그렇다면, 그 과정은 어떻게 이루어지는가?
5. 그렇지 않다면, **선동적 사건**이나 **첫 번째 구성점**을 계기로 하여 캐릭터가 자신의 **거짓**으로 인해 불편을 겪기 시작하는가?
6. 캐릭터의 **거짓**의 초점을 좁히기 위해 어떤 조건이 필요한가?
7. 캐릭터의 **거짓**의 증상은 무엇인가?

캐릭터가 믿는 거짓은 그의 캐릭터 아크의 토대가 된다. 이것은 그의 세계에서 잘못된 점이다. 무엇이 잘못되었는지 알게 되면, 이를 바로잡는 방법을 알아내기 시작할 것이다.

"아! 내 가슴속에 두 영혼이 자리 잡고 있으니,
그곳에서 각자 지배권 싸움을 벌이리라."

요한 볼프강 폰 괴테

2

캐릭터가 원하는 것과
캐릭터에게 필요한 것

캐릭터가 믿는 거짓은 모든 캐릭터 아크의 이유가 된다. 모든 것이 더할 나위 없이 좋다면 왜 바꾸겠는가? **거짓**을 충치라고 생각해보자. 겉으로는 모든 것이 반짝이고 하얗게 보일지 모르지만, 안에서는 부패가 진행 중이다. 캐릭터가 행복해지려면 드릴로 구멍을 뚫어 인생의 썩은 부분을 파내야 할 것이다.

그러나 썩은 치아를 가진 여느 사람들과 마찬가지로, 캐릭터는 이를 받아들이지 못한다. 계속 그 치아를 깨물고 혀로 밀어대면서도, 자신에게 문제가 있다는 것을 인정하고 싶어 하지 않는다. 자신의 **거짓**이라는 고통스러운 현실에 직면하지 않기 위해, 문제가 다른 것인 척하려고 한다. 여기서 다시 멜러니 앤 필립스와 크리스 헌틀리의 말을 들어보자.

… 우리는 캐릭터가 실제 해결책이 아니라 머릿속에 떠오른 해결책을 지향하곤 한다는 것을 알고 있다. 그리고 캐릭터는 궁극적으로 실제 문제의 증상으로만 인식되는 문제를 해결하려고 노력하는 경우가 많다.

거짓은 캐릭터의 삶 속에서, 그리고 스토리 속에서 **캐릭터에게 필요한 것**(진실)과 **캐릭터가 원하는 것**(거짓의 '증상'에 대해 머릿속에 떠올린 치유법) 사이의 갈등을 통해 서서히 드러난다.

캐릭터가 원하는 것

캐릭터 아크와 플롯의 첫 번째 교차점은 주인공의 목표에서 발견된다. 주인공은 무엇을 원하는가? 그의 주된 스토리 목표는 무엇인가? 세계 지배? 아내? 생존? 죽음? 급여 인상?

모든 스토리는 캐릭터의 목표에서 시작된다. 아주 간단하지 않은가? 하지만 그것은 플롯일 뿐이다. 캐릭터의 특성은 어떠한가?

바로 이 점이 흥미롭다. 스토리 목표를 '표면적' 목표에 불과하게끔 만드는 것으로는 충분하지 않다. 캐릭터 아크와 엮기 위해서는, 이 목표가 캐릭터에게 더욱 심도 있게 중요한 어떤 것의 확장 또는 반영이 되어야 한다. 그저 세계 지배나 아내를 원하기만 해서는 안 된다. 누군들 그런 것을 바라지 않겠는가? 캐릭터는 자신도 온전히 이해하지 못하는 마음속 깊은 곳의 어떤 이유 때문에 그 목표를 원해야 한다.

마음속 깊은 곳에 있는 그 이유의 근원이 바로 **거짓**이다.

잠재의식 속에서만 캐릭터는 자신의 삶에 문제가 있음을 깨닫는다. 이런 문제는 캐릭터의 비참한 형편에서 분명히 드러날 수도 있고(찰스 디킨스의 〈리틀 도릿Little Dorrit〉), 겉으로는 완벽해 보이는 대외적 삶을 누리는 가운데 나타나는 내면의 불만일 수도 있다(존 터틀토브의 〈키드〉). 하지만 무의식적으로든 어떤 식으로든 간에 캐릭터가 깨닫지 못하는 것은 진정한 해결책, 즉 **그에게 필요한 것**이다. 아니, **그가 원하는 것**을 가질 수만 있다면 모든 게 잘될 거라고 생각한다.

캐릭터가 원하는 것은 어떻게 나타나는가?

캐릭터가 원하는 것은 대체로 외부적이고 물리적인 것이다. 그는 외적인 해결책으로 내면의 공허함을 달래려 한다. 그의 문제는 우울증인데도 팔에 깁스를 하느라 분주하다. 새 직장, 젊고 매력적인 새 아내, 새 골프채 세트를 가질 수만 있다면 모든 것이 완벽할 것이라고 생각한다. 그는 돈과 권력을 거머쥐고 사랑과 명예를 얻어, 마침내 소원을 이룰 것이다.

여기서 우리는 **캐릭터가 원하는 것**을 업신여기고 있지만, 실제로는 그 자체로 대단히 훌륭한 목표일지도 모른다. 예를 들어 캐릭터는 다음과 같은 것을 원할 수 있다.

* 〈토르〉: 왕이 되는 것.
* 〈제인 에어〉: 사랑받는 것.
* 〈쥬라기 공원〉: 평화롭게 공룡 뼈를 연구하는 것.
* 〈세컨핸드 라이온스〉: 어머니와 함께 진정한 가정을 꾸리는 것.
* 〈토이 스토리〉: 앤디가 가장 좋아하는 장난감이 되는 것.
* 〈쓰리 킹즈〉: 자립하고 행복해질 만큼 돈을 버는 것.
* 〈훌리건스〉: 대학을 졸업하는 것.
* 〈밥에게 무슨 일이 생겼나〉: 정신적 문제가 치유되는 것.

이 중 어떤 것도 문제 될 것이 없다. 하지만 이 캐릭터들의 문제는 자신의 **거짓**에 더욱 심하게 예속되도록 만드는 목표를 추구하고 있다는 것이다. 자신의 **거짓**에 대해 고심함으로써 전반적인 행복과 성취를 추구하는 것이 아니다. 오히려 자신의 영혼에 드리운 어둠을 과감하게 깊숙이 들여다보기를 '거부함에도 불구하고' 원하는 것을 얻으려 한다.

캐릭터에게 필요한 것

한마디로 **캐릭터에게 필요한 것**은 진실이다. 그는 자신의 **거짓**

에 대한 개인 맞춤형 해독제가 필요하다. 이것은 캐릭터의 삶에서 가장 중요한 것이다. 이 **진실**을 놓치면 그는 결코 긍정적인 방향으로 성장할 수 없을 것이다. 현재의 내적 곤경에 영원히 갇혀 있거나, 더 나쁜 상태로 빠져들 것이다(나중에 제3부에서 **네거티브 체인지 아크**를 살펴보면 알게 될 것이다).

캐릭터는 플롯상의 목표, 즉 **그가 원하는 것**을 추구하면서 스토리의 대부분을 보낸다. 하지만 심층적인 차원에서 스토리가 실제로 다루는 것은 캐릭터의 성장이다. 캐릭터는 처음에는 무의식적으로, 그러다가 의식적으로 내면의 목표, 즉 **그에게 필요한 것**을 인식하고 추구하는 지점으로 성장해가는 것이다.

캐릭터에게 필요한 것은 어떻게 나타나는가?

캐릭터에게 필요한 것은 스토리가 끝날 무렵에는 물리적으로나 시각적으로 표현될 수 있지만(그리고 보통 그렇게 표현되지만), 대개는 물리적인 것이 아니다. **캐릭터에게 필요한 것**은 대개 깨달음에 지나지 않을 것이다. 어떤 스토리에서는 이러한 깨달음이 외적인 삶을 전혀 바꾸지 못할 수도 있지만, 반드시 자신과 주변 세계에 대한 관점만은 변화시켜 남은 외적 문제에 더 잘 대처할 수 있게 해준다.

캐릭터에게 필요한 것이 **그가 원하는 것**에 걸림돌이 될 수도 있다. 예외 없이 캐릭터는 **그에게 필요한 것**을 확보하기 위해 그가 원하는 것을 기꺼이 희생할 수 있는 지점에 도달해야 한다. 때로는 스토리가 내적 이득과 외적 손실이 뒤섞인 달콤쌉싸름한 분위기로 끝나야 할 것이다. 하지만 어떤 경우에는, 캐릭터가 **그에게 필요한 것**을 알아차리고 나면 **그가 원하는 것**을 추구하는 데 한층 더 힘을 쏟게 되어, 마지막 부분에서 내적 목표와 외적 목표를 모두 조화시키게 될 것이다.

캐릭터에게 필요한 것의 사례는 다음과 같다.

* 〈**토르**〉: 겸손과 애정을 배우는 것.
* 〈**제인 에어**〉: 영적 자유를 얻는 것.
* 〈**쥬라기 공원**〉: 죽은 과거보다 살아 있는 미래를 보호하는 것.
* 〈**세컨핸드 라이온스**〉: 사람을 신뢰하는 것.
* 〈**토이 스토리**〉: 앤디의 사랑을 공유할 수 있는 것.
* 〈**쓰리 킹즈**〉: 싸울 만한 명분을 찾는 것.
* 〈**훌리건스**〉: 자립할 용기를 내는 것.
* 〈**밥에게 무슨 일이 생겼나**〉: 있는 그대로의 모습으로 사랑받는 것.

보다시피 이것들은 모두 무형의 개념이다. 하지만 모두 물리적, 시각적으로 표출될 수 있는 것이기도 하다. 왜냐하면 이런 개념이 캐릭터를 사로잡고 나면, 캐릭터는 자신의 새로운 믿음에 따라 행동하기 때문이다.

캐릭터가 원하는 것과 캐릭터에게 필요한 것: 추가 사례

* 〈크리스마스 캐럴〉: 스크루지가 원하는 것은 가능한 한
  많은 돈을 버는 것이며, 돈을 얻느라 몇 사람을 밀쳐내든
  상관없다. 그에게 **필요한 것**은 진정한 부는 자신과 똑같
  은 인간에 대한 사랑 속에서 찾을 수 있음을 기억하는 것
  이다.
* 〈카〉: **라이트닝 매퀸이 원하는 것**은 피스톤컵에서 우승
  하고 다이노코의 후원을 받아 세계에서 가장 유명한 경
  주차가 되는 것이다. 그에게 **필요한 것**은 다른 차들과 서
  로 도움을 주고받으면서 그들을 자신의 삶 속에 받아들
  이는 것이다.

캐릭터가 원하는 것과 캐릭터에게 필요한 것: 질문

1. 여러분 작품에서 **거짓**은 어떻게 캐릭터를 속박하고 있
   는가?
2. 이러한 **거짓**은 어떻게 캐릭터의 행복과 성취를 방해하
   는가?
3. 캐릭터에게는 **거짓**을 타파하기 위해 어떤 **진실**이 **필요**
   한가?
4. 그는 이러한 **진실**을 어떻게 알게 되는가?

5. 캐릭터가 가장 **원하는** 것은 무엇인가?

6. 캐릭터의 플롯 목표는 **그가 원하는 것**과 어떤 관련이나 공통점이 있는가?

7. 캐릭터는 **그가 원하는 것**이 자신의 문제를 해결해줄 것이라고 믿는가?

8. **캐릭터가 원하는 것**이 그에게 **필요한 것**을 이루지 못하게 하는가?

9. **그에게 필요한 것**이 **그가 원하는 것**을 얻지 못하게 하는가? 다시 말해, **그에게 필요한 것**을 찾은 '다음'에야 **그가 원하는 것**을 얻을 수 있게 되는가?

10. **그에게 필요한 것**을 깨닫는다면 그의 삶은 어떻게 달라질 것인가?

주인공의 내적 갈등은 결국 자신의 **원하는 것**과 **필요한 것** 사이의 소리 없는 전쟁이다. 그런가 하면 외적 갈등이라는 엔진 속에 있는 휘발유이기도 하다. 이 두 가지 요소가 호흡을 잘 맞춘다면, 플롯과 캐릭터도 완벽한 조화를 이루게 될 것이다.

"역사는 지독한 고통에도 불구하고
되돌릴 수 없지만,
용기를 내어 직시한다면
되풀이할 필요가 없다."

마야 앤절로

3

캐릭터의 유령

캐릭터의 **유령**Ghost이란 무엇이며, 캐릭터 아크에 어떤 영향을 주는가? **캐릭터가 믿는 거짓, 그가 원하는 것, 그에게 필요한 것**을 파악했다면, 다음에 나올 질문은 이것이다. '왜' 캐릭터가 애초에 **거짓**을 믿는가? 답을 찾으려면 캐릭터의 과거 속에서 뭔가 유령 같은 것을 찾아보자!

소설에 단 하나의 확고한 규칙이 있다면, 모든 결과에는 원인이 있어야 한다는 것이다. 캐릭터가 **체인지 아크**를 겪어야 할 상황이라면, 작가가 첫 번째로 해야 할 작업은 '왜' 그가 변화해야 하는지를 파악하는 것이다. 무슨 일이 있었기에 이렇듯 명백히 해로운 **거짓**을 받아들이게 되었는가?

인간은 생존 경쟁자이다. 우리는 삶, 안락, 평화를 얻기 위해서라면 어떤 일이건 할 것이다. 하지만 우리는 자기 파괴적이기도

하다. 생존의 한 가지 측면에만 너무 몰두하다가 다른 요소를 희생하기도 한다. 자신이 뛰어든 업계에서 최고가 되는 길을 모색하면서 잘못된 관계를 맺어 정서적 건강을 희생하고, 잘못된 생활 방식을 택하여 신체적 건강을 희생한다. 더 나쁜 사실은, 대개는 알면서도 자신의 파괴적인 행동을 보지 못한다는 것이다. 우리는 자신의 행동을 합리화하고, 옳든 그르든 목적이 수단을 정당화한다고 확신한다.

다시 말해 우리는 스스로에게 '거짓말'을 한다. 물론 그러한 **거짓**에는 늘 이유가 있다. 우리가 삶의 한 측면에서의 생존을 다른 측면에서의 생존보다 더 중요하게 여기는 이유가 늘 있는 것이다. 어떤 경우에는 이러한 이유가 명백하다(먹고살 만큼 돈을 벌어야 하는데, 그러려면 날마다 필사적으로 일해야 한다). 하지만 어떤 때에는 그 이유가 너무 모호하여 알아보지 못할 수도 있다(억대 연봉을 받으려면 개처럼 일해야 하는데, 그러지 않으면 아버지가 늘 말씀하시던 패배자처럼 느껴질 것이다).

이유를 찾으면, **유령**도 찾게 될 것이다.

캐릭터의 유령

'**유령**'이란 캐릭터를 괴롭히는 과거의 어떤 것을 일컫는 영화식 표현으로, '상처'라고도 부른다. 『부정적 특성 유의어 사전』에서 앤절라 애커먼과 베카 퍼글리시는 다음과 같이 설명한다.

상처는 다른 이들에게 비밀로 부쳐지곤 한다. 왜냐하면 상처 안에는 **거짓**, 즉 캐릭터가 자신에 대해 믿는 허위가 내재되어 있기 때문이다. … 예를 들어, 한 남자가 강도의 총에 약혼자가 맞는 것을 막지 못했기 때문에('상처') 자기는 사랑받을 자격이 없다고 생각한다면('거짓'), 자신을 다른 여자들이 보기에 달갑잖게 만드는 태도와 습관, 부정적인 특성을 취할 것이다.

흔히 이런 상처는 충격적이어서 트라우마를 초래하게 마련이다(예를 들어, 롤란트 에머리히의 〈패트리어트: 늪 속의 여우〉에서 벤저민 마틴을 괴롭히는, 찰스요새에서 벌어진 프랑스군과 인디언 학살이라든가, 로버트 러들럼 원작의 〈본 아이덴티티〉에서 암살자였던 제이슨 본의 잊힌 과거). 하지만 관계 파탄(제인 오스틴 원작의 〈설득〉), 부모와의 불편한 관계(배리 레빈슨의 〈레인 맨〉), 신체적 열등감(댄 스캔런의 〈몬스터 대학교〉에 등장하는 마이크 워조스키) 등 좀 더 작고 평범할 것일 수도 있다.

거짓이 크고 파괴적일수록 **유령** 또한 더욱 충격적이고 영향력이 강하다. 뒤집어 말하면 **유령**이 클수록 **거짓**도 더 커지고, 아크 또한 더 커진다.

유령은 흔히 캐릭터의 배경 스토리의 일부가 되는데, 독자는 이런 **유령**을 조금씩 발견하게 된다. 이 같은 경우에 **유령**은 흥미진진한 미스터리를 선사하곤 한다. **거짓**에 대한 캐릭터의 믿음 뒤에 감춰진 '이유'는 독자의 호기심을 사로잡고, 작가는 스토리의 대부분을 조그만 단서들만으로 엮어가다가 마침내 **유령**이 마지막에 실체를 드러내게 만들 수 있다.

어떤 스토리에서는 독자가 **유령**의 내용을 전혀 발견하지 못할 수도 있다. 캐릭터에게 분명히 의미심장한 과거가 있는 것 같지만 비밀에 싸여 있다. 그런가 하면, 캐릭터의 과거가 어떤 식으로든 그의 **거짓**에 분명히 큰 역할을 하고 작가가 그 과거를 드러내지 않기로 했음에도 불구하고, 과거 자체가 그리 흥미롭지 않아 보일 수도 있다.

또 어떤 스토리에서는 **유령**의 원인이 **액트 I**의 프롤로그 같은 데에서 극화될 수도 있다. 이는 샘 레이미의 첫 번째 〈스파이더맨〉 영화나 크리스토퍼 놀런의 〈배트맨 비긴즈〉 같은 '기원 스토리'에서 특히 두드러진다. 여기서 **유령** 부분은 그 자체가 한 편의 스토리로서, 소설이나 영화가 본격적인 스토리로 넘어가기 전에 주인공의 동기를 설명해준다. 이런 스토리에서 캐릭터는 아마도 첫 챕터에서부터 **거짓**을 믿으면서 시작하지는 않을 것이다. **유령**이 나타나 **정상 세계**를 바꾸고 난 다음에야 그는 자신의 새로운 사고방식과 행동을 정당화하기 위해 고군분투하게 될 것이다. 『작가의 여정The Writer's Journey』에서 크리스토퍼 보글러는 다음과 같이 말한다.

어떤 스토리는 첫 번째 액트에서 가까운 친구나 친척이 납치되거나 살해될 때까지 주인공을 본래 완벽한 존재로 보여준다.

캐릭터의 유령은 어떻게 나타나는가?

캐릭터의 **유령**은 다양한 형태를 취할 수 있다. 예를 들면 다음과 같다.

* 〈**토르**〉: 토르가 그 성품과 상관없이 왕이 되리라는 약속.
* 〈**제인 에어**〉: 제인의 외숙모가 제인을 사랑해주지 않음.
* 〈**쥬라기 공원**〉: [언급되지 않음.]
* 〈**세컨핸드 라이온스**〉: 월터 어머니의 병적인 속임수.
* 〈**토이 스토리**〉: 사랑받지 못하는 장난감은 어떻게 되는지를 알고 있음.
* 〈**쓰리 킹즈**〉: 군대 경력에 대한 환멸.
* 〈**훌리건스**〉: 아버지의 부재.
* 〈**밥에게 무슨 일이 생겼나**〉: 이혼.

유령은 뿌리 깊은 믿음처럼 단순한 것일 수도 있다(제인 에어의 외숙모는 제인에게 못되고 쓸모없는 아이라고 말하고, 제인은 진심으로 그 말을 믿는다). 그런가 하면, 주인공이 저지른 아주 끔찍한 일(〈패트리어트: 늪 속의 여우〉)일 수도 있고, 주인공이나 그가 사랑했던 사람이 당한 일(〈스파이더맨〉)이나, **유령**이 야기하는 피해를 깨닫지 못한 채 주인공이 끌어안는 어떤 것(〈토르〉)일 수도 있다. **유령**을 식별하는 열쇠는 **유령**은 반드시 **거짓**에 대한 주인공의 믿음의 근본적인 원인이 된다는 것을 이해하는 것이다.

캐릭터의 유령: 추가 사례

* 〈크리스마스 캐럴〉: 스크루지에게는 자신의 스토리 주변을 떠도는 문자 그대로의 유령들이 넘쳐나는데, 그중 하나인 '과거의 크리스마스 유령'은 스크루지의 배경 스토리 속에 있는 비유적인 **유령**을 독자의 눈앞에 보여준다. 결코 스크루지에게 애정을 표현하지 않고 크리스마스 연휴에도 기숙학교에 처박아둔 아버지 때문에 그가 비참한 어린 시절을 보냈음이 밝혀진다.

* 〈카〉: 관객에게는 라이트닝 매퀸의 **유령**을 전혀 알려주지 않는다. 경주 해설자들은 "무명의 신인이 이번 시즌에 돌풍을 몰고 왔다"고 말하는데, 그는 대체로 이런 식으로 영화에 등장한다. 관객은 그가 왜 그리 남에게 의존하지 않으려고 하는지 결코 알 수 없다.

캐릭터의 유령: 질문

1. 여러분 작품의 캐릭터는 왜 **거짓**을 믿는가?
2. 과거에 그에게 정신적 충격을 주었던 중요한 사건이 있는가?
3. 그렇지 않다면, **액트 I**에서 그에게 정신적 충격을 주는 중요한 사건이 벌어지는가?

4. 캐릭터는 왜 **거짓**을 키우는가?

5. 그는 **진실**을 통해 어떤 혜택을 얻을 것인가?

6. 캐릭터의 **유령**은 얼마나 '큰가'? 이 **유령**을 더 크게 만든 다면, 더 강한 아크가 생겨날까?

7. 캐릭터의 **유령**을 어디에서 드러낼 것인가? 일찌감치 단번에? 아니면 스토리 전체에 걸쳐 조금씩 드러내다가 마지막에야 실체를 보여줄 것인가?

8. 이 스토리에서 **유령**을 드러내야 할 '필요'가 있는가? 차라리 드러내지 않는 편이 더 낫지는 않을까?

배경 스토리는 캐릭터의 가장 흥미로운 측면이라고 할 만하다. 배경 스토리를 구성할 때 **유령**에 각별히 주의를 기울여보자. 캐릭터가 **거짓**에 대한 믿음을 지니게 된 계기를 알아낸다면, 작가는 그가 **거짓**을 극복하는 일을 벌써 절반쯤 도와준 셈이다.

"당신은 사람들을 데려가,
여행을 떠나게 하고,
위험을 안겨주면서,
그들이 진정 누구인지 알게 된다."

조스 휘던

4

캐릭터 모멘트

첫인상은 중요하다. 그리고 주인공의 **캐릭터 모멘트**Characteristic Moment는 독자에게 깊은 인상을 남길 수 있는 첫 기회이다. 캐릭터 아크의 기본 이론을 이해하고, **주인공이 믿는 거짓, 그가 원하는 것, 그에게 필요한 것**, 유령을 통해 주인공의 내적 갈등을 설정하는 법을 알게 되었으니, 이제 공식적으로 캐릭터의 스토리를 '쓸' 준비가 된 셈이다.

캐릭터 아크의 구조는 **캐릭터 모멘트**에서 시작된다. 이 책 제1부의 나머지 부분에서는 캐릭터 아크의 주요 순간들을 주요 구조적 구성점들과 맞춰볼 것이다. (스토리 구조의 기초에 아직 익숙하지 않다면, 나의 저서 『소설 구조화하기』가 이 책의 나머지 논의에 도움이 될 토대를 제공하고 있으니 참조하기 바란다.) **캐릭터 모멘트**(그리고 다음 장에서 논의할 **정상 세계**)는 **훅**Hook(독자나 관객의 관심을 낚아채는 요소—옮긴이)과 일치한다. 이것은 아마도 첫 챕터에서 주인공이 뭔가를 하는 순간에 나타난다.

실생활에서 사람들은 다른 사람을 첫인상으로 성급하게 판단하지 말라는 주의를 받는다. 하지만 다들 그런 식으로 판단해버리는 것이 사실이다. 더구나 소설을 읽을 때면 세심하게 판정을 내릴 가능성이 훨씬 줄어든다. 우리는 이제 막 책을 펼쳤다. 이 작가의 책을 한 번도 읽어본 적이 없다. 이 책이 멋진 뒤표지 안내문에 부응하여 시간을 할애할 가치가 있을지는 알 수 없다. 이제 무대 위를 활보하는 주인공이 등장한다. 그는 무엇을 하고 있는가? 성격은 어떤가? 우리가 좋아하게 될 사람 같은가? 흥미로워 보이는가? 그렇지 못하다면, 우리는 이미 책을 반쯤은 덮은 셈이다.

요컨대, 실패한 **캐릭터 모멘트**란 실패한 스토리를 의미한다.

주인공의 캐릭터 모멘트

캐릭터 모멘트는 다음과 같은 여러 과업을 수행해야 한다.

1. 주인공을 소개한다.
2. (대체로) 주인공의 이름을 밝힌다.
3. 주인공의 성별, 나이, 국적, 그리고 어쩌면 직업까지 나타낸다.

4. 중요한 신체적 특성을 나타낸다.

5. 스토리 속 그의 역할(즉, 그가 주인공이라는 것)을 나타낸다.

6. 그의 성향을 보여준다.

7. 독자의 공감이나 관심을 낚아챈다.

8. 주인공의 장면 목표를 보여준다.

9. 주인공의 스토리 목표를 나타낸다.

10. 주인공의 **거짓**을 보여주거나, 최소한 암시한다.

11. 가급적이면 플롯에 직접 영향을 주거나, 적어도 이후의 사건들을 암시한다.

이것은 스토리의 첫 번째 장면치고는(더구나 관련된 구조적 요건까지 추가한다면) 상당히 과중한 체크리스트이다. 하지만 시작이 이토록 힘든 것도 당연하다! **캐릭터 모멘트**는 한 편의 예술 작품이니까. 캐릭터가 그저 아무 일이나 하는 오프닝에 만족해서는 안 된다. 다음과 같은 임무를 수행할 사건을 골라보자.

1. 독자의 관심을 *끄는* 주인공을 만든다.

2. 그의 장점과 단점을 모두 소개한다.

3. 플롯을 구축한다.

독자가 캐릭터에 투자하도록 설득하기

이러한 세 가지 측면으로 압축하더라도, **캐릭터 모멘트**는 여전히 까다롭다. 우리는 가능한 한 빨리 캐릭터의 '결핍', 즉 **거짓**으로 인한 그 삶의 문제를 나타낼 필요가 있다. 하지만 당장은 캐릭터의 부정적인 측면에 너무 심하게 초점을 맞추고 싶지 않다. 『팔리는 시나리오 쓰기』에서 마이클 헤이그는 다음과 같이 강조한다.

> 작가는 공감을 감소시킬 수 있는 중대한 결점을 드러내기 전에 우선 주인공과의 일체감을 확립해야 한다.

어떤 캐릭터 아크가 용기, 정직, 이타심을 갖추어나가는 성장을 다룬다면, 이 캐릭터는 용감함, 진실함, 너그러움과는 거리가 먼 상태에서 시작해야 할 것이다. 하지만 대부분의 스토리를 이기적이고 비겁한 거짓말쟁이로 시작하려고 한다면, 대다수 독자는 아마 끌려들지 않을 것이다. 그렇더라도, 이런 캐릭터에 걸맞은 다른 종류의 **캐릭터 모멘트**를 과연 떠올릴 수 있을까? 스토리가 끝날 무렵 그가 어떻게 변화해냈는지 보여주려면, 우선 그의 문제점을 나타내야 하지 않을까?

물론이다. 하지만 작가의 '최우선' 과제는 독자를 낚아채는 것이다. 캐릭터가 몇 가지 결점에도 불구하고 대체로 호감이 가도록 만들고 싶다면, 이 작업부터 시작하자. 작가가 보기에 캐릭터의 어떤 점이 '좋은가'? 그 점을 강조하기 위해 어떤 장면을 만들 수 있는가? 이 장면에서 캐릭터가 훌륭해 보일 필요는 없다. 흥미롭기만 하면 된다. 론 클레먼츠와 존 머스커의 〈보물섬〉은 반항적인 10대 주인공이 '솔라 서퍼'를 타고 기술과 용기를 보여주는 것으로 시작된다. 〈키드〉는 주인공이 완전히 얼간이처럼 행동하는 것으로 시작하지만, 그의 신랄한 발언은 관객이 눈을 뗄 수 없을 정도로 고약(그리고 정확)하다.

기억에 남는 장면 만들기

크게 생각하자. 어떤 캐릭터의 주된 미덕이 동정심이라면, 그가 길 잃은 개를 쓰다듬게 하는 것으로 만족해서는 안 된다. 뉴욕의 교통 체증을 뚫고 길을 건너 왜 꼬마 여자아이가 우는지 알아보게끔 만들자. 캐릭터가 허세 부리기로 소문난 자라면, 거리를 활보하는 것만 보여주어서는 안 된다. 폭력배 다섯과 싸워 이기게 (적어도 이길 뻔하게) 만들자.

  잘하면 캐릭터의 **거짓**을 **캐릭터 모멘트**에 바로 적용할 수도 있지만, 때로는 이렇게 하기가 불가능하다. 플롯 내의 논리는 계속 유지하고 있지만, 처리할 사항이 너무 많아 우왕좌왕하기만 할 수도 있다. 시작 부분의 다른 요구 항목 몇 가지를 지워버릴 때까지 **거짓**의 소개를 간혹 미뤄야 할 수도 있다는 말이다. 하지만 그렇더라도 가능한 한 빨리 **거짓**을 소개해야 한다. **거짓**은 캐릭터 아크의 틀을 짜고, 그럼으로써 전체 스토리를 짜 맞춘다. 독자는 캐릭터가 무엇을 극복해야 하는지 이해하기 위해 그의 약점에 대한 증거가 필요하다.

캐릭터 모멘트는 어떻게 나타나는가?

주인공의 **캐릭터 모멘트**는 다음과 같이 나타날 수 있다.

* 〈토르〉: 어린 시절에 아버지처럼 커서 "그 모든 무리와 싸우겠다"고 한 맹세 및 나중에 성인이 되어 왕위 계승자로 공표되기까지 드러내는 거만한 태도. 그의 핵심적 성향, **거짓의 영향, 그가 가장 원하는 것**을 보여준다.
* 〈제인 에어〉: 집안에서 소외되어 독서로 소일하는 외로운 순간 및 그 후 사촌의 부당한 학대에 굴복하기를 거부하는 것. **유령**과 핵심적 성향을 모두 보여준다.
* 〈쥬라기 공원〉: 현대 세계에서는 살기 어려운 그랜트 박사의 괴팍한 성격 및 아이들에 대한 반감 등의 표출. 핵심적 성향, **거짓, 그가 가장 원하는 것**을 보여준다.
* 〈세컨핸드 라이온스〉: 어머니의 약속에 대한 불신 및 모든 것(특히 돼지)을 두려워하는 태도. **거짓, 그가 가장 원하는 것,** 그가 극복해야 할 개인적 약점을 보여준다.
* 〈토이 스토리〉: 우디가 앤디의 사랑스러운 장난감으로 대우받는 모습을 보여주는 몽타주 및 그 후 그가 '깨어나서' 다른 장난감들을 침착하게 조직적으로 이끄는 리더십. **그가 가장 원하는 것**과 핵심적 성향을 보여준다.
* 〈쓰리 킹즈〉: 기자를 도와주는 것에 대한 냉소적이지만 재치 있는 반응. **유령**과 핵심적 성향을 보여준다.

* 〈훌리건스〉: 누명을 쓰고도 차마 해명하지 못하는 것. 거짓과 그가 가장 원하는 것을 보여준다.
* 〈밥에게 무슨 일이 생겼나〉: 우스울 정도로 강박적인 아침 일과. 그가 가장 원하는 것과 핵심적 성향을 보여준다.

어떤 캐릭터 모멘트는 양면적이다. 토르의 캐릭터 모멘트는 두 장면에 걸쳐 일어나는데, 프롤로그에 있는 첫 번째 장면은 어린 시절의 그를 보여준다. 역시 어린 시절의 프롤로그로 시작하는 〈보물성〉과 마찬가지로, 그 캐릭터는 나중에 성인으로서 두 번째 캐릭터 모멘트를 통해 '진정한 정상'으로 다시 설정되어야 한다.

〈제인 에어〉와 〈토이 스토리〉에서는 단 하나가 아닌 여러 개의 캐릭터 모멘트를 사용하여 어떻게 캐릭터의 여러 가지 측면을 보여주는지를 볼 수 있다. 제인은 자기 성격의 두 가지 면, 즉 처음에는 외롭지만 만족할 줄 아는 내향성, 그다음엔 짓밟히기를 거부하는 저항과 기백을 보여준다. 장난감은 수동적이어서 인간 앞에서는 가만히 있어야 한다는 〈토이 스토리〉의 논리적 제약 때문에, 앤디에 대한 우디의 사랑은 주로 우디에 대한 앤디의 사랑을 통해 나타난다. 이것은 스토리의 가장 중요한 측면이지만, 우리는 또한 앤디가 없을 때 우디가 '깨어나서' 다른 장난감들에게 훌륭한 리더십을 발휘하는 사례도 보게 된다.

캐릭터 모멘트: 추가 사례

* 〈크리스마스 캐럴〉: 스크루지는 (현대 소설에서는 권장되지 않는) 장황한 '구술' 부분에서 소개되며, 여기서 작가는 독자에게 스크루지가 인색하고 대체로 인정이 부족하다는 중요한 사실을 명확하게 알려준다. 스크루지의 첫 극화 장면에 다다를 무렵이면 우리는 이미 그의 성격에 대해 꽤 명확한 그림을 갖게 된다. 이 그림은 우리가 그의 몹시 추운 사무실('아주 작은 난로'와 부하 직원 밥 크래칫의 석탄 한 덩어리 크기의 더 작은 난로로 난방을 한다)에 들어갈 때 더욱 강조되는데, 스크루지는 조카의 친절한 크리스마스 초대를 거절하면서 자기가 크리스마스와 온정이라는 것을 어떻게 생각하는지 정확히 말한다. 독자는 즉시 스크루지의 괴팍한 성격, 신랄한 위트, (그가 자세히 설명하는) 거짓, 가능한 한 많은 돈을 벌고자 하는 욕망을 알게 된다.

* 〈카〉: 라이트닝 매퀸의 오프닝은 "난 속도다", "난 아침 식사로 패자들을 씹어 먹지"라고 주장하는 그의 경주 준비 루틴으로 시작된다. 그런 다음 그는 영화를 여는 긴 경주 부분에서 자신의 상당한 기술과 함께 피트 크루를 무시하는 모습을 보여준다. 관객은 해설자들을 통해 추가 정보를 얻을 수 있는데, 그들은 "혼자 일하기를 좋아한다고 말하는" 라이트닝이 이미 피트 크루 책임자를 셋

이나 해고했다는 것을 밝힘으로써 라이트닝의 **거짓**을 강화해준다. 이 긴 오프닝에서 관객은 라이트닝에 대해 알아야 할 모든 것, 즉 그의 장점(경주 기술), **거짓**, **그가 가장 원하는 것**(피스톤컵 우승)을 알게 된다.

캐릭터 모멘트: 질문

1. 어떤 중요한 성향이나 덕목, 기술이 여러분 작품의 주인공을 가장 잘 요약해주는가?
2. 어떻게 이러한 특성을 최대로 극화할 수 있는가?
3. 플롯을 소개하는 방식으로는 어떻게 이러한 특성을 극화할 수 있겠는가?
4. **거짓**에 대한 주인공의 믿음을 어떻게 보여줄 수 있는가?
5. 그의 **유령**을 드러내거나 암시할 수 있는가?
6. 이러한 장면을 어떻게 이용하여 **그가 가장 원하는 것**을 드러낼 수 있는가?
7. 전체 목표 및 장면 목표를 주인공이 추구해가는 과정이 명백한 장애물(즉, 갈등)에 맞닥뜨리는가?
8. 주인공의 중요한 세부 사항(이름, 나이, 외모)을 어떻게 빠르고 자연스럽게 일러줄 수 있는가?

캐릭터 모멘트를 만들 때는 그리 신통치 않은 아무것에나 만족해서는 안 된다. 이것은 캐릭터를 독자에게 결코 잊지 못하게, 그리고 눈을 떼지 못하게 소개해주는 재미있고 효과적인 장면을 만들 기회다.

"스토리는 평범한 세계에서 생겨나지 않는다.
 선택과 사건이 주인공을 일상적인 경험보다
 훨씬 더 흥미롭고 색다르며 도전적인 세계로 몰아갈 때
 스토리가 생겨난다."

찰스 디머

5

정상 세계

지루하고 진부한 **정상 세계**Normal World에 대해 누가 읽고 싶겠는가? **사라진 세계**는? 당연히 읽고 싶을 것이다! **흥미진진하고 특이하고 이국적이며 몹시 스릴 넘치는 세계**는? 물론이다. 그러면 **정상 세계**는? 스토리를 시작하기에는 좀 시시한 방법 아닌가?

아니다. 캐릭터의 **체인지 아크**를 그럴듯하게 만들고자 하는 작가에게는 결코 시시하지 않다.

지난 장에서는 주인공, **그가 믿는 거짓, 그가 원하는 것, 그에게 필요한 것**을 소개하면서 **캐릭터 모멘트**가 스토리의 훅과 어떻게 연결되는지 알아봤다. 하지만 **캐릭터 모멘트**는 좋은 캐릭터 아크 오프닝의 절반에 불과하다. 이것은 캐릭터를 보여주긴 하지만 여전히 맥락을 필요로 한다. **정상 세계**가 그러한 맥락을 제공한다.

사람들은 대체로 자기가 살고 있는 소우주에 의해 정의된다. 우리는 필연적으로 주변 환경에 의해 형성되는데, 환경에 적응하는 방식이든 적응하지 못하는 방식이든 각기 의미가 있다. 필연적으로 우리가 환경에 의해 정의되는 이유는 환경이 우리의 선택과 한계를 반영하기 때문이다. 우리가 어떻게 해서 어떤 장소에 오게 되었는지, 왜 그곳에 머무르기로 했는지, 왜 원하지 않더라도 머물러야 하는지 등 이 모든 요소는 우리의 성격, 가치관, 장점, 약점 등의 흥미로운 면을 드러낸다.

스토리 속에서 **정상 세계**는 스토리의 첫 4분의 1인 **액트 I**에서 중요한 역할을 한다. 이 부분 전체는 기본적으로 '설정'이라고 요약할 수 있으며, **정상 세계**는 스토리를 구체적인 설정에 접지시키는 데 필수적인 역할을 한다. 더 중요한 것은 **정상 세계**가 앞으로 일어날 모든 인물과 플롯의 변화를 측정할 기준을 만든다는 점이다. 캐릭터의 삶에서 무엇이 변화할지를 가리키는 이 생생한 오프닝 예시가 없다면, 나머지 아크는 명확성과 효력이 부족해질 것이다.

정상 세계

가장 기본적인 차원을 살펴자면, **정상 세계**란 그 명칭에서 알 수 있듯이 설정이다. 이것은 스토리가 열리는 곳이다. 캐릭터가 만족감을, 적어도 위안을 얻는 곳이다.

정상 세계의 몇 가지 형태

정상 세계는 겉으로는 멋져 보일 수도 있지만(팀 버튼의 〈가위손〉, 커트 위머의 〈이퀼리브리엄〉), 결국에는 번지르르한 허울과 함께 캐릭터가 세계와 자신에 대해 품고 있던 착각이 무너지고 만다.

그런가 하면 **정상 세계**는 안전하지만 지루할 수도 있다. 주인공은 삶을 진전시키려는 이렇다 할 노력 없이 **정상 세계**에 무력하게 부대낀다(조지 루카스의 〈스타워즈 에피소드 4: 새로운 희망〉, 로베르트 슈벤트케의 〈레드〉).

정상 세계가 무척 형편없을 수도 있는데, 주인공은 적어도 당분간은 자신의 의지에 반하여 그곳에 처박혀 있다(존 스터지스의 〈대탈주〉, 스티븐 스필버그의 〈라이언 일병 구하기〉).

정상 세계가 순조롭고 훌륭할 수도 있지만, 주인공은 아직 이를 인정할 준비가 되지 않았거나 **정상 세계**의 이점 때문에 당분간 망설이는 중이다(L. 프랭크 바움 원작의 〈오즈의 마법사〉, 프랭크 캐프라의 〈멋진 인생〉).

정상 세계가 일련의 도전을 제시할 수도 있다. 주인공은 **정상 세계** 너머의 삶을 겪은 뒤에야 그러한 도전에 대처할 준비가 되어 있지 않음을 알게 된다(피트 닥터와 밥 피터슨의 〈업〉, 크리스 벅과 제니퍼 리의 〈겨울왕국〉).

정상 세계가 상징하는 것

요점은 **정상 세계**는 주인공이 떠나고 싶지 않거나 떠날 수 없는 곳이라는 것이다. 그곳은 그의 대모험을 위한 활동 무대이다. 대부분의 시간 동안 주인공은 **정상 세계**를 당연하게 여기며 그것이 영원히 계속되리라고 느끼겠지만, 때로는 **정상 세계**가 일시적인 중간 기착지에 불과하다는 것을 아는 상태에서 스토리를 시작한다(제임스 캐머런의 〈아바타〉).

　정상 세계를 캐릭터의 내면세계가 상징적으로 표현된 것으로 여기자. **정상 세계**는 캐릭터가 믿는 **거짓**을 극화한다. 그러면서 그 **거짓**을 믿는 캐릭터에게 힘을 실어주며, 그가 **정상 세계** 너머를 내다볼 이유가 없도록 한다. **첫 번째 구성점**에서 **정상 세계**가 도전을 받거나 버려질 때만 그 **거짓**에 대한 주인공의 믿음이 흔들린다.

스토리의 정상 세계를 만드는 법

스토리의 **정상 세계**를 만들려면, 먼저 어떤 세계가 캐릭터가 **거짓**을 믿는 이유에 대한 가장 논리적인 배경 스토리를 제공할 것인지 스스로 묻고 답해보자. 그런 다음 그 **정상 세계**를 어떻게 하면 **거짓**이 계속 존재할 수 있는 가장 편안한 장소로 만들어 더욱 강화할 수 있을지 생각해보자. 하지만 **정상 세계**가 반드시 주인공에게 편안한 장소가 되어야 한다는 말은 아니다. 주인공이 겉으로는 편안해 보일 때도 있지만, 속에서는 **거짓**이 그를 비참하게 만들고 있다.

　그러고 나서, 다음 두 액트에서 뒤따라 나올 '모험 세계'와 가장 잘 대비되는 **정상 세계**를 어떻게 만들 수 있을지 자문해보자. 때때로 주인공은 **정상 세계**를 완전히 뒤로하고, 극적으로 새롭고도 다른 환경으로 들어간다(〈제인 에어〉에서 제인이 손필드 저택의 가정교사가 되려고 로우드학교를 떠나는 순간). 또 어떤 경우에는, 주인공이 **정상 세계**의 원래의 물리적 환경에 남아 있고(피트 닥터의 〈몬스터 주식회사〉), 그 세계의 양상만 변화한다(부Boo의 등장으로 몬스트로폴리스가 혼란에 빠지는 순간). 어느 쪽이든 작가는 캐릭터가 변화를 수행할 수 있도록 가능한 한 많은 동기를 부여하기 위해, 가급적 두 세계가 서로 몹시 극적인 대조를 이루게끔 만들고 싶어 한다.

　정상 세계는 독자에게 주인공의 '이전' 상태를 눈에 띄도록 '보여주기' 때문에 중요하다. 주인공은 이 파괴적인 장소에서 벗어날 수 있을 만큼 크게 변화하든가, 아니면 이 정상적인 장소에 적응하고 이곳을 활용할 수 있을 만큼 크게 변화해야 할 것이다.

정상 세계는 어떻게 나타나는가?

스토리의 **정상 세계**에는 다음과 같은 것들이 있다.

* 〈토르〉: 평화와 번영을 구가하는 행성. 토르의 오만한 착
  각을 가능하게 한다.
* 〈제인 에어〉: 처음에는 제인의 외숙모네에서, 나중에는
  여자기숙학교에서 보내는 삭막하고 매정한 어린 시절.
  자신이 사랑스럽지 않다는 제인의 믿음을 강화한다.
* 〈쥬라기 공원〉: 지속적인 자금 지원이 필요한 고고학 발
  굴. 그랜트 박사의 **거짓**과는 관련이 없지만, 그가 용납할
  수 없는 제안(쥬라기 공원 방문)을 받아들이도록 유도하여
  플롯을 진전시킨다.
* 〈세컨핸드 라이온스〉: 반사회적인 두 큰할아버지가 있는
  황폐한 농장. 처음에는 모든 것에 대한 월터의 전반적인
  두려움을 강화한다.
* 〈토이 스토리〉: 우디가 지배하는 앤디 방. **거짓**에 대한
  그의 믿음을 강화한다.
* 〈쓰리 킹즈〉: 걸프전이 끝나가는 시기. 산업화된 전쟁에
  서 나타나는 인간 폄하 및 환멸감을 강화한다.
* 〈훌리건스〉: 미국의 한 대학교. 맷이 부당한 누명을 쓰고
  퇴학당하도록 함으로써 맷의 **거짓**을 강화한다.
* 〈밥에게 무슨 일이 생겼나〉: 뉴욕시. 밥의 광범위한 신경
  증을 강화하는 한편, '문제에서 벗어나기'라는 모티브와
  대조를 이룬다.

이와 같이, 토르의 굉장하지만 본인에게는 재미없는 세계에서

부터, 제인 에어가 마침내 탈출할 때까지 갇혀 있는 끔찍한 세계, 〈세컨핸드 라이온스〉의 끔찍해 보이는 세계에 이르기까지, 무척 다양한 종류의 **정상 세계**를 볼 수 있다. 이러한 세계는 **첫 번째 구성점**을 통해 꽤 멋진 세계로 변모하기 시작한다.

정상 세계: 추가 사례

* 〈크리스마스 캐럴〉: 스크루지의 **정상 세계**는 그의 몹시 추운 사무실을 통해 소개되는데, 그는 불을 더 때기 위해 몇 실링을 더 쓰느니 그냥 추위를 견디려고 한다. 스크루지의 차갑고 돈이 전부인 세계는 런던에 대한 그의 인식이라든가, 사무실과 똑같이 춥고 사랑 없는 그의 집을 드러냄으로써 더욱 잘 설명된다. 이는 확연히 끔찍한 세계로, 스크루지는 자신의 **거짓**을 유지하고 **그가 원하는 것**을 추구하기 위해서라면 만족스럽다고 확신한다. 그러한 환경은 어둡고 춥고 외로운 스크루지의 내면세계를 상징적으로 잘 표현한 것이다. 디킨스의 시간 여행이라는 요소는 스크루지가 현재의 **정상 세계**를 밝으면서도 끔찍한 가능성과 아주 잘 대비해볼 수 있게 해준다.

* 〈카〉: 언뜻 보기에 라이트닝 매퀸의 세계는 꽤 훌륭하다. 모든 것이 반짝반짝 화려하다. 그는 피스톤컵이라는 세계 최고의 자동차 경주 대회에서 뛰고 있고, 경기장은 흥

분한 팬들이며 충만한 아드레날린과 빛나는 전망이 있는 즐거운 장소이다. 이는 라디에이터스프링스라는 느리고 녹슨 세계와 극명한 대조를 이룬다. 하지만 지금 당장은 이것이 라이트닝이 원하는 모든 것을 나타내는 것 같아도, 한편으로는 그의 **거짓**을 길러주면서 이기심과 고립이라는 소용돌이 속에 그를 꼼짝 못 하게 가두고 만다.

정상 세계: 질문

1. 여러분 작품의 스토리는 어떤 환경에서 시작되는가?
2. **첫 번째 구성점**에서 이 환경은 어떻게 변화할 것인가?
3. **정상 세계**와 뒤따르는 '모험 세계'를 어떻게 서로 대비해 볼 수 있는가?
4. **거짓**에 대한 캐릭터의 예속을 **정상 세계**가 어떻게 극화하거나 상징하는가?
5. **정상 세계**는 어떻게 **거짓**을 유발하거나 강화하는가?
6. 캐릭터는 왜 **정상 세계**에 있는가?
7. 캐릭터가 **정상 세계**를 떠나고 싶어 하지 않는다면, 그의 **거짓**으로 인한 불편함을 감추는 데 무엇이 도움이 되는가?
8. 캐릭터가 떠나고 싶어 한다면, 무엇이 그를 막아서는가?
9. 스토리의 끝에서 캐릭터는 **정상 세계**로 돌아오는가?

10. **정상 세계**가 순조롭고 좋은 곳이라면, 주인공은 이를 인
    정하기 위해 어떻게 변화해야 할 것인가?

  정상 세계는 캐릭터의 **거짓**을 시각적으로 극화할 귀중한 기회
를 제공한다. 스토리의 **정상 세계**를 최대한 활용하여, 독자의 마
음을 순식간에 사로잡고 뒤따르는 모험을 완벽하게 설정할 오프
닝 부분을 만들어보자.

"모험이란
올바르게 고려된 불편일 뿐이다.
불편이란
잘못 고려된 모험일 뿐이다."

G.K. 체스터턴

6

액트 I

액트 I은 어떤 스토리에서든 내가 아주 좋아하는 부분이다. 왜? 겉으로 보기에 **액트** I은 스토리의 가장 느린 부분인 것처럼 보이며, 실제로도 대개 그렇다. 결국 설정에 불과하지 않은가?

'불과'라는 작은 단어 하나만 빼면 충분히 맞는 말이다.

하지만 설정에 '불과'한 것이 아니다. **설정**이다! 플롯을 설정하기도 하지만, 더 중요한 것은 캐릭터 아크를 설정한다는 사실이다.

앞선 장들에서 이미 보았듯이, **액트** I을 준비하는 데 필요한 설정에는 심혈을 기울여야 한다. 하지만 일단 **캐릭터가 믿는 거짓, 그가 원하는 것, 그에게 필요한 것**, 그의 **유령**, **캐릭터 모멘트, 정상 세계** 등을 결정하는 준비 작업을 마치고 나면, **액트** I 자체를 이어 맞추는 것은 비교적 간단하다.

『작가의 여정』에서 크리스토퍼 보글러는 다음과 같이 지적한다.

[스토리는] 대개 세 액트로 구성되는데, 각각 1) 주인공의 행동 결정, 2) 행동 자체, 3) 행동의 결과를 나타낸다고 볼 수 있다.

액트 I에서 캐릭터 아크의 여섯 부분

다음은 **액트 I**에 포함되어야 하는 **포지티브 체인지 아크**의 여섯 가지 주요 요소이다. 이러한 요소의 대부분은 스토리의 첫 4분의 1 속 어느 곳에서든 발생할 수 있다. 스토리와 그에 필요한 전개 속도에 대한 이해를 활용하여, 캐릭터 아크에서 이런 핵심적 순간들을 위한 적절한 타이밍을 찾아보자.

1. 거짓 강화하기

캐릭터의 **거짓**에 대한 강화는 특히 **그가 원하는 것**과 **그에게 필요한 것**이 밝혀지는 첫 번째 챕터에서 시작될 것이다. 그의 **캐릭터 모멘트**와 **정상 세계**는 모두 **거짓**을 보여줄 것이다. 캐릭터의 내적 문제가 이제 어떻게 외적 문제를 야기하는지를 독자가 보아야 한다.

이러한 강화는 **액트 I** 내내 계속되어야 한다. 캐릭터의 **거짓**은 여러 가지 측면이 있을 수 있으므로, 이것들을 차근차근 하나씩 소개하자. 첫 챕터에 '모든 것'을 밀어 넣을 필요는 없다. 캐릭터의 문제를 살짝 보여주어 독자의 관심을 끈 다음, 나머지 **액트 I**을 이용하여 모자란 부분을 채워보자.

* **예**: 토르의 **거짓**은 토르가 왕이 되기 위해 태어났다고 아버지가 단도직입적으로 말해주면서 그에게 실제로 전달된다.

2. 거짓을 극복할 수 있는 캐릭터의 잠재력 나타내기

시작할 때부터, 캐릭터가 변화할 수 있는 '능력'을 가지고 있다는 조그만 징조라도 독자에게 보여주어야 한다.

거짓에서 벗어나고자 싸우는 캐릭터의 능력에 어떤 구체적 자질이 내재될 것인가? (아이디어를 얻으려면, 앤절라 애커먼과 베카 퍼글리시의 『긍정적 특성 유의어 사전Positive Trait Thesaurus』을 참조하자.) 캐릭터가 아직 이러한 특성을 온전히 발달시키지 못했다 하더라도, 그런 씨앗이 있음을 처음부터 암시하자.

* **예**: 〈토이 스토리〉에서, 좋은 친구가 되는 우디의 능력은 앤디 방에 있는 다른 장난감들을 돌보는 태도에서 처음부터 드러난다. 비록 아직 버즈의 좋은 친구가 될 준비는 되지 않았지만 말이다.

3. 성장과 변화 방법을 찾으려는 캐릭터의 첫걸음 제공하기

변화하는 '방법'을 먼저 알지 못한다면 주인공은 변화할 수 없다. **액트 I**은 캐릭터에게 **거짓**의 본질, 좀 더 구체적으로 말하자면 **거짓**에 대항하기 위해 알아야 할 **진실**에 대한 한두 가지 힌트를 줌으로써 그러한 변화의 조짐을 나타내기 시작하는 곳이다.

　참고: 이 말이 반드시 주인공이 변화의 첫걸음을 '내디뎌야' 한다는 것을 의미하지는 않는다. 이것은 결국 여전히 **액트 I**이며, 주인공은 아직도 자신에게 문제가 있다고 인정할 수 있는 것조차 요원하다. 하지만 그렇다고 해서 준비 작업을 시작할 수 없다는 뜻은 아니다.

* **예**: 〈밥에게 무슨 일이 생겼나〉에서 밥의 치유(사랑과 가족)는 리오의 가족사진과의 직접적인 연관성을 통해 강하게 암시된다.

4. 캐릭터가 거부할 선동적 사건 제공하기

선동적 사건을 캐릭터를 위한 기회로 생각하자. 겉보기에는 (선전 포고와 같이) 끔찍한 것일 수도 있다. 하지만 주인공에게는 자신도 모르게 기다려온 기회이다. 그는 아직 모르지만, 이것은 삶을 바꾸고 **거짓**에서 영원히 벗어날 좋은 기회이다. 『플롯 대 캐릭터Plot vs. Character』에서 제프 거키는 이렇게 강조한다.

좋은 선동적 사건들은 처음에는 느닷없는 골칫거리 같아 보이지만, 결국에는 주인공에게 딱딱 들어맞아간다.

여기서 **선동적 사건**의 중요한 점은, 캐릭터가 이것을 별로 좋아하지 않는다는 것이다. 캐릭터는 이것을 생각해보더니 고개를 저으며 콧대를 치켜든다. 아니, 관심 없어. 그에게는 더 좋은 할 일, 이를테면 **거짓**을 연마하는 일 등이 있다. 캐릭터가 **선동적 사건**에 끼어든다면 예전 삶이 바뀔 텐데, 그는 이를 원하지 않는다. 예전 삶이 불편할지라도 그 익숙함에 집착하려 한다.

하지만 너무 늦었다! **선동적 사건**은 이미 캐릭터를 변화시켰다. 아주 작게나마, 캐릭터 자신, 그의 세계, 그의 문제에 대한 인식을 변화시켰다. 처음으로 캐릭터는 자신에게 문제가 있다는 것을 깨닫기 시작한다. 아마 아직은 그 문제에 이름을 붙일 수 없을 것이다. 그런데 갑자기 근질근질하다. 옛 세계에서 익숙했던 것이 이제는 그리 편하지 않다.

스토리의 **선동적 사건**을 넣기에 가장 견고한 타이밍은 **액트 I**의 중간이다. 이 기회를 이용하여 작가는 캐릭터와 그의 세계를 소개하고 나서, 처음으로 캐릭터를 주된 갈등에 본격적으로 맞닥뜨리게 함으로써 뒤흔든다. 하지만 이것이 스토리의 이전 사건들이 주된 플롯과 무관하다는 것을 의미하지는 않는다. 모든 것이 모든 것 안에 구축되는데, 기왕이면 이것이 예고와 암시를 통해 이루어지는 편이 좋다.

* **예**: 〈쥬라기 공원〉에서 존 해먼드의 터무니없는 제안(그
  랜트 박사가 발굴을 연기하고, 해먼드의 테마파크를 위해 '간단한
  추천사 작성'을 해주러 오는 것)에 대한 앨런 그랜트의 첫 반
  응은 한마디로 거절하는 것이다. 해먼드가 강수를 두어
  도 박사는 재빨리 이겨내지만, 박사가 처음에 보여준 저
  항은 스토리의 정서적 진행에 중요하다.

5. 거짓에 대한 캐릭터의 믿음 변화시키기

액트 I이 끝날 무렵에도 캐릭터는 여전히 **거짓**에 휩싸여 있을 것
이다. 스토리의 시작 부분에서와 마찬가지로 지금도 그것을 강
하게 믿고 있다. 하지만 잠재의식 속에서는 그 토대에 맞서 싸우
기 시작한다. 그 결과, 캐릭터가 **거짓**을 섬기는 방법에 대한 믿
음이 변화하기 시작한다. 예를 들어 그의 **거짓**이 자신의 가치는
돈을 무지막지하게 버는 능력에 있다는 것이라면, 이제는 사기
꾼으로 일하는 대신 적어도 정직하게 그 돈을 벌 수 있어야 한다
고 믿기 시작할 수도 있다.

* **예**: **액트 I**이 끝날 때도 제인 에어는 여전히 자신이 사랑
  받는 존재가 되기 위해 노력해야 한다고 믿는다. 하지만
  이제는 로우드여학교 교사로 계속 고역을 치르는 대신
  독립하여 가정교사로 일하기로 결심한다.

6. 캐릭터가 결정하게 하기

액트 I은 캐릭터가 결정을 내리면서 끝난다. 그는 몇 챕터 전에 삶에 닥쳐온 짜증스러운 **선동적 사건**에 대해 뭔가를 하기로 결심한다. 본질적으로는, 서로 다른 세계 사이의 문을 통과하기로 결심하고 있다. 이제 (문자 그대로든, 비유적으로든) **정상 세계**를 떠나, 도전으로 가득 찬 완전히 새로운 모험의 세계로 들어가려고 한다. 이런 도전은 한 번도 직면해본 적이 없고, 이를 극복한 후에는 다시는 예전처럼 살 수 없을 것이다. 이 결정은 캐릭터를 **첫 번째 구성점**(다음 장에서 논의한다)으로 이끌 것이다.

* **예:** 〈세컨핸드 라이온스〉의 **액트 I**이 끝날 때, 월터는 도망가기를 포기하고 돌아가서 큰할아버지들과 함께 살기로 결심한다. 이것은 수동적인 결정이 아니라 적극적인 선택이며, 이제 월터는 스토리에서 처음으로 농장의 자발적 거주민이 된다.

액트 I에서의 캐릭터 아크: 추가 사례

* 〈크리스마스 캐럴〉: 스크루지의 **거짓**은 **액트 I** 내내 일련의 만남으로 강화된다. 처음에는 조카 프레드와 부하 직원 밥 크래칫, 이어서 불우 이웃 돕기 모금자들, 캐럴 부

르는 사람들, 그리고 마지막이자 가장 극적으로 제이컵 말리의 유령과 만나기에 이른다. 말리에게 감응하여 스크루지에게서 순간적으로 싹트는 진정한 우정의 온기 속에서 변화의 가능성을 아주 조금이나마 엿볼 수 있다. 말리는 스크루지가 변화하기 위해 무엇을 해야 하는지 암시만 해주는 것이 아니라 아주 처참할 정도로 상세히 설명해준다. 말리의 경고는 **선동적 사건**으로, 스크루지는 눈앞에 있는 유령과 같은 설득력 있는 증거가 있음에도 이를 비웃는다. 그래도 그는 흔들리고, 머릿속 한구석에서는 천벌을 받을 것이라는 말리의 말이 사실일지 궁금해지기 시작한다. 스크루지는 이 모든 것이 얼마나 미친 짓인지 몸소 입증하고자, 첫 번째 유령이 나타나리라고 예언된 시간이 될 때까지 깨어 있기로 결심한다.

* ⟨카⟩: 라이트닝 매퀸의 **거짓**은 긴 오프닝 경주 시퀀스에서 설정되고, 그런 다음 **액트 I** 내내 그의 태도를 통해 꾸준히 강화된다. 라이트닝이 유일하게 투덜거리지 않는 팀원인 수송 트럭 맥과의 우정을 통해 그에게서 한 가닥 희망을 볼 수 있다. 자동차 경주의 전설 더 킹은 '좋은 팀'을 얻기 위해 들어야 할 조언을 건네주지만, 라이트닝은 흘려듣고 만다. 우승자를 가리는 타이브레이커 경주가 캘리포니아에서 열린다는 발표는 **선동적 사건**이다. 라이트닝은 이를 온전히 받아들이지만 아직 제대로 알지 못한 채, 자기가 곧 처하게 될 '모험 세계'를 거부하는 동

시에 자신의 초라한 스폰서 러스티즈를 깔본다. 라이트 닝은 자기가 얻고자 하는 새로운 스폰서와 만날 시간에 늦지 않게 캘리포니아에 도착하기 위해 밤새 이동하기로 결정한다.

액트 I에서의 캐릭터 아크: 질문

1. 여러분 작품의 **액트 I**에서는 캐릭터의 **거짓**을 어떻게 소개하고 강화할 것인가?
2. **액트 I**의 '여유 공간'을 어떻게 이용하여, 다양한 층위로 이루어진 캐릭터의 **거짓**, 목표, 성격을 배치할 것인가?
3. **거짓**을 극복할 캐릭터의 잠재력을 어떻게 나타낼 것인가?
4. **액트 I**에서 **진실**의 어떤 면을 캐릭터에게 일러줄 수 있는가? 그리고 어떻게 (다른 캐릭터의 멘토링 등을 통해) 일러줄 것인가?
5. **선동적 사건**은 무엇이 될 것인가?
6. 캐릭터는 처음에 **선동적 사건**을 왜 거부하는가?
7. 캐릭터는 **선동적 사건**이 부여하는 '모험으로의 소명'에 대한 처음의 거부를 얼마나 빨리 철회하는가?
8. **액트 I**이 끝날 무렵, 자신이 **거짓**을 섬기는 방식에 대한 캐릭터의 믿음은 어떻게 변화하기 시작하는가?

9. 캐릭터는 **선동적 사건**에 끼어들기 위해 어떤 결정을 내
   리는가?

캐릭터 아크의 첫 번째 집짓기 블록인 **액트 I**은 전체 스토리
의 견고한 토대를 마련할 기회이다. 설정은 전투의 절반 이상이
다. 시작 부분에서 모든 것을 갖추면, 나머지 액트들에서 필요한
모든 도구를 작가가 원하는 대로 사용할 수 있다. 독자를 사로잡
고, 캐릭터를 그 삶을 영원히 바꿔놓을 모험에 투입하자.

"… 많은 사람들은 돌이킬 수 없는 지점이
반드시 벼랑 끝은 아니라는 사실을
이미 발견했거나 막 발견하는 참이었다.
그 지점이 계곡 밑바닥일 수도 있고,
까마득한 비탈을 오르는 긴 오르막의 시작일 수도 있는데,
한번 오르기 시작한 사람은
결코 반대쪽을 돌아보는 법이 없었다."

앨리스터 매클린

7

첫 번째 구성점

액트 I이 설정되고 나면, **첫 번째 구성점**First Plot Point은 돌아올 수 없는 지점이 된다. 여기서 설정이 끝나고 스토리가 '진짜로' 시작된다. 이때 캐릭터는 대개 선택의 여지가 없기 때문에, **정상 세계와 그가 믿는 거짓**이라는 안정된 침체 상태에서 벗어나게 할 결정을 내리게 된다.

액트 I과 액트 II를 구분해주는 잠긴 문을 시각화해보자. **첫 번째 구성점**은 주인공이 그 문에 열쇠를 꽂아 여는 지점이다. 이제 판도라의 상자처럼 다시는 닫지 못할 것이다.

* **첫 번째 구성점**은 스토리의 20~25% 지점쯤에 나타난다.
* **첫 번째 구성점**은 액트 I의 설정을 끝낸다.
* **첫 번째 구성점**은 캐릭터가 **정상 세계**를 떠나는 지점이다.

* **첫 번째 구성점**은 강력하고 돌이킬 수 없게 반응하기로 한 캐릭터의 결정을 포함하거나, 그러한 결정으로 바로 이어진다.
* **첫 번째 구성점**은 대개 주요 장면이다. 스릴러나 액션 스토리에서는 무언가가 폭발할 것이다. 로맨스에서는 이곳이 처음으로 주인공이 나서는 지점일 수도 있다.

스토리에 필요한 사건이나 일이 무엇이든 간에, 이 기회를 활용하여 가장 흥미롭고 기억에 남는 시퀀스로 만들어보자.

첫 번째 구성점

첫 번째 구성점은 어김없이 캐릭터에게 강요될 것이다. 크고 예상치 못한 무언가가 그의 머리를 때린다. 이것은 졸업(오슨 스콧 카드 원작의 〈엔더스 게임〉)이라든가, 탈출 터널 파기(〈대탈주〉), 자기 침실에서 공주 발견하기(윌리엄 와일러의 〈로마의 휴일〉)와 같이 꽤 좋아 보이는 것일 수도 있다. 하지만 살인(리들리 스콧의 〈글래디에이터〉), 신경쇠약(〈키드〉), 꿈의 파괴(〈멋진 인생〉)와 같은 재앙이 될 수도 있다.

어떻게 나타나든, **첫 번째 구성점**이 캐릭터 아크에 미치는 영향은 캐릭터가 내려야 하는 세 가지 중요한 결정에서 찾을 수 있다.

캐릭터의 결정 1: 첫 번째 구성점 '이전'

첫 번째 구성점에는 캐릭터와 관련된 강력한 결정(도러시 게일은 가출하기로 결정하고, 제인 에어는 가정교사로 일하기로 결정한다)이 선행되어야 한다. 이 결정은 캐릭터를 첫 번째 구성점으로 이끌지만, 결정 자체는 구성점이 아니다. (이 결정에 대한 자세한 내용은 지난 장의 '액트 I에서 캐릭터 아크의 여섯 부분' 중 6번을 참조하라.)

첫 번째 구성점은 그렇다면 캐릭터에게 '발생'하여 그의 계획을 뒤엎는 어떤 일(오즈에 착륙, 로체스터와의 만남)이다. 이것은 캐릭터의 세계의 호시절을 끝장내고, 그의 균형을 흔들어 허물어뜨린다. 또한 캐릭터의 **정상 세계**를 완전히 파괴하여 물리적으로 여행을 떠나는 것 외에는 선택의 여지가 없도록 하거나(〈패트리어트: 늪 속의 여우〉에서 농장을 불태우는 것), **정상 세계**를 뒤틀어서 주인공이 그 안에서 새로운 생존법에 적응하도록 강요한다(〈스파이더맨〉에서 벤 삼촌의 죽음).

캐릭터의 결정 2: 첫 번째 구성점 '구간'

첫 번째 구성점에서 가장 중요한 것은 이에 대한 캐릭터의 '반응'이다. 그가 가만히 서서 바라보고 있다가 예전의 삶으로 다시 돌아간다면, 스토리는 나올 수 없다. 첫 번째 구성점은 캐릭터를 스토리의 그다음 4분의 1 동안, 즉 **중간점**까지 바쁘게 만들어줄 일련의 반응을 설정한다.

따라서 **첫 번째 구성점**은 매우 구체적인 초기 반응 한 가지를 유발해야 한다. 기본적으로 이것은 캐릭터가 반응하기로 한 결정일 뿐이다. 앞으로 나아가 **액트 II**의 문을 열어보기로 한 캐릭터의 결정이다. 그는 **첫 번째 구성점**을 외면하지 않고 그 안으로 들어간다.

캐릭터의 결정 3: 첫 번째 구성점 '이후'

캐릭터는 **첫 번째 구성점**에 대해 두 가지 기본 반응을 보인다. "이런 젠장, 그래!" 하고는 자기가 과연 어떤 지경에 빠질지 모르는 채 곧바로 저 문을 통해 돌진할 것이다. 아니면 자신이 통제할 수 없는 사건에 '끌려가면서' 발버둥을 치게 될 것이다.

어느 쪽이든 중요한 것은 캐릭터가 **그가 원하는 것**을 기반으로 명확한 물리적 목표를 신속하게 수립한다는 것이다. 보통 이 목표는 **첫 번째 구성점**에서 방금 그에게 일어난 일과 매우 명확한 관계가 있다. 물리적으로는, (**첫 번째 구성점**이 캐릭터를 새로운 설정으로 이동시킬 때면 늘 나타나듯) 예전의 '정상'을 복원하려는 노력으로, 또는 새로운 정상을 찾으려는 노력으로 충족해야 하는 당면 요구가 그에게 생겨난다.

이것은 플롯 목표가 완전히 굳어지는 순간이다. 이 플롯 목표는 캐릭터가 달성해내거나 그것이 잘못된 목표라고 판단할 때 (이 경우 그는 물리적으로 이를 달성할 수도, 아직 못 할 수도 있다)까지 스토리의 나머지 부분에서 갈등을 촉진할 것이다.

그 못지않게 중요한 점은 **첫 번째 구성점**에 대한 이 결정적인 반응이 캐릭터 아크를 형성한다는 것이다. 아마도 캐릭터는 무슨 일이 일어나고 있는지 깨닫지 못한 채 그 운명에 적극적으로 맞서고 있을지도 모르지만, 그가 예전의 안일함에서 벗어나 자신의 **거짓**을 파괴하는 길로 발을 내딛는 순간, 작가는 **첫 번째 구성점**을 제대로 찾아낸 셈이다. 캐릭터가 이를 깨닫든 깨닫지 못하든, 여전히 '잘못된' 방식으로 변화하려고 애쓰고 있을지도 모르지만, 어쨌건 변화에 돌입한 것이다.

이제 차이점은, **거짓**의 삶을 요구받던 편안한 **정상 세계**와 달리, **첫 번째 구성점** 이후 그의 삶은 더 이상 안일함을 용납하지 않으리라는 것이다.

첫 번째 구성점에서 캐릭터 아크는 어떻게 나타나는가?

첫 번째 구성점에서 캐릭터 아크는 다음과 같이 나타날 수 있다.

* 〈토르〉: 토르의 **거짓**이 그를 너무도 추악하게 만들어버리는 바람에 자신의 위풍당당한 **정상 세계**에서 쫓겨난다. 이는 토르에게 **정상 세계**로 돌아가겠다는 새로운 목표를 제공한다.

* 〈제인 에어〉: 만만치 않은 새 고용주에게 가정교사로 고용된다. 이는 제인에게 일과 관계를 모두 잘해내겠다는

새로운 플롯 목표를 제공한다.

* **〈쥬라기 공원〉**: 공원에 도착해서 실제 살아 있는 공룡들을 처음으로 본다. 이는 그랜트 박사에게 공원 구석구석을 탐사하겠다는 새로운 플롯 목표를 제공한다.

* **〈세컨핸드 라이온스〉**: 허브 큰할아버지가 잠결에 칼싸움하는 모습을 발견하고 가스 할아버지에게서 두 분의 젊은 시절 무용담을 처음으로 듣게 된다. 이는 월터에게 신비로운 재스민에 대한 모든 것을 알아내겠다는 새로운 플롯 목표를 제공한다.

* **〈토이 스토리〉**: 새로운 버즈 라이트이어 장난감의 등장으로 (말 그대로) 윗자리에서 쫓겨난다. 이는 우디에게 우두머리 자리를 되찾겠다는 새로운 플롯 목표를 제공한다.

* **〈쓰리 킹즈〉**: 이라크 금괴 지도를 발견한다. 이는 아치에게 보물을 찾겠다는 새로운 플롯 목표를 제공한다.

* **〈훌리건스〉**: 두 라이벌 축구 훌리건 집단 사이의 격렬한 패싸움에 휘말린다. 이는 맷에게 자기를 구해준 무리와 함께 싸우겠다는 새로운 플롯 목표를 제공한다.

* **〈밥에게 무슨 일이 생겼나〉**: 정신과 의사를 찾으러 위니페소키호수로 간다. 이는 밥에게 자신의 문제에서 벗어나 휴가를 얻겠다는 새로운 플롯 목표를 제공한다.

첫 번째 구성점에서의 캐릭터 아크: 추가 사례

* 〈크리스마스 캐럴〉: '과거의 크리스마스 유령'이 스크루지의 침실에 나타나 세상에 대한 스크루지의 인식을 완전히 바꿔놓는다. 이 시점에서 유령이 사라진다고 해도 스크루지의 **정상 세계**는 이미 완전히 흔들린 상태다. 하지만 유령은 사라지지 않는다. 오히려 스크루지를 **액트 I**에서 나와 **액트 II**로 들어가게 한다. 무슨 일이 벌어지고 있는지 스크루지가 완전히 깨닫지는 못했지만, 유령은 스크루지가 자신의 삶과 '크리스마스 정신'에 대해 가능한 한 모든 것을 알아내겠다는 새로운 플롯 목표를 가지고 **액트 II**를 시작하도록 강요한다. 처음에 스크루지의 유일한 목표는 밤을 무사히 넘기는 것이다. 하지만 그는 이미 돌아갈 수 없는 지점을 지났다. 다시는 **정상 세계**로 돌아갈 수 없다. 세상 자체는 변하지 않았지만, 그는 변했다.

* 〈카〉: **라이트닝 매퀸이 원하는 것**(피스톤컵 우승)은 그가 쇠락한 시골 마을 라디에이터스프링스에서 우연히 고립되고 체포되자 손이 닿지 않는 곳으로 사라져버린다. 그는 자신의 화려한 **정상 세계**에서 벗어나려는 욕망이나 의도가 없었기에, **첫 번째 구성점**에 대한 그의 즉각적인 반응은 엔진의 회전 속도를 최대한 높여 자신의 범퍼를 **정상**으로 되돌리겠다는 플롯 목표를 세우는 것이다. 하

지만 이 새로운 세계에서는 모든 규칙이 다르다. 라이트
닝이 이전에는 성과를 얻어왔던, **거짓**이 낳은 행동은 이
제 그를 라디에이터스프링스에서 점점 더 심각한 곤경에
빠뜨린다.

첫 번째 구성점에서의 캐릭터 아크: 질문

1. 여러분 작품에서 어떤 주요 사건이 캐릭터의 **정상 세계**
   를 강타하여 그가 원래 계획을 변경하도록 강요하는가?
2. 어떤 결정이 주인공을 **첫 번째 구성점**으로 이끄는가?
3. **첫 번째 구성점**이 양호해 '보일' 것인가? 만약 그렇다면,
   어떻게 해서 이 복잡한 문제가 주인공의 예상보다 훨씬
   고약한 것임이 드러나는가?
4. 아니면 이 사건은 명백한 재앙이 될 것인가? 어떻게 해
   서 그리되는가?
5. 주인공은 **첫 번째 구성점**을 기꺼이 받아들이고, 자신의
   힘으로 **액트 II**로 걸어가는가?
6. 아니면 질질 끌려가며 발버둥을 치면서 두 액트 사이의
   관문을 지나가는가?
7. **첫 번째 구성점**이 **정상 세계**를 파괴하는가? 아니면 캐릭
   터를 **정상 세계**에서 물리적으로 제거하는가? 아니면 주
   인공 '주변'의 **정상 세계**를 뒤트는가?

8. **첫 번째 구성점**에 캐릭터는 어떻게 반응하는가?

9. **첫 번째 구성점**에 대응하여 캐릭터는 어떤 새로운 플롯 목표를 세우는가?

10. **첫 번째 구성점**은 캐릭터가 자신의 새로운 **진실**로 가는 길을 어떻게 걷게 하는가?

11. **첫 번째 구성점**은 캐릭터가 자신의 **거짓**에 따라 행동한 것 때문에 '징벌'을 받는 새로운 세상을 어떻게 만드는가?

액트 I은 캐릭터의 **거짓**을 설정하는 곳이다. **첫 번째 구성점**을 기점으로 **거짓**은 오래가지 못한다. 이제부터 **액트 II**는 **거짓**을 파괴하고, 캐릭터가 외부의 갈등과 싸우고 온전한 사람으로 성장하게 해주는 **진실**을 찾도록 도와주는 곳이다. 캐릭터의 안전망을 허물고 그가 인생에서 가장 큰 모험에 나서도록 할 **첫 번째 구성점**을 구상해보자!

"속는 데는 두 가지 방법이 있다.
 하나는 진실이 아닌 것을 믿는 것이고,
 또 하나는 진실을 믿기를 거부하는 것이다."

쇠렌 키르케고르

8

액트 II 전반부

캐릭터 아크의 구조에서 **액트 II 전반부**는 캐릭터가 미지의 영역으로 덤벼들다가(또는 내몰리다가) 길을 잃는 곳이다. 스스로는 그렇게 생각하지 않을 수도 있지만, 여기서 그는 예전의 규칙(그가 믿는 거짓)이 더 이상 적용되지 않는다는 것을 알아차리기 시작한다.

이는 캐릭터를 약간 당황하게 만든다. **자신이 원하는 것**을 쫓아가면서 그는 **첫 번째 구성점**의 사건들에 대응하려고 안간힘을 쓴다. 그는 적대 세력에게 휘둘린다는 점에서 반응적이다. 그는 갈등을 통제하고 있지 않다. 하지만 반응성과 수동성을 혼동하지는 말자. 캐릭터는 이 구간에서 자신의 목표를 추구하는 데 '매우' 적극적일 것이고, 그 목표를 달성하는 데 어떤 방법이 효과적이지 않은지 알게 될 것이다. 이 새로운 지식은 결국 **거짓**에 대한 자신의 믿음이 어떻게 자기를 가로막고 있는지 깨닫기 시작하는 토대가 된다.

액트 II는 스토리의 대략 50%를 차지하는 가장 큰 부분으로, **액트 II 전반부, 중간점, 액트 II 후반부** 등 세 부분으로 나눌 수 있다. **중간점과 후반부**는 각각 9장과 10장에서 논의할 것이다.

액트 II 전반부는 캐릭터가 **첫 번째 구성점**에 반응하는 곳이다.

액트 II 전반부는 캐릭터가 균형을 되찾고 자신이 처한 이 새로운 세계에서 살아남는 방법을 모색하는 모습을 보여준다.

액트 II 전반부 내에는 **밀착점**Pinch Point(37% 지점)이 한 군데 있다. 이 지점에서 적대자는 힘을 과시하며 위협하는데, 이는 독자들에게 주인공이 무엇에 맞서고 있는지 상기시켜준다.

액트 II 전반부는 **첫 번째 구성점** 직후에 시작하여 **중간점**인 50% 지점까지 계속된다.

일반적으로는 스토리를 이등분할 수 있다. 전반부는 사건에 대한 캐릭터의 반응을, 후반부는 캐릭터의 행동을 다룬다. 이는 **액트 II 전반부**에서 가장 두드러지는데, 캐릭터의 **거짓**에 딸린 진짜 골칫덩어리가 마침내 나타나기 시작하기 때문이다.

액트 II 전반부에서 캐릭터 아크의 네 부분

액트 II 전반부에서 캐릭터 아크를 구성할 때는 다음 네 가지 주요 사항을 집어넣어야 한다. 이들 중 어느 것에도 정해진 타이밍은 없다. **중간점** 이전에 발생하기들만 하면, 캐릭터 변화의 다음 큰 전환점을 위한 모든 것이 갖추어질 것이다.

1. 캐릭터에게 자신의 거짓을 극복하기 위한 도구 제공하기

첫 번째 구성점이 캐릭터의 **정상 세계**를 뒤흔들고 나면, 그는 취약한 상태가 된다. 이는 그가 자신의 **거짓**을 극복하는 데 도움을 받을 준비가 되어 있음을 의미한다. 캐릭터에게 아직 모든 도구가 주어지지는 않겠지만, 적어도 못 한 개쯤은 받을 것이다. 우선은 퍼즐 조각 하나만 받을 것이다. 아니면 이것을 캐릭터가 **거짓**이라는 벽을 기어오르는 데 사용할 사다리의 첫 단이라고 해도 좋다.

이 첫 번째 도구는 **거짓**을 극복하는 방법에 대한 정보의 형태로 제공된다. 흔히 이 정보는 조언을 해주는 다른 캐릭터(멘토나 수호자 같은 전형)에게서 나온다. 캐릭터는 **절정**에서 적대자와 싸우는 데 필요한 신체 기술을 알아가는 동시에, 자신의 **거짓**과 싸우기 위한 **진실**도 알아가고 있어야 한다.

이러한 진실은 단순히 이론적인 것이 아니라 실제로 적용할 만한 것이어야 한다. 예를 들어 캐릭터의 **거짓**이 '혼자 나아가는 사람이 가장 빠른 법'이라면, 그가 이 부분에서 받게 될 도구가 그저 누군가가 그에게 '백지장도 맞들면 낫다'고 '말해주는 것'에 그쳐서는 안 된다. 오히려 **진실**을 실제로 보고 배울 기회가 캐릭터에게 주어져야 한다. 다시 말해, '말해주는 대신 보여줘야'

한다.

* **예**: 〈토이 스토리〉에서 보 핍은 앤디에게서 외면받는(그 래서 약간 히스테리컬한) 우디를 격려하면서, "난 앤디가 버 즈에게 열광한다는 것을 알고 있지만, 넌 앤디가 항상 널 각별하게 여긴다는 걸 알고 있잖아"라고 말한다.

2. 자신의 거짓을 추구하는 데 어려움을 겪는 주인공 보여주기

첫 번째 구성점에서 주인공의 주변 세계는 바뀌었다. 하지만 그 는 아직 따라잡지 못했다. **진실**의 빛이 그의 시야 가장자리에서 희미하게 빛나고 있을지도 모르지만, 그는 아직 의식하지 못한 다. 극복해야 할 **거짓**이 '있다는 것'조차 아직 인식하지 못한다. 주인공은 여전히 평소처럼 일을 추진하려 애쓰고 있다. 새로운 일에 똑같은 방식으로 반응하지만 효과가 없다.

본질적으로 **액트 II** 내내 캐릭터는 자신의 **거짓**에 따라 행동한 것 때문에 징벌을 받게 될 것이다. 전에는 캐릭터의 **거짓**이 그에 게 힘을 실어주고 원하던 것을 얻게 해주었다면, 이제는 **거짓**이 점점 더 방해가 되기 시작한다. **그에게 필요한 것**뿐만 아니라 **그 가 원하는 것**, 나아가 그의 전반적인 플롯 목표를 향해 나아가는 과정에 걸림돌이 되는 것이다. 캐릭터는 순전히 무슨 일이 일어 나고 있는지 아직 깨닫지 못했기 때문에 **거짓**에 기반한 행동을 고집하고 있으며, 그 때문에 '징벌'을 받는다.

이 징벌의 여파로 캐릭터는 자신의 전술을 발전시키기 시작할 것이다. 비록 자신의 실패를 야기하는 근본적인 **거짓**은 아직 인식하지 못할지라도, 자신이 실패하고 있다는 것만은 인식할 것이다. 캐릭터는 자신의 행동을 개선할 방법을 찾기 시작할 것이다.

* **예**: 토르는 지구로 추방된 후, 예전처럼 오만한 불멸의 존재로서 위세를 부리려 하나 온갖 굴욕(테이저에 맞고, 진정제를 투여받고, 차에 치이는 등)을 당하며 실패하게 된다.

3. 캐릭터가 자신이 원하는 것에 가까워지고 자신에게 필요한 것에서 멀어지게 하기

현시점에서 캐릭터는 여전히 **그가 원하는 것**을 손에 넣는 데 열중하고 있다. 이것이 자신의 모든 문제를 해결해줄 것이라고 확신하기 때문에 한결같은 믿음으로 갈망한다. 하지만 그가 목표를 향해 달려가면서 깨닫지 못하는 것은 **그가 원하는 것**에 가까워질수록 **그에게 필요한 것**에서 멀어지게 된다는 점이다.

거짓에 기반한 그의 잘못된 방법으로 인해 야기된 문제에도 불구하고, 이 부분에서 캐릭터는 그래도 자신의 목표를 향해 어느 정도 진전을 이루고 있을 것이다. 〈키드〉에서 러스는 자신의 어린 도플갱어를 제거한 것 같다. 〈몬스터 주식회사〉에서 설리와 마이크는 부를 집으로 돌려보낼 계획을 가지고 있다. 어니스트 클라인 원작의 〈레디 플레이어 원〉에서 웨이드는 게임에서 이기고 소녀를 차지한다.

그러나 이러한 외견상의 진전은 벌레 먹은 나무를 겉칠한 눈가림일 뿐이다. 이러한 표면상의 승리는 캐릭터가 자신의 내적 갈등의 본질을 보지 못하게 한다. **그가 원하는 것**이라는 유혹이 그를 파멸로 이끌고 있다. 외적 갈등에서 성공을 거두는 길을 가고 있을지도 모르지만, 계속 이 길을 간다면 내적 싸움에서 패할 수밖에 없다.

★ 예: 〈쓰리 킹즈〉에서 캐릭터들은 금을 찾아 훔쳐서는 마을을 떠난다. 원하는 것은 얻었지만, 적군 병사들의 손아귀에 있는 마을을 떠남으로써 자기들이 목숨 걸고 싸웠던 자들과 다를 바 없게 된다.

4. 캐릭터에게 거짓 없는 삶의 모습을 얼핏 보여주기

첫 번째 구성점은 캐릭터에 대한 완전히 새로운 시나리오를 설정하는데, 여기서 캐릭터는 처음으로 **거짓** 없는 삶이 어떤 것인지 엿보게 된다. 이러한 엿보기는 아마도 다른 캐릭터의 행동과 태도라는 시범에서 비롯되는 것이겠지만, 캐릭터가 자신의 **거짓**을 잠시나마 떨치고 **진실**의 보상에 대한 힌트를 얻는 덕분에 발생하는 것이기도 하다.

스토리의 이 초기 단계에서는 캐릭터가 얼핏 보는 것 '이상'을

얻게 해서는 안 된다. 하지만 아직 **거짓**의 잘못된 전제를 납득할
준비가 되어 있지 않더라도, 그 균열은 보기 시작해야 한다. **거
짓** 너머의 삶이 있는데, 그게 꽤 멋진 삶이잖은가. **거짓**을 버리
고 다시는 뒤돌아보지 않는 것이 얼마나 기분 좋은 일인지 캐릭
터가 조금이라도 느끼게 해야 한다.

* **예**: 〈훌리건스〉에서 맷은 매형네 축구 훌리건 패의 편에
서 함께 싸우며, 누군가 자신을 괴롭힐 때 반격하는 것이
얼마나 통쾌한 일인지 처음으로 알게 된다.

액트 II 전반부에서의 캐릭터 아크: 추가 사례

* 〈크리스마스 캐럴〉: 세 혼령은 스크루지가 **거짓**을 극복
할 도구를 연달아 제공한다. '과거의 크리스마스 유령'은
스크루지를 과거로 데려가, 올드 페지위그 상점에서 일
했던 젊은 시절의 멋진 기억을 떠올리게 한다. 유령은 스
크루지에게 페지위그의 친절이 페지위그를 거액의 돈보
다도 더 큰 사람으로 만들었다는 것을 인정하게 한다. 그
런 다음 스크루지가 처음부터 **거짓**을 거부하고 벨과 결
혼했다면 그의 삶이 어떻게 되었을지 잠깐 보여준다. 스
크루지는 그러한 폭로에 저항하며 유령과 실랑이를 벌이
지만, 유령은 그를 집으로 돌려보내 다른 혼령에게 떠넘

긴다.

* **〈카〉**: 라이트닝 매퀸은 라디에이터스프링스에서 만나는 거의 모든 캐릭터에게서 도구를 받는다. 메이터와 미스 샐리는 라디에이터스프링스가 친절한 이웃과 유유자적한 삶이 있는 아주 멋진 곳이라고 이야기한다. 하지만 라이트닝은 저항한다. 그는 사회봉사 명령을 회피하려 하면서 주민들의 고객에게 겁을 주고, 닥은 라이트닝에게 경주하자고 도발하여 이김으로써 그를 '벌'한다. 라이트닝은 최대한 빨리 도로를 고쳐서 **자신이 원하는 것**을 향해 나아가고 라디에이터스프링스에서 멀어지려 한다. **액트 II 전반부** 내내 마을 주민들은 계속해서 그에게 서로 배려하는 세상을 보여준다. **진실**은 라이트닝의 눈앞에 있지만, 그는 그런 것에 끌리지 않노라고 주장하며 계속 거부한다.

액트 II 전반부에서의 캐릭터 아크: 질문

1. 여러분 작품의 **첫 번째 구성점**에서 캐릭터는 어떻게 반응하는가?

2. 여러분은 캐릭터가 자신의 **거짓**을 오를 사다리의 첫 단을 만드는 데 도움이 되는 어떤 '도구'를 제공할 수 있는가?

3. 어떤 마이너 캐릭터가 주인공을 멘토링하는 데 도움이 되는 조언이나 모범적인 행동을 제공할 수 있는가?

4. 주인공에게 거짓을 극복하는 첫걸음을 그저 '말해주는' 대신 어떻게 '보여줄' 수 있을까?

5. 캐릭터는 자신의 **거짓**을 어떻게 이용하여 플롯 문제를 해결하려 하는가?

6. 그 결과 그는 어떤 '징벌'을 받는가?

7. 이러한 실패가 캐릭터의 전망과 전략을 어떻게 변화시키는가?

8. 캐릭터가 외곬으로 자신의 플롯 목표를 추구하는 것이 어떻게 **그가 원하는 것**에 더 가까이 갈 수 있도록 만드는가?

9. **그가 원하는 것**을 추구하는 것이 **그에게 필요한 것**에서 더 멀어지는 위험을 어떻게 초래하는가?

10. **첫 번째 구성점** 이후, 새로운 세계 또는 변화된 **정상 세계**는 캐릭터에게 **거짓** 없는 삶이 과연 어떠할지 얼핏 볼 수 있는 기회를 어떻게 제공해주는가?

액트 II 전반부에서 캐릭터는 자신의 플롯 목표에 도달하기 위해 그 어느 때보다 더 단호해질 것이다. 그는 자신의 삶과 갈등을 통제하려고 무척 노력하고 있고, 어떤 면에서는 대단히 효과가 있는 것처럼 보인다. 하지만 다른 면에서 그는 그 어느 때보다 더 엉망진창이다.

액트 II 전반부를 이용하여 캐릭터의 성격, 신념, 욕망의 깊이
를 탐구해보자. 그 결과는 갈등을 동력 삼아 재미있게 전개되는
장면들이 무한히 솟아나는 샘이다!

"인간의 정체성은
우리가 지닌 가장 연약한 것으로,
진실의 순간에만 발견되곤 한다."

앨런 루돌프

9

중간점

포지티브 체인지 아크에서는 주인공이 **액트 II 전반부**를 타국 땅에서 헤매고, 잘못된 가정으로 인한 실수를 저지르며, 자신의 온갖 잘못된 행동 때문에 손바닥을 맞으며 보내게 된다. 하지만 한편으로는 천천히(어쩌면 무의식적으로) 교훈을 얻고 깨닫게 된다. 이러한 개인적 자각은 스토리의 50% 지점인 **중간점**Midpoint에서 그를 아주 특별한 전환점으로 이끌 것이다.

지금까지 주인공은 **거짓**이라는 부담 아래서 고군분투하고 있었을 것이다. 그는 여전히 그 **거짓** 없이는 살 수 없다고 압도적으로 확신한다. 그러나 **액트 II 전반부**는 아마도 자신도 모르는 사이에 그를 변화시켰다. 그는 큰 변화를 준비하고 있다. **중간점**이 바로 그 변화이다. **중간점**은 캐릭터가 아직 **거짓** 자체를 떨치지는 못하더라도 **거짓**의 '영향'에서는 멀어지도록 유도한다.

중간점은 전체 스토리의 회전 고리 역할을 한다. 이는 캐릭터 아크에서 중요한 자각의 순간일 뿐만 아니라, 캐릭터의 반응 단계가 종료되고 행동 모드로 전환되는 지점이다.

샘 페킨파 감독은 **중간점**을 스토리의 '중심부'라고 지칭했다. **중간점**은 크고 인상적이며, 관심의 중심이다. **중간점**은 죽여주는 장면을 위한 중요한 기회이다. 제임스 스콧 벨은 자신의 저서 『중간부터 소설 쓰기Write Your Novel From the Middle』에서 **중간점**으로 플롯화를 시작할 것을 권장하는데, 그러면 이 순간에 맞춰 전체 스토리를 계획할 수 있다.

중간점

플롯 구조에 대한 논의에서는 언제나, **중간점**이란 주인공이 반응적인(갈등을 통제하지 '않는') 역할에서 능동적인(갈등을 통제하는) 역할로 전환하는 곳이라는 점이 강조된다. 이것은 스토리의 근본적인 전환점이다. 이러한 전환 없이는 변화도 다양성도 스토리도 없다.

하지만 액면만을 따지면, **중간점**에 대한 이러한 설명은 불완전하다. 결국 이러한 전환은 어디에서 나오는가?

바로 캐릭터의 내면 깊은 곳에서 나온다. 그의 캐릭터 아크 한가운데에서 나오는 것이다.

진실의 순간

중간점에서 캐릭터는 한낱 반응적인 역할로만 살아가기를 그만두고, 적대 세력을 극복하는 데 결정적인 행동을 취하기 시작한다. 이렇게 하는 이유는 자신의 목표나 그러한 목표를 달성하겠다는 결심이 바뀌었기 때문이 아니라, **중간점**이 캐릭터가 외적 갈등 및 그러한 갈등 '속에' 있는 내적 자아 모두를 더 잘 이해할 수 있는 곳이기 때문이다.

다시 말해서 캐릭터는 마침내 **진실**을 보게 된다. 스탠리 D. 윌리엄스는 이것을 '은총의 순간'이라고 부른다. 제임스 스콧 벨은 '거울의 순간'이라고 부른다(비유적으로, 때로는 문자 그대로, 캐릭터가 거울을 들여다보며 자신에 대한 진실을 보는 것이 수반되기 때문이다). 캐릭터는 스토리의 전반부 내내 **진실**의 증거를 보아왔지만, 중간점이라는 **진실의 순간**이 마침내 그가 **진실**을 받아들이는 지점이다. 그는 이를 단지 보편적이고 포괄적인 진실이 아니라, 자신의 플롯 목표, 더 나아가 **그가 원하는 것**을 성취하기 위한 열쇠가 되는 **진실**로 받아들인다.

거짓과 진실 사이에 갇히다

그렇다고 해서 캐릭터가 **거짓**을 거부하는 것은 '아니다'. 그러기에는 아직 이르다. 그러나 **중간점**은 그에게 반대 관점의 중요성을 보여준다. 의식적으로는 그는 **액트 II**의 나머지 부분에서도 거짓을 믿는다고 계속 주장할 테지만, 무의식적으로는 **진실**에 보조를 맞추어 행동하기 시작할 것이다.

예를 들어 리처드 매케나의 〈샌드 페블스The Sand Pebbles〉의 **중간점**에서 포한이 살해된 사건은 주인공 제이크 홀먼이 '전쟁 중에 개인적으로 중립을 유지하기는 불가능하다'는 **진실**에 직면하도록 강요한다. 그는 이 시점에도 여전히 중립을 주장하면서, '전쟁의 도덕과 정치란 장교들이 가지고 노는 대상'이라고 고집한다. 그러나 해군 탈영을 획책하는 홀먼의 행동은 그가 마음 깊은 곳에서는 더 이상 중립이라는 **거짓**을 지지하지 않는다는 것을 증명한다.

이 시점에서 캐릭터는 이제 **거짓**과 **진실** 사이에 갇힌 채 분열된 사람이다. **진실**이라는 새로운 지식을 '실행'하는 방법에 대한 그의 불완전한 이해는 **액트 II**의 나머지 부분에서 그가 아직 완전한 승리를 거둘 수 없는 이유이다.

미묘한 변화의 일부

중간점 자체가 일련의 중대한 장면 중 일부가 되겠지만, 캐릭터의 **거짓**에서 **진실**로의 개인적 전환은 미묘한 순간이 되곤 한다. 그가 의식적으로 변화를 분명히 표현하지는 못할 수도 있지만, 그럼에도 불구하고 변화 자체는 견고하고 극적일 것이다. 스탠리 D. 윌리엄스는 『도덕적 전제The Moral Premise』에서 다음과 같이 썼다.

은총의 순간은 대개 미묘한 사건으로 촉발되는데, 이 사건은 이전의 좀 더 극적인 사건들로 뒷받침된다. 캐릭터의 행동을 변화시키는 것은 **은총의 순간** 하나만이 아니다. 그것은 '낙타 등을 부러뜨리는 마지막 지푸라기'인 셈이다.

중간점에서 캐릭터 아크는 어떻게 나타나는가?

중간점에서 캐릭터 아크는 다음과 같이 나타날 수 있다.

* 〈토르〉: 자신의 망치를 들어 올릴 수조차 없는 신체적 무능력, 그리고 '힘만으로는 토르가 망치를 휘두를 자격이 없다'는 깨달음.
* 〈제인 에어〉: '로체스터의 비밀에 대한 공포와 제인에 대한 커지는 의존도' 엿보기, 그리고 로체스터가 다른 사람과 결혼하면 제인이 그 밑에서 계속 일할 수 없다는 깨달음.
* 〈쥬라기 공원〉: 이제 우리에서 풀려난 티렉스의 아이들을 향한 충격적인 공격, 그리고 '그랜트 박사 자신의 목숨을 걸고서라도 아이들을 구해야 한다'는 깨달음.
* 〈세컨핸드 라이온스〉: 허브 큰할아버지와 폭주족 패거리 사이의 싸움, 그리고 '가스 할아버지의 무용담이 결국 사실일 수도 있다'는 깨달음.

* 〈토이 스토리〉: 질투 때문에 버즈를 공격한 끝에 결국 둘 다 주유소에 버려지고 맒, 그리고 '버즈를 구하지 않으면 우디도 앤디에게 돌아갈 수 없다'는 깨달음.
* 〈쓰리 킹즈〉: 찾아다니던 이라크 금괴의 발견과 절도, 그리고 '아치 일행이 시아파 마을 사람들을 그 결과에 직면하도록 내버려둘 수는 없다'는 깨달음.
* 〈훌리건스〉: 맨체스터 경기에서 승리를 거둔 싸움, 그리고 '맷이 아끼는 사람들과 더불어 싸울 수 있게 되는 능력의 획득'에 대한 깨달음.
* 〈밥에게 무슨 일이 생겼나〉: 리오 박사의 아들과 함께한 성공적인(다소 우연이었지만) 다이빙 수업, 그리고 '그 가족들이 밥이 미쳤기 때문이 아니라 밥이 좋아서 관심을 기울이고 있다'는 깨달음.

중간점에서의 캐릭터 아크: 추가 사례

* 〈크리스마스 캐럴〉: 자신의 과거를 살펴보며 보낸 다사다난한 **액트 Ⅱ 전반부** 이후에 스크루지는 두 번째 혼령인 '현재의 크리스마스 유령'의 손에 넘어가게 된다. 이때 스크루지는 이미 비교적 주눅이 들어 유령의 눈을 마주할 엄두조차 내지 못한다. **액트 Ⅰ**은 '돈의 절대적 가치'라는 **거짓**에 대한 믿음을 흔들었고, 스크루지가 목격해

온 모든 것은 그가 더 나은 사람이 되기 위해 배워야 할 것이 있음을 확신시켰다. 그는 겸허하게 유령의 힘에 복종하고 "지금 내 마음을 움직이는 교훈을 얻었다"고 인정한다. **거짓**을 완전히 포기할 준비는 되지 않았지만, 이제 **진실**이 그를 붙잡고 있다. 그의 **진실의 순간**은, 첫 번째 유령에게와는 달리 이 유령에게 저항하지 않을 뿐만 아니라 심지어 "오늘 밤 나에게 가르쳐줄 것이 있다면 내가 그것으로 이득 좀 보게 해주시오"라고 간청할 때 나타난다.

* 〈카〉: 닥과의 경주에서 패한 후에도 여전히 라이트닝은 자신이 '단독'으로 일할 때 최고의 성과를 낸다고 굳게 믿고 있다. 하지만 지금 그는 '도움이 필요하다'는 **진실**에 직면해 있다. 닥의 조언 없이는 비포장 경주로에서 회전하는 방법을 알 수 없다. 라이트닝은 그 **진실**을 인정하고 싶지 않지만, 내심으로는 이를 피하지 못한다. 메이터와 함께 그는 잠자는 트랙터들을 괴롭히러 가며, 자신이 메이터를 좋아하고 그와 함께 즐거운 시간을 보낸다는 것을 인정할 수밖에 없다. 그는 스폰서인 러스티즈에 대해 불평하기 시작하다가 자기가 메이터까지 비난하고 있다는 것을 깨닫는데, 이때가 바로 그의 **진실의 순간**이 슬그머니 다가오는 지점이다. 미스 샐리는 메이터가 그를 신뢰한다는 사실, 그리고 '신뢰할 수 있는 친구가 있으므로 이제 라이트닝 자신도 신뢰감 있는 존재가 되어야 한

다'는 것을 상기시켜줌으로써 새로운 **진실**을 강조한다. 라이트닝은 무심하게 반응하지만, 후반부에서 마을을 돕는 라이트닝의 행동은 그가 마음속으로는 이 새로운 **진실**을 믿는다는 것을 증명해줄 것이다.

중간점에서의 캐릭터 아크: 질문

1. 여러분 작품의 **중간점**에서 어떤 개인적 자각이 주인공을 덮치는가?
2. **중간점**에서의 주인공은 **첫 번째 구성점**에서의 주인공과 어떻게 다른가?
3. **중간점**에서의 자각은 어떻게 캐릭터에게 갈등을 통제하기 시작할 수 있는 지식을 제공함으로써 그가 반응에서 행동으로 전환하도록 자극하는가?
4. 주인공은 적대 세력에 맞서 어떤 결정적 행동을 취하는가?
5. **중간점**에서 주인공은 갈등을 어떻게 새롭게 이해하는가?
6. **중간점**에서 주인공은 자신을 어떻게 새롭게 이해하는가?
7. 그의 **진실의 순간**은 무엇인가? 그는 어떤 **진실**을 인식하고 받아들이는가? 무슨 이유로 그것을 받아들이는가?
8. 캐릭터는 어떻게 여전히 자신의 **거짓**에 의식적으로 집착하고 있는가?
9. 그는 **진실**에 근거하여 어떤 행동을 하고 있는가?

10. 동시에 존재하는 **거짓**과 **진실** 사이의 대조는 그의 내적 갈등을 어떻게 변화시키는가?

중간점은 스토리에서 가장 흥미진진한 순간 중 하나이다. 캐릭터가 마침내 '이해'하게 되는 순간이다. 퍼즐 조각들이 딱 맞아떨어진다. 캐릭터는 갈등을 이겨내기 위해 무엇을 해야 하는지 깨닫고, 그에 따라 행동을 조절한다. 이것은 하룻밤 사이에 일어난 변화가 아니다. 이는 그가 **액트 I**에서 습득한 모든 것의 합체이며, **액트 II**의 나머지 부분에서도 **진실**에 대한 이해를 계속 다듬어갈 것이다.

중간점을 구상할 때는, 캐릭터가 인식해야 하는 **진실**을 확인하고 이를 뒷받침할 감동적인 장면을 만들어보자. 제대로 해낸다면, 스토리 전체에서 가장 기억에 남는 부분 중 하나가 될 것이다.

"이 세상의 어둠 속을 걸어왔기에,
우리는 한 줄기 빛도 볼 수 있다."

기시모토 마사시

10

액트 II 후반부

액트 II 후반부는 캐릭터 아크에서 주인공 테마 음악의 시작 신호를 주는 곳이다. **중간점**에서의 중요한 개인적 자각 덕분에 주인공은 이제 알게 된다. 퍼즐 조각들이 딱 맞아떨어진다. 그는 불현듯 깨닫는다. 투쟁에서 이기기 위해 무엇을 해야 하는지를 안다. 악당들아, 조심해!

액트 II 후반부는 캐릭터가 반응적 단계(갈등을 적대자가 통제한다)에서 벗어나 능동적 단계(캐릭터 자신이 갈등을 통제하기 시작한다)로 이동하는 곳이다. 그는 **중간점**에서 **진실**을 알게 되었고, 이는 그가 플롯 목표를 추구하면서 원하는 결과를 얻기 위해 올바른 행동을 실행할 수 있게 해준다.

스토리가 이미 다 마무리된 것 같지 않은가? 결국 주인공은 그렇게 믿기 시작한 것이다.

하지만 이는 섣부른 판단이다.

이 스토리는 결코 끝난 게 아니다. 주인공이 이제 잘 이해했다고 생각하는 저 모든 교훈은 어떤가? 알고 보니 겨우 '반쪽'만 이해했을 뿐이다. 그가 **진실**을 파악했을 수도 있지만, 아직은 **거짓**을 포기하지 않았다. **거짓**은 여전히 문제의 핵심이다.

액트 II 후반부는 **중간점**에서 이루어진 자각을 바탕으로 한 주인공의 강력한 행동으로 시작된다.

액트 II 후반부에는 갈등을 통제하면서 당당하게 앞으로 나아가는 캐릭터가 나온다.

액트 II 후반부는 스토리의 모든 게임 조각들을 조립해야 하는 곳이며, 그러면서 조각들이 **액트 III**를 위한 제 위치에 놓이게 된다.

액트 II 후반부는 **중간점**에서 시작하여 스토리의 75% 지점인 **액트 III** 시작 부분까지 펼쳐지며, 스토리의 25% 분량을 차지한다.

액트 II 후반부는, 주인공을 물리칠 수 있는 적대자의 능력을 강조하고 마지막 전투를 예고하는 **두 번째 밀착점**(스토리의 62% 지점)을 포함한다.

일반적으로 **액트 II 후반부**는 '행동' 단계이다. 주인공은 자신이 이제 분명히 볼 수 있다고 '여기며' 앞으로 돌진한다. 하지만 스토리의 이 부분에서 기억해야 할 중요한 점은 캐릭터가 여전히 **거짓**에 반쯤 눈이 멀어 있다는 것이다. 그는 지금 자신이 완벽한 시력을 가지고 있다고 여기며 갈등 속으로 뛰어들고 있다.

그런데 실제로는 한쪽 눈만 뜨고 있다.

액트 II 후반부에서 캐릭터 아크의 여섯 부분

액트 II 후반부에 대해 논의할 중요한 요소는 여섯 가지가 있다. 몇 가지 예외(아래 참조)를 제외하면, **액트 II 후반부** 속에 이러한 요소들을 배치하는 방법은 무척 탄력적이다. 전개 속도가 주요 고려 사항이 될 것이다. 이 모든 요소를 **세 번째 구성점** 이전에 설정하기만 하면, **절정**에서의 장대한 쇼에 필요한 모든 것이 제대로 준비된 셈이다.

1. 캐릭터가 깨달은 방식으로 행동하도록 만들기

액트 II 전반부에서 얻은 교훈과 **중간점**에서의 자각 덕분에 캐릭터는 이제 전반부에서는 할 수 없었던 방식으로 행동할 수 있다.

특히 이것은 그가 이제 새로운 작업 도구를 갖게 되었음을 의미하며, 이 도구는 **그가 원하는 것**을 향해 상당한 진전을 이룰 수 있게 해줄 것이다. 이전에는 손톱을 사용하여 벽돌을 헐어내면서 자신과 목표 사이의 벽돌벽을 허물려고 했을 것이다. 하지만 이제는 곡괭이를 가지고 있고, 게다가 벽 전체를 무너뜨리려면 어떤 벽돌을 부숴야 하는지도 잘 알고 있다.

이제 캐릭터는 더 빠른 속도로 장애물을 통과하기 시작할 수 있다. 이것은 그의 진전이 방해받지 않는다는 것을 의미하지는 않지만, 이제는 올바른 길에 오른 것으로 보이기 때문에 장애물을 제거하거나 회피하는 데 훨씬 더 효율적이다.

* **예**: 〈밥에게 무슨 일이 생겼나〉에서 밥은 리오의 가족에게 받아들여지면서 힘을 얻었고, **액트 II 후반부**에서 살아나기 시작한다. 그는 리오의 참담한 〈굿 모닝 아메리카〉 인터뷰를 카리스마 있게 구해내고, 리오가 무심결에 그를 시설에 수용시키려 하자 정신병원 직원들을 매료시킨다.

2. 예전의 거짓과 새로운 진실 사이에 캐릭터 가둬두기

아마도 스토리의 이 부분에 대해 이해해야 할 '가장 중요한 점'은 캐릭터가 아직 자신의 **거짓**을 포기하지 않았다는 것이다. **중간점**은 그가 **진실**을 이해하도록 만들었고, 그는 이를 실천하느라 바쁘다. 하지만 아직 **거짓**과 마주하지는 않았다. **거짓**은 여전히 그의 잠재의식 깊숙이 묻혀 있다.

그리고 그 결과는 인지 부조화이다. 캐릭터는 양립할 수 없는 두 가지 믿음 사이에 갇혀 있다. 이것은 그로 하여금 실수를 저지르게 할 것이다. 그는 **진실**을 믿는다. 그는 **진실**에 따라 행동하고 있다. 하지만 그 **진실**에 아직 100% 헌신하지는 않았다. **거짓**이 그를 억제하면서 그에게 꽤 심각한 내적 갈등을 야기하고 있다. 어떤 순간에는 **진실**에 따라 행동하고, 그다음에 **거짓**이 울룩불룩한 머리를 치켜들면 이번에는 **거짓**에 따라 행동하려 한다.

『플롯 대 캐릭터』에서 제프 거키는 이것을 '동요 상승'이라고 부른다.

여기서 핵심 요소가 보이는가? 바로 동요다. 그렇다고 캐릭터의 마음이 약하다는 뜻은 아니다. 이는 단지 한때는 그 캐릭터의 우주 사분면四分面에 단 하나의 힘만 있었는데 이제는 두 가지 힘 [진실과 거짓, 즉 옳은 길과 그른 길]이 있다는 것을 의미한다. 모든 것은 주인공이 한때 생각했던 것만큼 안정되어 있지 않다.

★ **예**: 〈토이 스토리〉에서 우디는 '버즈가 앤디에게 돌아가려면 그를 구해야 한다'는 **진실**에 헌신해왔다. 하지만 버즈에 대한 질투와 증오를 부추기는 **거짓**은 여전히 건재하다. 우디는 원해서 버즈를 돕는 것이 아니라 의무감으로 돕고 있는 것이다. 그는 버즈를 동등하게 여기지도, 버즈가 TV에서 장난감 광고를 본 후 갑자기 성격이 변한 이유가 무엇인지 궁금해하지도 않고 버즈를 끌고 간다. 우디의 **진실**은 자신의 목표를 향한 결정적 진전을 이루도록 해주지만, 그의 **거짓**은 계속해서 길을 가로막는다.

3. 거짓의 '영향'에서 벗어나기 위한 캐릭터의 시도 개시하기

캐릭터는 **거짓**이 자신의 삶에 미치는 '영향' 때문에 점점 더 불편해지기 시작한다. **진실**이 눈부신 자태로 그를 유혹하고 있다. 그는 **진실**을 '원한다'. 그래서 **진실**을 향해 움직이기 시작한다. **진실**은 SF영화에 나오는 견인 광선처럼 캐릭터를 빨아들인다. **거짓**은 모기처럼 그의 머리 주위를 맴돌며 얼굴을 쏘아댄다. 하지만 그는 **진실**에 매료되었다. 계속해서 **거짓**을 떨쳐내면서 **진실**을 향해 걸어간다.

이때 누군가가 캐릭터에게 여전히 **거짓**을 믿느냐고 묻는다면, 그는 반사적으로 "물론이지!"라고 주장할 것이다. 하지만 그의 행동은 다른 스토리를 얘기하기 시작했다. **진실**에 너무 강하게 끌린 나머지, **진실**(그리고 **그에게 필요한 것**)을 향해 나아가면서 심지어 **그가 원하는 것**으로부터 '멀어지고' 있는 것 같다. 흔히 이것은 캐릭터가 **후반부**에서 더 사심 없이 행동하기 시작할 때 볼 수 있다. **그가 원하는 것**이 무엇이든 간에 그는 여전히 그것을 원하지만, 옳은 일을 하느라 너무 바빠서 **그가 원하는 것**은 뒷전으로 밀려난다.

*   **예**: 〈쓰리 킹즈〉에서 캐릭터들은 여전히 금을 '원한다'. 그들은 어느 때보다도 단호하게 마지막 금괴 하나까지 모두 미국으로 밀반입하기로 작정한다. 하지만 행동의 초점은 이제 완전히 다르다. 그들은 금을 찾으러 돌아가

기 '전에' 시아파 마을 사람들이 국경을 넘어 안전한 곳
으로 갈 수 있도록 돕는 데 전념한다.

4. 캐릭터의 '전과 후' 마음가짐 대조하기

우리는 이야기의 두 반쪽을 서로의 거울 이미지로 생각할 수 있
다. 후반부 내내 캐릭터는 전반부를 되돌아볼 수 있는 상황에 놓
여야 한다. 유일한 차이점은 둘이 서로 '반전된' 이미지라는 것
이다.

이 장면들을 '전과 후' 장면이라고 생각하자. 캐릭터를 의도적
으로 전반부 장면과 유사한 후반부 장면에 배치함으로써 독자들
에게 그가 개인적 변화로 이룬 진전을 극적으로 표현해줄 수 있
다. 전반부에서는 그가 길모퉁이 노숙자에게 패스트푸드 쓰레기
를 던진 이기적인 멍청이였다면, 후반부에서는 그 남자를 보자
자기가 아직 먹지 않은 빅맥을 건네준다.

액트 II 후반부에서 캐릭터는 딴사람이다. 이를 증명하자. 독
자들에게 그가 다르다고 말하지만 말고, 보여주자.

* **예: 액트 I**에서 토르는 별생각 없이 경솔하게 친구들을
  전투에 투입해서는 죽게 할 뻔했다. **액트 II**에서 친구들
  이 토르를 구하러 위험을 무릅쓰고 지구로 오자, 그는 친
  구들을 다시 보게 된 것에 고마움을 표현하면서도 자기
  를 위해 자신들을 위험에 빠뜨려서는 안 되었다고 말해

준다. 토르는 언젠가는 죽어야 하는 자기 몸의 (상대적인) 약점을 인정하고, 친구들과 함께 싸우기보다는 마을 사람들의 대피를 돕기로 하면서, 전반부의 '무조건 공격'이라는 마음가짐이 어떻게 변화했는지 증명한다.

5. 캐릭터에게 가짜 승리 제공하기

이 부분에서 캐릭터의 강력하고 확고한 투지 덕분에, **액트 II**는 언뜻 보기에 큰 승리처럼 보이는 것으로 마무리될 것이다. **그가 원하는 것**이 손 닿는 곳에 있는 것처럼 보일 것이다. 손을 뻗어 가져오기만 하면 된다.

하지만 저 내적 갈등이 그 어느 때보다 더 강하게 끓어오른다. **그가 원하는 것**이 '바로 저기' 있다. 게다가 그는 여전히 자신 안에 있는 모든 것을 그대로 유지한 채로 그것을 원한다. 하지만 불안해한다. 전체적으로 뭔가 잘못되고 있는 느낌이다.

이런 상황에서 **그가 원하는 것**을 주장하려면, 캐릭터는 다시 한번 **거짓**의 유혹에 빠져야 할 것이다. 그는 **그에게 필요한 것**을 희생하고 **진실**의 부름을 억누르게 될 것이다. 그만한 가치가 있을까? 결국 그는 스토리의 시작 부분부터 **그가 원하는 것**을 계속 추구해왔던 것이다. 그리고 그것은 바로 여기 있고, 손에 쥐기만 하면 자신의 것이 된다.

그래서 그는 어떻게 하는가?

그것을 '잡는다'. **그가 원하는 것**이 **그에게 필요한 것**에 장애가 되지 않는다고 확신한다. 그는 양쪽의 장점을 모두 가질 수 있다. 물론 **거짓**과 **진실**은 그의 안에서 조화롭게 공존할 수 있다. 그래서 그는 **그가 원하는 것**을 움켜쥐고, 투쟁에서 비록 이기지 못하더라도 적어도 승리가 눈앞에 있는 것처럼 보인다.

그러나 **세 번째 구성점**에서 증명되겠지만 그 평화는 가짜다. 그는 육체적 승리를 얻기 위해 더 깊은 내면의 **요구**를 희생했고, 그 대가를 치러야 하리라는 것을 알아야 한다.

* **예**: 제인 에어는 로체스터의 청혼을 수락하면서 자신이 원하는 것을 틀림없이 얻는 것처럼 보인다. 제인은 자신의 이면을 존중해주는, 사랑하는 사람을 찾았다. 자기가 사랑받으리라고 기대한 적이 결코 없지만, 느닷없이 몹시 무모한 꿈이 모두 실현되려고 한다. 물론 그녀는 "네!"라고 말한다. 하지만 속으로는 평온하지 않다. 제인은 로체스터와 결혼하면 다시 한번 자신의 정신적 독립을 희생하고 예속되리라는 것을 이내 알아차린다. 그녀는 그와 너무도 함께 있고 싶어서 **진실**을 창밖으로 던져버리고, '감정적이고 육체적인 노예 상태가 사랑의 대가가 되어야 한다'는 **거짓**에 매달린다.

6. 캐릭터 아크의 핵심부를 노골적으로 보여주기

미묘함은 작가의 가장 큰 무기 중 하나이다. 그러나 지금은 미묘함을 구사할 때가 아니다. 이제 비장의 무기를 꺼낼 시간이다. 캐릭터를 혹독한 시련의 구렁텅이(일명 **액트 III**)에 던져넣기 직전에, 그(그리고 독자)에게 **진실**의 확실한 증거를 제시해주어야 한다. 이것을 간결하게 설명해보자. **그에게 필요한 것**은 무엇인가?

　이러한 설명은 캐릭터 사이의 대화, 캐릭터의 행동(제인 에어는 로체스터의 사랑의 무게에 짓눌려 자신을 굽히면서도 경제적 '독립'을 얻기 위해 노력한다), 또는 내면 묘사 등의 형태로 나타날 수 있다. 캐릭터는 **액트 II**가 끝날 때 이 마지막 도구가 필요하다. 왜냐하면 **액트 III**에 오면 이것이 **거짓**에 대한 그의 첫 방어선이 되어줄 것이기 때문이다.

★ **예:** 〈세컨핸드 라이온스〉에서 허브 큰할아버지는 젊은이들에게 전하고 싶은 연설을 월터에게 조금 들려준다. 공교롭게도 그 내용은 자신이 사랑하는 사람들을 신뢰하는 것에 대한 월터의 두려움에 직접적으로 적용된다. 큰할아버지는 이렇게 말한다. "때로는 사실일 수도 있고 아닐 수도 있는 것이 남자가 가장 믿어야 하는 것인 법이란다. … 그게 사실인지 아닌지는 중요하지 않아. 남자는 그런 것을 믿어야 한다. 왜냐하면 믿을 만한 가치가 있기 때문이지."

액트 II 후반부에서의 캐릭터 아크: 추가 사례

* 〈크리스마스 캐럴〉: 스크루지의 마음가짐은 **액트 II 후반
  부**에서 두드러지게 변화했다. 그는 안식일에 빵을 살 수
  없는 사람들을 걱정하기 시작한다(하지만 아직은 스크루지
  의 논리가 자신의 **거짓**에 의해 잘못 인도된다). 꼬맹이 팀을 동
  정하고, 조카의 디너파티를 보면서 '마음의 빛'을 키운다.
  할 수만 있다면 그 사람들의 건배에 동참할 것이다. 하지
  만 물론 그는 여전히 **거짓**에 물리적으로 묶여 있기 때문
  에 그럴 수 없다. 〈크리스마스 캐럴〉은 '전과 후'의 순간
  들로 가득 차 있다. 이런 순간들은 **액트 I**에서 그 씨앗이
  능수능란하게 뿌려지고, **액트 II** 내내 스크루지가 자신이
  아는 사람들이며 처음에 심하게 대했던 사람들과 기쁘게
  재회하면서 결실을 맺는다. 또한 이 스토리는 처음부터
  끝까지 우화이기 때문에 주제적 원리에 대한 노골적인
  설명으로 가득하다.
* 〈카〉: **중간점** 이후에 라이트닝의 마음이 열렸다. 그는 라
  디에이터스프링스를 새로운 시각으로 바라보고, 닥의 피
  스톤컵 3회 우승 경력과 미스 샐리가 추월 차로로 들어
  가지 않는 이유를 알게 되는 등 거듭된 발견으로 보상을
  받는다. 닥은 노골적으로 그를 도발한다. "너 자신 말고
  다른 것에 마지막으로 신경 쓴 게 언제지, 이 튜닝 카 녀
  석? 한 번이라도 대봐. … 여기 주민들은 서로를 아껴주

는 좋은 이들이야. 난 의지할 만하지 않은 자에게 주민들이 기대는 걸 원치 않아." 이에 라이트닝은 우선 자기가 망가뜨린 도로를 수리하고 나서 모든 마을 주민들의 상점을 방문하는 등 일련의 진정으로 따뜻한 행동을 보여준다. 그는 여전히 타이브레이커 경주에 참가하러 캘리포니아에 가고 싶어 하지만, 지금 당장은 이곳 라디에이터스프링스에서 **진실**이 얼마나 대단한지 느끼면서 마음이 약간 산란해진다.

액트 II 후반부에서의 캐릭터 아크: 질문

1. 여러분 작품에서 **중간점** 이후 **캐릭터**는 어떻게 갈등을 통제하기 시작하는가?
2. **중간점**에서의 자각은 어떻게 캐릭터가 새로운 시각으로 갈등을 볼 수 있게 하는가?
3. **중간점**의 자각은 캐릭터에게 적대자를 더 효과적으로 대적할 수 있는 어떤 '도구'를 제공하는가?
4. 캐릭터는 어떤 식으로 여전히 자신의 **거짓**에 집착하고 있는가?
5. 그의 새로운 **진실**은 예전의 **거짓**과 어떻게 마찰을 일으키고 있는가?
6. 캐릭터는 어떤 식으로 여전히 **진실**과 박자가 어긋나고

있는가?

7. 캐릭터의 마음가짐은 어떤 식으로 여전히 **거짓**을 옹호하는가?

8. 캐릭터의 행동은 **진실**에 대한 믿음이 커지는 것을 어떻게 보여주는가?

9. 여러분은 '전과 후' 장면을 어떻게 사용하여, 캐릭터가 스토리의 전반부와 얼마나 달라졌는지 증명할 수 있겠는가?

10. 어떤 가짜 승리가 **액트 II**를 끝낼 것인가? **그가 원하는 것**을 (외견상으로) 얻기 위해 캐릭터는 어떻게 **진실**과 타협했는가?

11. **액트 II 후반부** 어딘가에서 어떻게 **진실**을 노골적으로 보여주었는가?

표면적으로는 **액트 II 후반부**가 캐릭터에게 비교적 좋게 보일 것이다. 모든 것이 그의 뜻대로 되어가고 있다. 캐릭터는 자신의 삶에서 **진실**을 구현하는 것의 가치를 배우고 있다. **진실**이 작동하는 것을 보고, 어쩌면 자기도 모르는 사이에 이를 **그가 원하는 것**보다 더 가치 있게 여기기 시작한다. 지금껏 지녀온 습관 탓에 캐릭터는 **액트 II**의 끝에서 **진실**을 배반할 테지만, **진실**을 포기하기에는 이미 너무 멀리 와버렸다. 그는 이미 달라진 사람이다. 그리고 **세 번째 구성점**에 도달할 때 그는 이를 증명할 것이다.

"허물어지는 것의 가장 좋은 점은
자신을 어떻게 다시 추스를지
결정할 수 있다는 것이다.
좋은 선택을 하라."

스테이시 해먼드

11

세 번째 구성점

캐릭터 아크에서 가장 중요한 순간을 하나만 골라야 한다면 과연 무엇일까? **세 번째 구성점**? 그렇다. 이제 더 어려운 질문이 남았다. '왜' 이것이 가장 중요한 순간인가?

세 번째 구성점 Third Plot Point은 스토리에서 가장 침울한 순간이다. 조금 전 **액트 II**의 끝에서 주인공은 승리를 거둔 것처럼 보였다. 모든 것이 뜻대로 되어가는 것 같았다. **진실**을 알아가고 있었고, **거짓**을 자기 삶의 뒷전으로 밀어낸 것처럼 보였다. 심지어 적대자조차도 그 앞에선 속수무책인 것처럼 보였다.

이제 '해피엔딩' 소나타가 흘러나올 타이밍인가?

아니다. 왜냐하면, 지금쯤이면 여러분도 너무나 잘 알고 있겠지만, **거짓**을 뒤로 제쳐둔 것만으로는 충분하지 않기 때문이다. 스토리가 끝나기 전에, **거짓**이 가장 중요한 곳에서 다시 나타나 주인공과 정면으로 한판 붙어야 한다. 이것이 바로 **세 번째 구성점**의 핵심이다. 허울뿐인 승리 직후에 오기 때문에 더더욱 참담한 이 침울한 순간으로 인해 마침내 캐릭터는 **거짓**으로 자신을 기만하는 것을 그만둘 수밖에 없게 된다. 이제 더 이상 회피하거나 외면할 수 없다. 마지막으로 한 번 더 **거짓**과 맞서서, 파괴하든가 아니면 자신이 파괴되든가 해야 한다.

세 번째 구성점

액트 II 후반부는 주인공에게 힘을 북돋아주는 곳이었다. 그는 **중간점** 이후에 **진실**을 포용함으로써 **액트 II**의 나머지 부분에서도 점점 더 큰 확신(그리고 성공)과 함께 올바르게 행동할 수 있게 되었다. 그러나 **액트 II**를 마무리 지은 외견상의 승리 이후, **세 번째 구성점**이 이제 플롯에서도 캐릭터 아크에서도 위기를 초래한다.

이 위기 지점은 적대 세력이 일으킨 반전의 결과이다. 주인공은 악당을 제압했다고 생각했지만, 악당에게는 비장의 계략이 하나 더 있다. 대개 이러한 반전은 전혀 예상치 못한(물론 조짐이 없던 것은 아니지만) 폭로를 동반한다.

때때로 이 폭로는 플롯 비틀기가 될 수도 있지만, 보통은 주인공의 **거짓**으로 초래된 약점을 갑작스럽고 완전하게 깨닫는 것에 지나지 않곤 한다. 이 새로운 정보는 무엇보다도 주인공을 결정타 앞에 노출시킨다. 그는 너무 놀라서 반격조차 할 수 없다.

원하는 것과 필요한 것 사이에서의 최종 선택

플롯 측면에서 볼 때, **세 번째 구성점**의 관건은 주인공의 플롯 목표가 위험에 처하는 '물리적' 순간을 만들어내는 것이다. 캐릭터 측면에서 볼 때, **세 번째 구성점**을 좌우하는 것은 단지 외적 갈등으로 일어나는 '나쁜 일'이 아니라 주인공의 내면의 선택이다.

마침내 두 차례의 긴 스토리 액트 끝에 주인공은 **그가 원하는 것과 그에게 필요한 것**, 즉 **거짓**과 **진실** 사이에서 하나를 '선택' 해야 한다. **액트 II 후반부** 내내 그는 자신이 두 가지 모두를 가질 수 있다고 확신했다. 이제는 그러기가 불가능하다는 것을 깨닫는다.

이러한 순간이 스토리의 무게를 온전히 지탱하려면, 그 선택은 마음이 찢어지도록 아픈 것이 되어야 한다. 주인공은 여기서 무엇을 결정하든 중요한 것을 잃게 될 것이다. **진실**을 선택하고 자신의 꿈을 잃을 수도 있다. 아니면 자신의 간절한 소망을 선택하고 남은 인생을 **거짓**되게 살 수도 있다.

캐릭터가 원하는 것은 그의 손이 닿는 곳에 있어야 한다. 마침내 바로 '저기' 눈부시게 아름다운 자태로 있다. 그는 오랫동안 그것을 꿈꿔왔다. 이제는 그의 몫이다. 주인공이 할 일은 **진실**을 못 본 체하고 손을 뻗어 그걸 가져오는 것뿐이다. 너무 간절히 원하는 나머지, 그 욕망이 사실상 그를 죽이고 있다. 이때 **캐릭터가 원하는 것**에 대한 갈망이 강할수록 **세 번째 구성점**은 더욱 강력해진다.

하지만 그것은 선택의 한 측면일 뿐이다. 다른 하나는 **진실**이다. 주인공은 이것 없이는 살 수 없다는 사실 또한 깨닫게 되었다. **그가 원하는 것**이 거부할 수 없을 정도로 그를 유혹하는 동안, **거짓**의 크나큰 공포에 마침내 눈뜨고 만다. 주인공은 **그가 원하는 것**을 희생해야 한다는 생각에 몸서리를 치지만, **진실**을 거부하고 자신의 **거짓**의 그림자 속으로 물러나야 할 수도 있다는 전망에도 마찬가지로 넌더리가 난다. 『플롯 대 캐릭터』에서 제프 거키는 다음과 같이 강조한다.

[주인공은] 두 가지 방법의 약속과 대가를 모두 이해하게 된다. 다시 말해서, 자신의 선택을 진정으로 이해하게 된다. … 그 순간은 … 주인공이 둘 중 한 가지 방법을 선택하여 얻을 수 있는 것뿐만 아니라 잃을 수 있는 것까지도 이해하지 못한다면, 완전하지 않다.

이것은 '포지티브' 체인지 아크이기 때문에, 독자들은 모두 주인공이 무엇을 선택할지 잘 알고 있다. 하지만 그의 선택이 어려워질수록 독자들은 그의 최종 결정을 더 의심하기 시작할 것이고, 주인공이 결단을 내리면 그 선택은 그만큼 더 강력해질 것이다.

예전의 자신은 죽는다

결국 심장이 두 동강 날 것 같은 심정으로 주인공은 선택을 내린다. 그는 '**진실**'을 선택한다. **거짓**을 거부하기로 선택한다. 더 이상 자신이 이 그릇된 믿음으로 살도록 놔두지 않을 것이다. 비록 그 선택이 **그가 원하는 것**을 영원히 잃는다는 것을 의미하더라도(또는 의미하는 것처럼 보이더라도), **진실**을 받아들이고 옳은 일을 할 것이다. (결국에 **그가 원하는 것**을 실제로 얻는지 여부는 중요하지 않다. 지금 중요한 것은 주인공이 기꺼이 그것을 포기한다는 것뿐이다.)

이때 선택은 결정 그 이상이 되어야 한다. 행동이 되어야 한다. 주인공의 확신은 너무 강해서, 그는 새로운 길을 확고히 하는 방식으로 행동할 수밖에 없게 된다. 그는 자신의 실재하는 다리를 불태워야 한다. **세 번째 구성점** 이후, 설령 나중에 그 결심이 약해질지라도, **그가 원하는 것**을 얻기 위해 되돌아가서 마음을 바꿀 수는 없을 것이다.

비유하자면 이 순간은 캐릭터가 예전의 자신을 버리는 모습을 표현한 것이다. 그가 **액트 III** 내내 여전히 의심에 사로잡힐 수도 있지만, '지금 이 순간'에는 **진실**을 위해 기꺼이 육신의 목숨을 바칠 정도로 헌신적이다. 정말로 그는 자신의 **거짓**과 함께 '죽는다고도' 비유할 수 있다.

세 번째 구성점에서는 문자 그대로든 상징적으로든 실제 죽음이 일어나는 경우가 많다. 중요한 캐릭터가 여기서 문자 그대로 죽지(예를 들어, 〈스타워즈〉에서 오비완의 죽음) 않는다면, 죽음은 생명을 위협하는 배경 날씨라든가, 캐릭터의 실직(직업적 죽음을 의미), 반려동물의 죽음, 여행 중의 장례식, 신문의 부고 기사 등을 통해 표현될 수 있다. 죽음의 모티브는 스토리에 '반드시' 유기적으로 연결되어야 한다. 그 상징이 결코 임의적이어서는 안 된다(예를 들어, 캐릭터가 여행 중에 지나치는 장례식은 플롯과 어느 정도 관련이 있어야 한다). 그러나 죽음의 먹구름은, 아주 가까이 있지 않더라도 거의 언제나 **세 번째 구성점**의 배경에서 맴돌 것이다.

세 번째 구성점에서 캐릭터 아크는 어떻게 나타나는가?

세 번째 구성점에서 **캐릭터 아크**는 다음과 같이 나타날 수 있다.

* **〈토르〉**: 토르의 동생이 토르를 죽이려 하면서 무고한 마을(토르가 관심을 갖게 된 사람들까지)에 가하는 무자비한 공격. 토르는 정말로 다른 사람들을 구하기 위해 싸움을 멈추고 자신의 목숨을 희생할 것을 선택한다.
* **〈제인 에어〉**: 로체스터는 이미 미친 여자와 결혼했기에, 제인이 로체스터의 정부가 되어 자신의 정신적, 도덕적 자유를 기꺼이 희생할 경우에만 그와 함께할 수 있다는 사실을 알게 된 것. 제인은 사랑받는 데에 치르는 대가가 너무 크다고 판단하고 달아난다.
* **〈쥬라기 공원〉**: 팀의 감전 사고에 이은 랩터들의 탈출.

그랜트 박사는 아이들을 보호하기 위해 무슨 일이든 하기로 결심한다.

* 〈세컨핸드 라이온스〉: 월터 어머니가 새로 사귄 폭력적인 남자친구와 함께 돌아온 것, 그리고 큰할아버지들이 자기들이 부자가 된 사연에 대해 월터에게 거짓말을 해온 도둑이라는 두 사람의 주장. 월터는 어머니의 거짓말을 무시하고 돈의 소재를 밝히기를 거부한다.

* 〈토이 스토리〉: 앤디의 다른 장난감들이 우디가 시드의 방에서 탈출하는 것을 돕지 않기로 하고, 버즈가 시드의 로켓에 묶이는 것. 우디는 혼자서는 탈출할 수 없다는 것을 깨닫고, 자신의 탈출보다는 앤디에게 우디와 버즈 모두가 필요하다는 사실이 더 중요하다는 것을 인정하기로 선택한다.

* 〈쓰리 킹즈〉: 트로이가 이라크군에 붙잡혀 고문을 당하고 있음을 알게 된 것. 아치와 엘긴은 차량을 구하여 트로이를 구출하러 돌아가기 위한 거래에 금괴 절반을 내놓기로 결정한다.

* 〈훌리건스〉: 훌리건 패거리 멤버 한 명의 배신으로 맷의 매형이 목을 찔림. 맷은 폭력 사태에서 벗어나 누이와 조카를 안전하게 미국으로 데려가야 할 때라고 결정한다.

* 〈밥에게 무슨 일이 생겼나〉: 밥의 정신과 의사의 신경쇠약. 밥과 '그 가족들'이 모두 점점 더 서로를 좋아하게 되었음에도 불구하고, 밥은 그들의 소망에 귀를 기울여 떠

나가기로 선택한다.

세 번째 구성점에서의 캐릭터 아크: 추가 사례

* 〈크리스마스 캐럴〉: 제이컵 말리가 예고한 대로, 자정이
  되자 스크루지는 지금까지 가장 무서운 혼령인 '미래의
  크리스마스 유령'의 방문을 받는다. 이 부분에서는 죽음
  의 악취가 진동한다. 꼬맹이 팀의 죽음이 보인다. 그러나
  더 중요한 것은, 스크루지가 죽자 아는 사람 모르는 사람
  할 것 없이 그 죽음을 냉담하게 대하는 태도가 **세 번째
  구성점**과 **액트 III**의 대부분을 채우고 있다는 점이다. 스
  크루지는 자신의 **거짓**의 대가를 분명히 보고, 마침내 자
  신의 부를 포기하고 일 년 내내 '마음 깊이' 크리스마스
  를 기리며 여생을 살기로 결심한다.
* 〈카〉: 마을 주민들과의 새로운 우정과 미스 샐리와의 어
  렴풋한 사랑이 한창일 때 라이트닝의 **세 번째 구성점**이
  치고 들어온다. 라이트닝이 새롭게 찾은 덕행의 진정성
  을 의심하며 닥이 언론을 불러들였다. 라이트닝에게 그
  토록 갈망하던 도주로가 주어진 것이다. 타이브레이커
  경주에 제시간에 도착하는 능력은 사실상 예견되어 있었
  던 셈이다. 하지만 이 경주가 자신이 라디에이터스프링
  스에서 찾은 평화와 행복을 포기하는 것을 의미할 수도

있음을 갑자기 깨닫게 되면서, 라이트닝은 맥에게 끌려가는 신세가 된다.

세 번째 구성점에서의 캐릭터 아크: 질문

1. 여러분 작품에서 어떤 참담한 사건이나 폭로가 캐릭터의 외견상 성공을 사상 최악의 패배로 바꾸는가?

2. 캐릭터가 지금까지 자신의 **거짓**을 철저히 거부하기를 무시한 것이 어떻게 하여 이러한 패배를 초래했는가?

3. 이 패배는 어떻게 하여 캐릭터가 **거짓**의 진정한 결과에 직면할 수밖에 없도록 만드는가?

4. 이 패배는 어떤 식으로 캐릭터에게 **그가 원하는 것**으로 향하는 명확한 길을 제시해줄 수 있는가?

5. 캐릭터가 이 길을 택한다면, 이 선택이 어떻게 하여 **그에게 필요한 것**을 거부할 수밖에 없도록 만드는가?

6. **그에게 필요한 것**과 **그가 원하는 것** 사이에서 내리는 명확하고 단호한 선택을 여러분은 어떻게 설정할 수 있는가?

7. 캐릭터는 어느 쪽을 선택할 것인가?

8. 이 장면에서, 캐릭터의 **거짓**으로 커가던 옛 자아의 종말을 강화해줄 죽음을 어떻게 문자 그대로 또는 상징적으로 표현할 수 있는가?

이쯤 되면 구성점이 캐릭터 아크의 코너 부근에서 어떻게 스토리의 '방향 변경'을 해내는지 볼 수 있을 것이다. **첫 번째 구성점**은 캐릭터를 **정상 세계**에서 쫓아내어 그가 반응을 시작할 수밖에 없게 만들었다. **중간점**은 이런 반응을 통해 그를 일깨우고 행동을 '취하도록' 이끌었다. 하지만 그 행동은, 적어도 부분적으로는 외적 반응에 불과했다. 캐릭터는 **액트 II 후반부**(의 대부분)를 올바른 방식으로 '행동하며' 보냈지만, 아직 교훈을 얻지 못했다. 내심 그는 스토리 내에 단 하나의 '올바른' 선택이 있음에도 불구하고 여전히 자신 앞에 몇 가지 선택지가 놓여 있다고 믿었다.

방금 알아보았듯이, 바로 이것이 **세 번째 구성점**이 필요한 이유이다. **세 번째 구성점**은 이러한 모든 선택 사항을 없애고, 캐릭터가 자신과 상황 앞에서 절대적으로 솔직해지는 것 외에는 선택의 여지가 없는 곳으로 몰아간다. 다가오는 **절정**에서는 주인공이 잿더미에서 일어나 내면의 온전함을 갖춘 채로 전투를 벌일 준비가 되어 있을 것이다.

"인생은 안락한 지대의 끝에서 시작된다."

닐 도널드 월시

12

액트 III

스토리의 마지막 25%인 **액트 III**의 **캐릭터 아크**에서 가장 중요한 것은 격동이다. 스토리는 겉으로 보기에 갈등이 가열되고 있다. 주인공은 이제 적대 세력과의 피할 수 없는 결전을 향해 우레와 같이 달려드는 폭주 열차이다. 하지만 내면의 그는 흔들리고 있다.

세 번째 구성점은 주인공을 불시에 타격했다. 느닷없이 벌어진 끔찍한 일로 그는 정신이 멍해졌다. 그러나 무엇보다도 중요한 것은, 이 사건을 통해 주인공이 자신의 **거짓**이 아닌 '**진실**'에 따라 반사적으로 공격하고 행동하면서 캐릭터 아크상의 진전을 드러냈다는 것이다. 그렇게 함으로써 **그가 원하는 것**을 손이 닿지 않는 곳으로 치워버렸을 수도 있다.

주인공은 옳은 일을 '해냈다'. 그것도 진심으로 해냈다. 하지만 이제는 그 결과를 감수해야 한다. 그는 **진실**을 믿게 되었지만, **진실**은 그의 인생을 망쳤다.

외관상으로 **액트 III**의 관건은 캐릭터가 안간힘을 쓴 끝에 균형을 되찾고 **절정**에서 적대자와 맞서는 것이다. 하지만 캐릭터의 내부를 들여다본다면, **액트 III**의 핵심은 그가 '정말로' **진실**을 섬기고 싶어 하는지를 알아내는 것이다. 그가 방금 치른 대가는 가치가 있는가? 그가 **거짓** 안에서 '안전'을 누렸던 삶으로 되돌아가고자 한다면, 이것이 마지막 기회가 될 것이다.

액트 III에서 캐릭터 아크의 네 부분

액트 III의 조망은 작가의 여정을 안내할 네 가지 중요한 이정표를 제공한다. 처음과 마지막 측면(각각 **세 번째 구성점** 직후 및 **절정** 직전에 배치되어야 한다)을 제외하고 이러한 요소의 대부분은 **액트 III** 전반부 전체에 펼쳐져 있을 것이고, 전체가 한 번에 제시되기보다는 서서히 진전될 것이다. 으레 이 부분에서는 훨씬 더 조여지곤 하는 속도감이 주요 고려 사항이다.

1. 더 큰 위험으로 내몰기

세 번째 구성점에서 마음이 찢어지도록 아픈 깨달음을 얻은 캐릭터는 이제 뒷일을 수습해야 한다. 그 일은 제법 끔찍하다. 이제 막 그는 **그가 원하는 것**을 향해 다가가던 노력과 수고를 모두 내동댕이쳤다. 그렇다. 캐릭터는 도덕적으로 높은 위치에 올라섰다. **거짓**의 억압으로부터 자신의 영혼을 해방시켰다. 하지만 그런 것이 지금 당장은 그다지 위로가 되지 않는다.

세 번째 구성점은 캐릭터의 등에 칼을 꽂았다. 이제는 작가가 조금 더 비틀어줄 차례다. **액트 III**는 **진실**이 방금 전 삶에 초래한 대혼란에 캐릭터가 반응하는 곳으로서, **세 번째 구성점**의 속편 같은 것이다.

그렇다면 왜 상황을 더 악화시키지 않는가? 더 큰 위험으로 내몰아보자. 캐릭터의 감정이 비참하다면, 왜 육체도 비참하게 만들지 않는가?

가장 친한 친구가 살해되는 것을 방금 봤다면?

완벽하다. 이제 그가 목숨을 걸고 도망치게 한다면?

눈보라 속에서. 다리에 총알이 박힌 채로.

진실에 따라 행동한 것이 정말 자신을 위한 최선의 일이었다는 결론에 캐릭터가 쉽게 이르도록 해서는 안 된다.

그가 잠시나마 불행에 빠져들게 놔두자. 그런 다음 다시 일으켜 세우자. 고통에 굴복할 것인가, 일어나서 싸움을 계속할 것인가를 놓고 캐릭터는 양자택일을 해야 한다. **그에게 필요한 것**을 얻기 위해 치른 대가가 고통을 감내할 만한 가치가 있다는 것을 깨달아야 한다.

캐릭터는 턱을 치켜들고 바람에 맞선다. 자신이 옳은 일을 했다는 것을 알고 있다. 그래야 한다면 다시 그렇게 할 것이다. 그는 이제 정식으로 거듭났다. 그렇다고 부족한 점이 없다는 뜻은 아니다. 누군가가 그를 아주 세게 때린다면 쓰러질 수도 있다. 하지만 이제부터 그는 새로운 사람이 되었다.

* **예**: 〈훌리건스〉에서 맷은 동료들이 맷의 매형을 죽이려 했던 상대 패거리와 싸우러 떠나자, 훌리건의 폭력을 뒤로하고 '동료들'을 등지기로 한 자신의 결정에 마음이 매우 불편해진다. 이번에는 자신이 감당할 수 없다는 것을 알고 있고 누이와 조카를 안전하게 대피시켜야 한다는 것도 알고 있지만, 싸워야 할 때 도망가는 듯한 기분을 지울 수 없다. 결국 맷은 마음을 바꾸고 동료들의 대열에 뒤늦게 합류한다.

2. 캐릭터의 균형 무너뜨리기

여러 면에서 **세 번째 구성점**에서의 사건은 절정에 도달한다. 캐릭터는 **진실**에 따라 행동했을 뿐만 아니라 **진실**을 '주장'했다. 그의 아크는 아마도 완성된 것처럼 보인다. 그러나 사실 **액트 III** 전체가 다루는 내용은 캐릭터가 '계속해서' **진실**을 주장하는 것이다. 단순히 반사적으로가 아니라 의식적으로 주장한다. 최종 시험은 **절정**에 이르러서야 나타날 것이다.

여기서 중요한 차이점은 캐릭터가 '이제껏' 진실을 주장해왔지만, 여전히 **거짓**을 100% 거부하지는 않았다는 것이다. 이미 그의 아크에서 가장 중요한 코너, 즉 **진실**이 떠오르고 **거짓**이 저물고 있는 코너를 돌았지만, **진실**의 우위는 아직 절대적이지 않다. 캐릭터는 자신의 새로운 패러다임에 적응하는 동안에도, **액트 III** 내내 계속해서 의심을 품을 것이다.

이러한 의심은 캐릭터가 새로운 **진실**에 입각한 삶에서 완전한 성취감이나 효과를 느끼지 못하게 한다. 그는 균형을 잃고 불행하며, 여전히 자기가 이전에 옳은 선택을 했는지 완전히 확신하지는 못한다. 아이러니한 것은, 비록 그가 **진실**을 선택하면서 행복과 역량 강화로 넘어가는 문을 열기는 했지만, 아직 그 문을 통과하지는 못했다는 것이다.

* **예**: 〈밥에게 무슨 일이 생겼나〉에서 밥은 자신이 뉴욕으로 돌아가는 것이 리오에게 최선이라는 데 동의한다. 그는 용감하게 어두운 숲속으로 행진한다. 하지만 스토리의 후반부 내내 자신의 온전한 정신 상태가 거듭 증명되었음에도, 밥은 갑자기 의심에 사로잡힌다. 그는 두려움에 굴복하여 비명을 지르며 호숫가 집으로 돌아간다.

3. 캐릭터가 이룬 성과 보여주기

캐릭터는 현재 '아무런' 진전도 이루지 못한 것처럼 느낄 수도 있지만, 물론 이는 전혀 사실이 아니다. 그는 엄청난 발전을 이루었다. 지금의 그는 시작 부분에서 **정상 세계**에 있던 본래의 자신과 멀찌감치 떨어져 있다. 작가는 이미 **세 번째 구성점**에서 이를 극적으로 입증해냈으며, **절정**에서 다시 한번 극적으로 입증할 것이다. 그러나 **액트 III** 전체에 걸쳐 작게라도 그 변화를 강화해가야 한다.

이를 위한 가장 효과적인 방법 하나는 캐릭터가 물리적으로 **거짓**을 거부할 수 있는 경우를 만드는 것이다. 이것은 다른 모든 드라마와 트라우마가 진행 중인 가운데, 보통 아무렇지도 않게, 그야말로 무심코 제시되는 것이 가장 좋다.

〈키드〉에서, 예전에 오만한 얼간이였던 주인공은 자신이 **액트 I**에서 대놓고 무시했던 지역 뉴스 앵커의 조언을 겸손하게 구한다. 이 장면의 요점은 주인공이 조언을 구하려 했다는 사실이 아니라 조언 그 자체이며, 그 조언을 크게 다루지 않고도 캐릭터가 이미 변했다는 것을 확고히 해준다.

* **예:** 〈쥬라기 공원〉에서 그랜트 박사는 아이들을 중앙 로비의 안전한 곳에 두기에 앞서 안심시켜줄 때 자신이 새롭게 발견한 아이들에 대한 애정을 보여준다. 박사는 정전기로 헝클어진 팀의 머리카락을 쓰다듬으며 "대단한 팀, 인간 토스트 조각"이라고 놀린다. 그가 스토리의 시작 부분에서는 절대 생각하지 않았을 일이다.

4. 캐릭터의 새로운 패러다임에 대한 공격 재개하기

절정(액트 III의 중간쯤에서 시작되며, 다음 장에서 자세히 논의할 것이다) 이전에, 캐릭터의 진실이라는 새로운 패러다임은 최후의 공격에 앞서 한 번 더 공격을 받아야 한다. 대부분의 스토리에서 이러한 공격 재개는 주요 적대자(절정을 대비하여 자신의 결정적인 수를 아껴 두어야 한다)가 아닌 '다른' 캐릭터에 의해 시작될 것이다. 그 공격은 비중이 작은 적대자, 회의적이거나 두려워하는 협력자, 심지어 캐릭터 자신의 내적 의구심에서 비롯될 수도 있다.

이 공격의 핵심은 진실에 대한 주인공의 의심을 타격하는 것이다. 거짓이 설득력 있고 매력적인 조건으로 강화되어야 한다. 주인공이 다시 거짓으로 돌아간다면, 확실히 전투에서 이길 가능성이 더 높아지거나 아예 전투를 피할 수도 있을 것이다. 주인공은 나쁜 충고를 거절하며 고개를 가로젓지만 유혹에 빠진다. 이 공격의 설득력이 강할수록, 주인공이 예전으로 퇴보할 위험이 클수록, 긴장감은 더 높아질 것이다.

때때로 이러한 공격 재개는 절정으로 치닫는 최후의 결정 자체로 곧바로 이어질 것이다. 그렇지 않다면, 현시점에서 너무 공격 강도를 높이지 않도록 주의하자. 최후이자 최강의 공격은 절정 한복판에서 적대자 자신으로부터 비롯되어야 한다. 논리상 이 공격 재개는 거짓의 최종 공격과 캐릭터의 최종 거부로 이어져야 한다. 스토리의 진행 속도를 조절해야 할 수도 있다. 어떤 경우에는, 스토리가 절정에 가까워질 때 이를 뒷받침할 수 있는 유일한 공격 재개는 마이너 캐릭터가 고개를 저으며 주인공에게 "너 제정신이야?"라고 건네는 짧은 한두 마디 정도가 고작이다.

★ **예**: 〈제인 에어〉에서 **절정**(여기서 제인은 로체스터의 삶을 염려하여 손필드로 다시 달아난다) 직전에 제인은 자신의 새로운 **진실**을 향한 잔인한 공격을 받는다. 제인의 사촌인 신진 리버스St. John Rivers는 그녀의 새로운 **진실**이 이기적이고 무가치한 추구라고 주장한다. 신진은 제인에게 불리한 그녀의 예전 믿음을 이용하여, 제인이 자신과 애정 없는 결혼을 해서 인도 선교를 하러 함께 가야만 가치 있는 삶을 살 수 있다고 설득하려 한다.

액트 III에서의 캐릭터 아크: 추가 사례

★ 〈크리스마스 캐럴〉: 액트 III의 대부분은 **세 번째 구성점** 장면의 진행 과정으로, 여기서는 무서울 정도로 조용한 세 번째 혼령이 스크루지를 기다리는 암울한 미래를 보여준다. 스크루지는 현재 물리적 위험에 처해 있지 않지만, 친구 하나 없이 죽게 되는 자신의 미래를 보게 된다. 스크루지는 스토리가 시작된 이래로 멀리까지 왔지만, 돈이 사람의 가치를 결정짓는 궁극적인 요소가 아니라는 것을 아직 확신하지 못하고 있다. **액트 III**의 핵심은, 스

크루지의 죽음에 대한 이웃들의 냉담한 반응에서 입증되
듯이, 스크루지가 가진 돈에도 불구하고 바깥세상에서는
무가치한 존재임을 증명하는 것이다. 꼬맹이 팀의 죽음
과 크래칫 가족의 슬픔을 본 스크루지의 심적 고통은 그
의 변화를 증명해준다.

* 〈카〉: 라디에이터스프링스의 친구들과 작별 인사조차 못
나눈 채 헤어진 후 라이트닝은 정서적 혼란에 휩싸인다.
영화 내내 자신이 추구해온 피스톤컵이 걸린 경주에 곧
출전할 참인데도 집중할 수가 없다. 심지어는 이 몹시 중
요한 타이브레이커 경주에 신경 써야 할 이유를 찾는 데
도 애를 먹고 있다. '단독'을 고집하던 자신의 태도에 대
한 거부가 라이트닝의 경력에 중요한 이 순간을 위태롭
게 만들고 있다. 그는 자신에게 닥친 상황을 잘 이해하지
못하지만, 해고된 피트 크루를 대신하여 자리를 채워준
맥에게 겸허히 감사하면서 자신의 달라진 태도를 증명한
다. 절정으로 치닫는 경주가 시작되자마자, 적대자 칙 힉
스는 라이트닝보고 집중력을 잃고 돈줄인 스폰서 다이노
코와 대화를 나눌 기회를 놓쳤다고 조롱한다. 라이트닝
은 주의가 산만해져 경주에서 늦게 출발한다.

액트 III에서의 캐릭터 아크: 질문

1. 여러분 작품의 캐릭터는 **세 번째 구성점**에 어떻게 반응하는가?

2. **진실**에 대한 캐릭터의 포용이 어떻게 하여 그의 삶을, 구체적으로 말하면 그의 플롯 목표 추구를 엉망으로 만들었는가?

3. 여러분은 어떻게 그를 육체적으로나 정서적으로 곤경에 빠뜨림으로써 더 큰 위험으로 내몰 수 있는가?

4. 이러한 곤경이 어떻게 캐릭터로 하여금 **진실**이 자신에게 적합한 선택인지 아닌지를 재고할 수밖에 없게 만드는가?

5. 그는 **진실**을 고수할지 말지에 대한 이러한 의심에서 어떻게 헤어날 수 있는가?

6. 캐릭터가 여전히 **진실**에 대해 품고 있는 의심은 또 무엇이 있는가?

7. **거짓**을 완전히 거부하지 못하는 캐릭터의 능력 부족이 자신의 완전한 행복과 역량 강화를 어떻게 가로막는가?

8. **액트 III**에서 캐릭터의 태도와 행동은 **액트 I**에서와 어떻게 다른가? **절정**에 이르기 전에 어떻게 그 차이를 교묘하게 강화할 수 있는가?

9. **진실**에 대한 캐릭터의 헌신은 어떤 식으로 시험받게 될 것인가? 어떤 캐릭터나 상황을 이용해 주인공을 유혹하

거나 괴롭혀 다시 **거짓**을 섬기도록 만들 것인가?

　액트 III는 스토리의 미해결 부분을 매듭짓는 곳이다. 캐릭터 아크 측면에서 볼 때 그러한 미해결 부분에 포함되는 내용으로는, 캐릭터의 **진실**에 대한 헌신을 시험하는 것, 그가 **거짓**을 버리고 **절정**에서 최후의 시험에 직면하러 앞으로 나아가면서 겪는 마지막 성장통을 보여주는 것 등이 있다.

　액트 III는 스토리에서 흥미진진하고 긴장감 넘치는 부분이 되어야 한다. 그러나 한편으로는 매우 사무적인 부분이기도 한데, 작가는 캐릭터와 플롯 등의 모든 조각들을 최종 결전을 위해 모으는 데 집중하게 된다. 스토리의 이전 90%에서 캐릭터 아크를 올바르게 설정해왔다면, **절정**에서의 놀라운 캐릭터 변신을 위한 모든 것이 이미 갖춰진 셈이다.

"진실은 당신을 자유롭게 할 것이다.
 하지만 당신과의 관계가 끝나고 나서야 그러겠지."

데이비드 포스터 월리스

13

절정

플롯에서와 같이, **캐릭터 아크**에서 **절정**Climax이란 느낌표 끝에 있는 점이다. **절정**은 스토리의 이유이다. 여기서 작가는 캐릭터가 가까스로 견뎌낸 여정의 '진정한' 핵심이 무엇인지, 그리고 **포지티브 체인지 아크**에서 '왜' 그 여정이 온갖 정신적 고통과 충격을 받을 만한 가치가 있었던 것인지를 밝힌다.

이 논의에서 가장 중요한 것은, **절정**에서 캐릭터는 자신이 정말로 달라진 사람이라는 것을 증명한다는 점이다. 독자들은 캐릭터의 변화를 목격했다. 그가 자신의 **정상 세계**에서 쫓겨났을 때 동요하는 것을 보았다. 그가 **액트 II 전반부**에서 다시 일어서려고 하면서 보인 필사적인 반응도 지켜보았다. **중간점**에서는 캐릭터의 자각을 보았고, 그런 다음 그가 **거짓**에서 벗어나 **진실**로 나아가는 모습을 보았다. **세 번째 구성점**에 이르러서는 그가

진실에 따라 행동하고, 그 행동의 대가를 치르는 것을 보았다.

이제 **액트 III**의 중반 즈음에 접어들면서 갈등이 극에 달해, 주인공과 적대자 사이에 대립이 '반드시' 일어나야 할 지경에 이르렀다. 주인공이 그 갈등에서 승리할 기회를 얻으려면, 자신이 오래도록 **진실**을 고수할 수 있다는 것을 증명해야 한다. 이제 그가 스토리 내내 얻어온 모든 교훈을 그러모아 간수하지 못한다면, 압박감이 최고조에 달할 때 모든 것을 영원히 잃게 될 것이다.

절정은 주인공이 결정적인 대결에 이르러 주요 갈등에 직면할 수밖에 없게 만드는 한 장면 또는 일련의 장면이다.

절정은 스토리상의 모든 약속이 이행되게 함으로써 주된 갈등을 해결하는 한편, 독자들을 기분 좋게 놀라도록 한다. 왜냐하면 일어나는 모든 일을 독자들이 예측할 수 있었던 것은 아니기 때문이다.

절정은 스토리의 대략 90% 지점에서 시작하여 마지막 한두 장면 직전에 끝난다.

절정은 갈등이 얼마나 복잡한지에 따라, 그리고 주인공이 맞서야 하는 적대자의 수에 따라 간혹 두 번의 절정(첫 번째 절정은 '가짜 절정'이라고 한다)으로 나뉜다.

절정

우리는 **액트 III**에 대한 논의를 마무리하면서, 캐릭터의 새로운 패러다임(즉, **진실**의 포용)을 향한 공격 재개를 언급한 바 있다. 비록 그러한 공격 재개가 **절정**보다 훨씬 전에 일어날 수도 있지만 (예를 들어, 〈제인 에어〉에서 신진이 제인이 손필드로 돌아가는 것을 막으려고 애쓰는 것), 대개는 이런 심리적 공격이 **절정** 자체까지 곧바로 이어질 것이다. 『작가의 여정』에서 크리스토퍼 보글러는 다음과 같이 설명한다.

그러한 반격의 심리학적 의미는, 우리가 맞서왔던 신경증이나 결점, 습관, 욕망, 중독이 잠시 후퇴할 수도 있지만, 영원히 패망하기 전에 다시 반등하여 최후의 방어나 필사적인 공격을 펼칠 수 있다는 것이다.

캐릭터가 믿는 거짓에 대한 최종 거부의 타이밍 설정

절정에서 거짓 거부하기

적대자와의 외적 갈등이 주인공의 내적 갈등과 밀접한 관련이 있다면, 주인공은 **절정의 순간**까지 이러한 공격을 떨쳐버리지 못할 수도 있다. 적대자는 **거짓**을 이용해 그를 난타하면서, 이 예전 상처가 아문 자리에 새로 돋은 피부를 계속 두들겨댈 수도 있다. 이것이 주인공의 약점이고, 상대도 그것을 알고 있다.

공격 재개, **거짓**에 대한 '최종' 거부, 그리고 **진실**의 수용을 **절**

정에 배치하면 외적 갈등과 내적 갈등을 조화시킬 수 있다. 이는 또한 위기감과 긴장감을 높인다. 독자들은 이야기에 푹 빠져 손톱을 물어뜯을 텐데, 캐릭터가 '지금 당장' 자신의 아크를 완성하지 못하면 적대자가 그를 파괴하리라는 것을 잘 알고 있기 때문이다.

그러나 이 두 가지 갈등을 동시에 배치하는 것에는 단점도 있다. **절정**은 스토리에서 매우 분주한 부분이기 때문에, 캐릭터가 적대자와 싸우는 동시에 캐릭터 아크를 논리적으로 완성할 시간과 공간이 항상 있는 것은 아니다. 목숨을 건 검투는 대개 그와 관련된 실존적 결정에 도움이 되지 않는다.

절정 전에 거짓 거부하기

스토리의 진행 속도에 따라, 최선의 선택은 아마도 캐릭터가 **절정**으로 돌입하기 '전에' 마지막으로 자신의 **거짓**을 마주하여 물리치는 것일 듯싶다. 이 순간, 캐릭터는 **거짓**에 대해 마지막으로 남은 일말의 미련을 거부하고 앞으로 나아가 **진실**을 주장할 것이다. 마침내 완전히 중심에 서게 되고, 그 결과 적대자와 맞설 수 있는 완전한 능력을 갖게 된다. 그는 변신한 것이다.

절정은 캐릭터가 마침내 완전히 자신의 새로운 **진실**에 의거하여 행동하면서 시작된다. 이쯤 되면 캐릭터는 기나긴 내적 숙고 끝에 완성되어 있어야 한다. 이제 남은 불확실성은 그의 내적 선택보다는 새로운 **진실**이 가져올 파장(적대자를 물리치게 될 것인가,

아니면 그 과정에서 죽게 될 것인가?)에 있다.

작가로서 어떤 결정을 내리든, 조던 매콜럼이 『캐릭터 아크 Character Arcs』에서 건네준 충고를 명심하자.

이러한 유형의 결말에서 주의해야 할 가장 중대한 사항 한 가지 는, 캐릭터가 이 절정에 매우 가까운 시점에 교훈을 얻도록 하는 것이다. 이러한 사건들이 너무 멀리 떨어진 시점에 일어난다면, 교훈을 얻는 것과 절정에서의 궁극적 성공 사이의 인과 관계가 약해진다. 대신, 교훈을 얻는 과정에서의 최종 선택 시점을 절정 에 일치시킬 수 있다면, 타이밍 문제를 예방하는 데 도움이 된다.

절정의 순간

절정의 순간이란 **절정** 내의 절정이다. 스토리의 전체적인 갈등 을 해결하는 단 한 순간이다. **절정의 순간**을 검증해가면서, 독자 가 스토리의 시작부터 기다려온 한 장면을 찾거나 만들어보자. 악당이 죽는다. 주인공이 청혼한다. 여자가 자신이 찾던 일자리 를 얻는다.

갈등은 주인공이 마침내 결정적으로 적대 세력을 파괴했기 때 문에 끝이 난다. 주인공과 그의 플롯 목표 사이의 장애물이 사라 진다. 그러나 이것이 캐릭터가 **그가 원하는 것**을 반드시 얻는다 는 의미는 아니다. **포지티브 체인지 아크** 스토리는 주로 캐릭터가 **그에게 필요한 것**을 찾아가는 문제를 다룬다.

따라서 그가 플롯 목표에 도달할 즈음에는 목표 자체가 완전히 바뀌어 **그가 원하는 것**을 더 이상 바라지 않게 될지도 모른다. (클래런스 브라운의 〈녹원의 천사〉에서 마이 테일러는 자존심을 가지게 되어, 더 이상 브라운가의 것을 훔치거나 아버지의 이름을 욕되게 하고 싶어 하지 않는다.)

그런가 하면, 캐릭터는 여전히 **그가 원하는 것**을 바라지만, **그가 원하는 것**과 **그에게 필요한 것** 둘 다 가질 수는 없음을 알고 **그가 원하는 것**을 거부할 수도 있다. (〈스파이더맨〉에서 피터 파커는 메리 제인과의 관계를 발전시킬 기회를 거부하는데, 이것이 그녀를 보호할 유일한 방법임을 알기 때문이다.)

캐릭터가 **그가 원하는 것**을 바라는 이유가 바뀌어, 자신의 승리에 대한 복합적인 감정을 갖게 될 수도 있다. (〈키드〉에서 러스 듀리츠는 마침내 어린 자신을 제거하지만, 그와 함께했던 시간이 그리워진다.)

아니면 캐릭터가 **그가 원하는 것**을 얻을 수도 있는데, 이는 단지 지금 **그에게 필요한 것**에 집중하고 있던 데서 비롯되었을 뿐이다. (제인 오스틴의 〈엠마〉에서 엠마가 나이틀리 씨와 결혼하게 되는 것은 단지 그녀가 이기심과 자만심을 극복했기 때문이다.)

절정에서 캐릭터 아크는 어떻게 나타나는가?

절정에서 **캐릭터 아크**는 다음과 같이 나타날 수 있다.

* **〈토르〉**: 토르의 동생이 그를 조롱하여 도발하는 공격 재개가 일어나자 토르는 공격적인 사고방식으로 되돌아간다. 그런 다음 토르는 다른 왕국들을 보호하기 위해 마침내 비프로스트를 파괴하고 자신의 새로운 사랑에게 돌아갈 기회를 (외견상으로는) 포기함으로써 자신의 새로운 **진실**에 대한 헌신을 증명한다. 로키가 스스로 목숨을 끊으며(끊은 것처럼 보이며) 토르와 그의 평화라는 목표 사이에 장애물이 되는 자신을 제거하면서 **절정의 순간**이 도래한다.

* **〈제인 에어〉**: 제인은 로체스터가 자기를 부르는 소리를 듣고는 자신의 **진실**에 대한 신진의 공격 재개를 완전히 거부한다. 그녀는 모든 것을 내려놓고 손필드에 있는 로체스터에게 돌아간다. 제인은 그와 결혼하지 않겠다고 결심하며 자신의 새로운 마음가짐을 증명하지만, 변화된 자신을 비롯한 상황들 덕분에 결국 두 사람이 함께할 수 있게 되자 기뻐서 어쩔 줄 몰라 한다. 그녀가 로체스터에게 자신이 돌아왔다고 말하면서 **절정의 순간**이 도래한다.

* **〈쥬라기 공원〉**: 그랜트 박사는 아이들을 구하기 위해 목

숨을 걸고 랩터들과 싸운다(엄밀히 말하자면 공격 재개는 아니지만, 이렇게 액션 비중이 크고 인물 비중이 작은 스토리에서는 기본적으로 동일한 기능을 수행한다). 티렉스가 로비에 들이닥쳐 랩터들을 쳐부수면서 **절정의 순간**이 도래한다.

* 〈세컨핸드 라이온스〉: 월터는 어머니의 폭력적인 남자친구에게 폭행을 당하면서도 굳게 버티며, 사랑하는 할아버지들이 도둑이라는 것을 믿지 않으려 한다. 월터는 할아버지들의 젊은 시절 모험담을 **진실**이라고 적극적으로 주장하고, 이를 위해 기꺼이 고통을 당할 용의가 있다는 것을 밝힌다. **절정의 순간**은 나중에 월터가 어머니와 맞서며 할아버지들과 함께 살도록 허락해줄 것을 주장하면서 도래한다.

* 〈토이 스토리〉: 우디가 달리는 밴에 뛰어들고 RC카를 이용해 버즈를 구하려 한 후에도, 다른 장난감들은 그가 버즈에 대한 태도를 바꿨으리라는 생각을 비웃는다. **절정의 순간**은 우디와 버즈가 앤디의 차에 무사히 착륙하면서 도래한다.

* 〈쓰리 킹즈〉: 상관들은 아치, 트로이, 엘긴에게 군법회의에 회부하고 시아파 난민들을 사담 후세인의 군인들에게 돌려보내겠다고 위협한다. 모두가 살아남을 수 있도록, 이들이 시아파 난민들을 국경 너머 안전한 곳으로 데려가기 위한 거래에 금괴를 내놓기로 결정하면서 **절정의 순간**이 도래한다.

* 〈홀리건스〉: 공격 재개는 대부분 맷 자신의 내부에서 비롯된다. 맷은 동료들이 죽을지도 모른다는 것을 알면서도 동료들만 싸우게 내버려둔다고 생각하니 견딜 수가 없다. 그는 동료들을 도우러 누이와 조카와 함께 돌아가지만, 동료들을 위해 할 수 있는 최선의 일은 자기 가족을 보호하는 것임을 깨닫는다. **절정의 순간**은 매형의 동생이 맷 가족의 탈출을 돕느라 목숨을 희생하면서 도래한다.

* 〈**밥에게 무슨 일이 생겼나**〉: 공격 재개는 리오가 밥을 다이너마이트 상자에 묶고 이것을 '죽음의 치료법'이라고 부르는 데서 비롯된다. 잠시 두려움의 시간이 흐른 후 밥은 마침내 치료법을 받아들이고 '치유'된다. **절정의 순간**은 밥이 실수로 호숫가 집을 폭파하여 리오를 긴장증 상태에 빠뜨림으로써 리오를 괴롭히는 자신의 능력을 마무리하면서 도래한다.

절정에서의 캐릭터 아크 : 추가 사례

* 〈크리스마스 캐럴〉: 스크루지의 변신은 기본적으로 그가 '미래의 크리스마스'에서 빠져나와 **절정**에 들어가기 전에 완성된다. 그는 '미래의 크리스마스 유령'에게 만약 자기에게 다시 살 기회만 주어진다면 다른 사람이 되겠

다고 맹세한다. 침실로 돌아온 스크루지는 즉시 자기가 **액트 I**에서 무시했던 모든 사람에게 선행을 베풂으로써 자신의 변화를 증명하기 시작한다. **절정의 순간**은 그가 크래칫 가족에게 선물과 음식을 기부하고 크래칫의 봉급을 대폭 인상함으로써 '자선과 호의'라는 자신의 새로운 **진실**에 대한 헌신을 단호하게 보여주면서 도래한다.

* 〈카〉: 라이트닝은 새로운 피트 크루가 된 친구들의 도움을 기쁘게 받아들이면서 친구들이 자신의 삶에서 얼마나 중요한지 깨닫는다. 그는 새로워진 목적을 가지고 달리면서 앞차들과의 격차를 만회한다. 그러나 라디에이터 스프링스 마을 주민들에 대한 태도가 시작 부분에서 그들을 대하던 것과는 확연히 달라지긴 했어도, 라이트닝이 새로운 **진실**에 대한 자신의 헌신을 증명하기 위해 실제로 '해낸' 일은 아직 아무것도 없다. 칙 힉스가 (영화의 시작 부분에서 라이트닝이 그랬듯이) 이기적으로 행동하고 존경받는 노장 경주차 더 킹을 망가뜨리자, 라이트닝은 그 기회를 얻는다. 우승을 코앞에 두었던 라이트닝은 무슨 일이 일어났는지를 보고 더 킹을 돕는 것이 우승하는 것보다 더 중요하다는 것을 깨닫는다. 멋진 **절정의 순간**에, 그는 결승선 직전에 급브레이크를 밟아 칙에게 우승을 넘겨준다. 그러고는 되돌아가서 더 킹이 경주를 마칠 수 있도록 도와준다.

절정에서의 캐릭터 아크: 질문

1. 여러분 작품의 캐릭터는 **절정**에서 자신이 달라진 사람이라는 것을 어떻게 증명하는가?
2. 그의 새로운 **진실**에 대한 공격 재개는 **절정** '전에' 일어나는가, 아니면 **절정** '중에' 일어나는가? 이 두 가지 선택지에는 각기 어떤 속도 조절 문제가 있는가?
3. 캐릭터가 **진실**을 마침내 받아들이는 것이 어떻게 외적 갈등에서 승리할 수 있게 해주는가?
4. 캐릭터는 **절정**에서 **그에게 필요한 것**을 완전히 받아들이는가?
5. 그는 적대자를 물리치기 위해 **그에게 필요한 것**을 어떻게 이용하는가?
6. 캐릭터는 **그가 원하는 것**을 얻게 되는가?
7. **그가 원하는 것**에 대한 캐릭터의 관점은 어떻게 바뀌었는가? 그는 여전히 그것을 원하는가?

여러분은 이야기의 시작 부분에서 다음과 같은 질문을 던졌다. 캐릭터는 **거짓**을 극복하여 **그에게 필요한 것**을 얻을 것인가?

포지티브 체인지 아크에서, **절정**은 그 질문에 우렁차게 "그렇다"고 대답한다. 그뿐 아니라, **진실** 덕분에 캐릭터가 어떻게 변했는지에 대한 시각적이고 극적인 증거를 제공해준다.

캐릭터는 방금 자신의 아크를 완성했다. 그는 스토리가 시작되었을 때보다 더 나은 사람이 되어서 떠나고, 독자들은 그가 미래에 어떤 시련에 직면하더라도 이제 더 잘 맞설 준비가 되어 있음을 확신할 수 있다. 남은 것은 **해결** 부분을 정서적으로 마무리 짓는 (매우 중요한) 일뿐이다.

"… 실제로 끝나지 않는 일이 많기는 한데,
어쨌든 이런 일은 그저 새로운 방식으로
다시 시작될 따름이다."

C. 조이벨 C.

14

해결

해결Resolution은 바나나 스플릿 위에 얹은 체리처럼 캐릭터 아크를 마무리한다. 어떤 면에서는 스토리와 무관한 부분처럼 보일 지경이다. 결국 캐릭터 아크는 이미 완성되어 있다. 캐릭터는 **절정**에서 **진실**에 대한 자신의 헌신을 확고부동하게 '증명'했다. **거짓**에 완전히 등을 돌렸기 때문에 다시는 **거짓**에 굴복할 수 없을 것이다.

그렇다면 왜 **해결**이 필요한가?

이 중요한 엔딩 장면은 오프닝 장면을 받치는 역할을 한다. 스토리의 시작 부분에서는 캐릭터가 **거짓**에 의해 형성된 **정상 세계**에 살고 있는 모습을 보여주었다. **해결**에서는 캐릭터가 힘들게 얻은 **진실**에 의해 구축된 '새로운' **정상 세계**를 독자에게 보여주게 된다.

이 마지막 장면을 보상으로 생각하자. 독자들은 캐릭터와 함께 웃고 울고 아파하며 승리를 쟁취했다. 그러니 캐릭터가 행복한 결말 이후 살게 될 새롭고 더 나은 삶을 독자들도 잠시나마 엿볼 자격이 있다고 생각되지 않는가?

해결

해결은 캐릭터 아크를 마무리하는 데 두 가지 주요 임무를 수행해야 한다. 이러한 임무 중 첫 번째는 스토리의 시작 부분에서 제기된 주제적 의문에 대한 답을 제공하는 것이다. 두 번째 임무는 **거짓**에서 벗어난 캐릭터의 새로운 삶을 독자들에게 미리 살짝 보여주는 것이다.

주제적 의문

본질적으로 이 두 가지 임무는 동전의 양면과 같다. 스토리의 주제적 의문은 캐릭터가 **거짓**과 **진실** 사이에서 벌이는 내적 다툼에 기반을 두었을 것이다. 예를 들어 〈스파이더맨〉의 주제적 의문은 다음과 같이 요약된다. 피터는 자신의 막강한 힘을 막중한 책임감을 가지고 휘두르는 법을 배울 것인가?

영화가 끝날 무렵 그 의문은 **절정**에서 피터의 행동에 의해 확실히 풀렸다. 그러고는 마무리 장면에서 마지막으로 한 번 더 강조되는데, 여기서 피터가 자신의 새로운 **진실**에 의해 얼마나 크게 변화되었는지를 볼 수 있다. '그는 메리 제인 왓슨을 책임지고 보호하기 위해 자신이 가장 원하는 단 한 가지, 즉 그녀와의 사랑을 기꺼이 희생한다.'

스토리의 주제적 의문에 대한 답을 노골적으로 언급할 수 있는 방법을 찾아보자. 캐릭터 간의 상호작용과 설정을 통해서 답을 보여주기가 어렵다면, 짧은 대화로라도 드러낼 수 있다. 작가는 결코 '스토리의 교훈'을 독자에게 억지로 주입하고 싶어 하지는 않지만, 주제적 의문에 대한 답은 완전히 명확해지길 바라는 법이다.

캐릭터의 정상 세계

해결은 독자가 알고 있는 사실을 시각적 증거로 뒷받침하는 시간이기도 하다. 이제 주요 갈등이 해결되었으니 캐릭터는 다음에 무엇을 할 것인가? 이제 달라진 사람이 되었으니 어떻게 행동할 것인가?

이러한 변화는, 스토리 시작 부분의 **정상 세계**와, 갈등의 여파로 현재 존재하게 된 새로운 정상 사이에 의도적인 대조를 만들어냄으로써 가장 잘 제시되곤 한다. 꼭 필요한 것은 아니지만, 캐릭터를 스토리 시작 부분의 실제 물리적 설정으로 되돌아가게 하는 것은 그의 새로운 자아와 이전 세계를 극적으로 대조(그리고 따라서 강조)할 수 있게 해준다. 〈리틀 도릿〉에서 에이미 도릿

이 아버지가 베네치아에서 죽은 후 마셜시 감옥을 방문하러 돌아올 때 그녀는 머리끝부터 발끝까지 완전히 다른 사람인데, 이는 음산한 감옥과 에이미가 지금 입고 있는 사치스러운 옷의 대조를 통해 시각적으로 분명히 드러난다.

이러한 물리적 대조가 모든 스토리에서 통하지는 않을 것이다. 때로는 스토리의 시작부터 **정상 세계**가 파괴되어 있다든가, 캐릭터가 그곳으로 돌아갈 능력이나 이유가 없기도 할 것이다. 이런 경우에는 **해결**에서 캐릭터의 행동을 통해서만 차이점을 드러내야 한다.

포지티브 체인지 아크의 경우 이 마지막 장면은 재미있거나 적어도 즐거운 장면이어야 한다. 캐릭터는 방금 지옥에서 벗어났다. 희망이 솟아오르고 있다. 새날이 밝아오고 있다. 이를 최대한 활용하자.

해결에서 캐릭터 아크는 어떻게 나타나는가?

해결에서 캐릭터 아크는 다음과 같이 나타날 수 있다.

* 〈토르〉: 예전에 오만했던 토르가 아버지에게 드리는 사죄로, 여기서 그는 주제적 의문에 노골적으로 답을 한다. "저는 배울 것이 많습니다. 이제야 깨달았습니다."
* 〈제인 에어〉: 에필로그에서, 제인의 완전히 다른 새 삶은

그녀가 로체스터의 사랑하는 아내로 살아가면서도 절대적인 정신적 자유를 유지하는 모습을 보여준다.

* **〈쥬라기 공원〉**: 마무리 장면에서 헬리콥터가 모든 사람을 안전한 곳으로 태워 가는 동안, 예전에 아동공포증이 있었던 그랜트 박사가 잠든 아이들을 안아준다.

* **〈세컨핸드 라이온스〉**: 오프닝 장면을 흡사하게 반영하는 장면에서, 새로 힘을 얻은 월터는 당당히 돌아와 개와 돼지에게 인사하고 할아버지들에게 자기가 대학을 졸업할 때까지 오래 살아야 한다고 말한다.

* **〈토이 스토리〉**: 크리스마스 장면의 배경 역할을 하는 문자 그대로 새로운 **정상 세계**(앤디의 새집)로, 이 크리스마스 장면은 우디의 아크를 촉발시킨 초반의 생일 장면을 반영한다. 이곳에서 우디는 버즈와 행복한 친구가 되어 앤디 마음속의 일등 자리를 기꺼이 공유하려 한다.

* **〈쓰리 킹즈〉**: 세 주인공이 출소 후 행복한 삶을 살아가는 모습을 보여주는 아이러니하고도 희망적인 엔딩 몽타주로, 이라크 금괴가 아주 약간은 남아 있었음이 밝혀진다.

* **〈훌리건스〉**: 마지막 장면에서, 미국으로 돌아온 맷은 처음에 자신에게 누명을 씌웠던 룸메이트를 제압하고 자신의 결백을 입증할 증거를 얻음으로써, 필요할 때 자신을 위해 싸우겠다는(그리고 가능하면 싸움을 피한다는 새로운 지혜로 완화된) 새로운 의지를 드러낸다.

* **〈밥에게 무슨 일이 생겼나〉**: 밥이 리오의 여동생과 결혼

하여 제정신으로 돌아온 것을 드러내는 멋지도록 아이러
니한 마무리 장면으로, 마침내 리오를 긴장증에서 벗어
나게 한다.

해결에서의 캐릭터 아크: 추가 사례

* 〈크리스마스 캐럴〉: 디킨스는 스크루지가 그날 이후로
  어떻게 변했는지 확실하게 설명하는 몇 단락의 서술로
  끝을 맺는다. "… 사람들은 스크루지를 두고 늘 얘기하기
  를, 살아 있는 사람 중에서 크리스마스 경축하는 법을 가
  장 잘 아는 이라고 했다."
* 〈카〉: 라이트닝은 자신이 예전에 무시했던 스폰서 러스
  티즈와 계속 함께하기 위해 누구나 탐내는 다이노코의
  스폰서 제안을 거절함으로써, 절정에서 보여준 자신의
  충격적인 행동(더 킹이 마지막 경주를 마치도록 돕기 위해 피스
  톤컵 우승을 포기한 것)을 뒷받침한다. 그러고는 돌아와서
  라디에이터스프링스를 자신의 새로운 훈련 본부로 만들
  어 친구들의 죽어가는 마을에 새 생명을 불어넣는 한편,
  그 덕분에 자신 또한 약육강식의 삶을 살지 않고도 꿈을
  추구할 수 있게 된다. 그는 메이터를 다이노코 헬리콥터
  에 태워줌으로써 약속을 이행하고(그리고 자신이 신뢰할 수
  있는 자임을 입증한다), 또 미스 샐리와의 관계를 공고히 한

다. 라이트닝은 더 킹에게 자신이 왜 우승컵을 포기했는지 말해주면서 주제적 의문에 노골적으로 답을 내놓는다. "내가 아는 이 늙은 심술쟁이 경주차가 언젠가 내게 이런 말을 했죠. '그건 그저 빈 컵일 뿐이야.'"

해결에서의 캐릭터 아크: 질문

1. 여러분 작품의 **해결**은 스토리의 시작 부분과 어떻게 대비되는가?
2. 이 **해결**은 스토리의 시작 부분을 어떻게 반영하는가?
3. 캐릭터의 새로운 **정상 세계**는 원래 세계와 어떻게 다른가?
4. 캐릭터는 예전의 **정상 세계**로 돌아가는가?
5. **해결**은 스토리의 주제적 의문에 어떻게 답하는가?
6. 주제적 의문에 대한 답을 어떻게 하면 '스토리의 교훈'처럼 보이게 하지 않고 대화 속에서 언급할 수 있을까?
7. **해결**에서 캐릭터는 어떤 식으로 스토리의 시작 부분과 다르게 행동하는가?

어떤 면에서는 견고한 **포지티브 체인지 아크** 창작법을 배우는 것이 적절한 스토리 구성법을 배우는 것보다 훨씬 더 복잡하다. 인간 변화의 핵심이 되는 심리 작용을 이해할 수 있다면, 개과천

선하는 캐릭터에 대한 스토리를 설득력 있게 만드는 방법도 이해할 수 있을 것이다.

단순히 캐릭터를 변화시키는 것만으로는 충분하지 않다. 우리 모두가 자신이나 가족, 친구의 삶을 통해 인식하고 있는 패턴에 부합하는 방식으로 캐릭터는 변화해야 한다. 그래야 독자가 캐릭터의 이러한 변화 패턴에 공감하고 감동할 것이다.

제2부

플랫 아크

The Flat Arc

"편안한 망상보다 잔혹한 진실이 낫다."

에드워드 애비

15

액트 I

포지티브 체인지 아크 다음으로는 **플랫 아크**가 가장 대중적인
스토리라인이다. '시험하는 아크'라고도 하는 **플랫 아크**는 '변화
하지 않는' 캐릭터를 다룬다. 그는 스토리의 시작 부분에서 이미
진실을 알아낸 상태이며, 그 **진실**을 이용하여 다양한 외부의 시
험을 극복한다.

플랫 아크의 주인공은 엄청난 반대에 직면하게 된다. 때로는
흔들리기도 할 것이다. **진실**을 향한 그의 헌신은 한계점까지 시
험받게 될 것이다. 하지만 주인공은 결코 **진실**을 벗어나지 않는
다. 내적 갈등을 거의 경험하지 않으며, 개인으로서는 크게 변화
하지 않는다. 하지만 때로는 외적인 변화를 겪을 수도 있다(베로
니카 시코의 블로그 기사 「세 가지 유형의 캐릭터 아크―변화, 성장, 추락
The 3 Types of Character Arc―Change, Growth and Fall」 참조).

… 주인공은 관점을 바꾸거나, 다른 요령을 배우거나, 다른 역할을 얻게 된다. 그 최종 결과는 시작점보다 '더 낫거나' 그 이상인 것이 아니라 다를 뿐이다. 주인공은 거대한 내적 저항 같은 것을 극복한 적이 없고, 단순히 새로운 요령을 터득했거나 새로운 위치를 차지했을 뿐이며, 자신이 잊고 있던 재능이나 다른 천직을 발견했을 수도 있다.

그렇다면 이것은 정확히 어떻게 작동하는가? 독자들은 왜 이 자칭 '평탄한' 아크, 즉 정적인 캐릭터의 스토리를 즐기는가?

그것은 여전히 변화를 다루는 스토리이기 때문이다. 차이점이 있다면, **체인지 아크**에서처럼 세상이 캐릭터를 변화시키는 것이 아니라, '주변' 세계를 변화시키는 사람이 주인공이라는 것이다.

이제는 여러분도 **포지티브 체인지 아크**의 기본 원리를 이미 잘 알고 있을 것이다. 그러한 원리 대부분은 **플랫 아크**에도 그대로 적용되지만, 몇 가지 중대한 차이가 있다. 다음 세 장에서는 **플랫 아크**가 **포지티브 체인지 아크**와 어떻게 다른지, 그리고 이를 어떻게 사용하여 멋진 스토리를 만들 수 있는지 살펴볼 것이다.

캐릭터가 믿는 진실

포지티브 체인지 아크에서 가장 중요한 것은, 스토리 전체에 걸처 극복해야 하는 **캐릭터가 믿는 거짓**이다. 그러나 **플랫 아크**는 한마디로 **캐릭터가 믿는 '진실'**을 다룬다. **플랫 아크**에서 주인공은 이미 **진실**을 파악하고 있으며, 그 **진실**을 이용하여 플롯의 난관을 극복하고, 아마도 **거짓**에 짓눌린 세상을 변화시킬 것이다.

캐릭터는 **유령**(캐릭터의 배경 스토리에 흥미로운 깊이를 더해주고 그 동기의 타당성을 만들어준다)을 지니고 있을 수도 있지만, **포지티브 체인지 아크**에서와는 달리 **유령**과 이미 화해한 상태이다. **플랫 아크**는 캐릭터가 결말을 찾아가는 스토리가 될 수 없다.

이것이 바로 우리가 종종 시리즈물의 첫 편에서 **포지티브 체인지 아크**를 보고, 다음 편에서 **플랫 아크**를 보게 되는 이유다. 마블의 〈토르〉 시리즈가 좋은 예이다. 토르는 첫 번째 영화에서 자신의 **거짓**을 극복하고, 그래서 두 번째 모험이 시작될 무렵에는 자신의 새로운 **진실**을 이용하여 주변 세계를 변화시킬 수 있게 된다.

정상 세계

플랫 아크에서 **정상 세계**는 두 가지 방식으로 나타날 수 있는데, 그 첫 번째 형태는 캐릭터의 **진실**을 상징하는 좋은 장소이다. 이 경우에는 **정상 세계가 첫 번째 구성점**에서 파괴되거나, 혹은 그 세계를 지키기 위해 캐릭터가 그곳에서 벗어날 수밖에 없게 될 것이다.

정상 세계의 두 번째 형태는 만족스럽지 못한 장소로서, 거대한 **거짓**에 의해 저주받아온 곳이다. 주인공의 **진실**은 이 **거짓**과 정면으로 대립하게 된다. 주인공은 자신의 **진실**을 이용해 이 사악한 세계를 파괴하고 그 자리에 더 나은 세계를 건설한다.

포지티브 체인지 아크에서처럼, 스토리가 시작되는 **정상 세계**는 주인공이 무엇을 지키기 위해 싸우는지, 무엇을 극복하기 위해 싸우는지를 드러내는 상징이 된다. 또한 스토리가 이어질 수 있는 발판을 마련한다.

캐릭터 모멘트

캐릭터 모멘트는 세 가지 유형의 아크에서 거의 동일하게 작동한다. **플랫 아크**에서의 유일한 주요 차이점은 **캐릭터 모멘트**를 이용하여 캐릭터의 **거짓** 대신 **진실**을 소개해야 한다는 것이다.

자신에게 물어보자. 스토리의 시작 부분에서 주인공은 적대 세력으로 대표되는 **거짓**에 이상적으로 대항하도록 해주는 어떤 기술과 신념을 가지고 있는가? 이러한 특성을 흥미와 공감을 유발하면서 분명히 보여주는 오프닝 장면을 생각해보자.

액트 I

플랫 아크 스토리의 첫 4분의 1이 지나기 전에, 작가의 주된 책임은 다가오는 갈등의 발판을 마련하는 것이다. 중요한 캐릭터들, 그리고 그들 각각이 **진실** 또는 **거짓**과 맺은 연대를 소개해야 한다. **포지티브 체인지 아크**에서처럼 지금이 바로 **거짓**에 더 많은 관심을 쏟아야 할 때인데, 우리는 항상 **거짓** 안에서 주인공의 무엇이 위태로운지를 발견하기 때문이다. **거짓**이 타도되지 않는다면 주인공과 그의 세계에 어떤 끔찍한 일이 일어날 것인가?

캐릭터는 아마 **거짓**을 아는 상태에서 스토리를 시작하지는 않을 것이다. '**진실**'은 알고 있지만, **거짓**이 주변 세계에 깊이 뿌리박혀 있다는 사실에는 아직 직면하지 않았을지도 모른다. 덴마크에서 무척 역겨운 일이 벌어지고 있다는 것을 캐릭터가 점차 깨달아가는 데 대부분의 **액트 I**이 사용될 것이다.

주인공이 처음부터 **거짓**에 반대할 수도 있지만, **액트 I**에서는 **거짓**에 정면으로 맞서지는 않을 것이다. 때로는 **액트 I**에서 대립을 적극적으로 '피하는' 경우마저 있다. 주인공은 자신이 **진실**을 터득한 것에 만족하고 있고, 그 **진실**을 주변의 무너진 세상을 보호하거나 치유하기 위해 사용할 필요가 없다고 생각할지도 모른다. **액트 I** 끝의 **첫 번째 구성점**에 가서야 적대 세력의 **거짓**을 겨냥한 투쟁에 완전히 참여하게 될 것이다.

플랫 아크에서 액트 I은 어떻게 나타나는가?

액트 I에서 **플랫 아크**는 다음과 같이 나타날 수 있다.

* 〈헝거 게임〉: '사회가 공포와 사디즘보다는 신뢰와 연민을 기반으로 해야 한다'는 믿음(**거짓**에 반하는 **진실**). 삭막한 **정상 세계**에 사는 캣니스 에버딘은 정부에 대한 지속적인 공포에 떨면서 어머니와 여동생을 먹여 살리고 지키려 애쓴다. 원작 소설 첫 줄에서부터 캣니스가 아끼는 사람들을 위해 끊임없이 희생하는 모습이 보이고(**캐릭터 모멘트**), 이는 그녀가 참가자 추첨식에서 여동생의 자리를 대신하는 **선동적 사건**에서 극적으로 고조된다. 헝거 게임에 대해 한층 더 상세하게 묘사함으로써 **액트 I**은 캣니스가 살고 있는, **거짓**에 짓눌린 세계의 비열함을 강조한다.

* 〈치킨 런〉: '갇혀 살기보다는 탈출하려다 죽는 게 낫다'는 믿음(**거짓**에 반하는 **진실**). 암탉 진저의 **정상 세계**는 악랄한 트위디 부인이 운영하는 포로수용소 같은 양계장이며, 부인은 진저가 자신과 친구들을 안전하게 지키려는 모든 시도를 방해한다. 오프닝 몽타주는 진저가 거듭해서 탈출을 시도하면서 지략과 집념을 보여주는 잇단 **캐릭터 모멘트**를 선보인다. **액트 I**은 지속적인 도륙의 위기에 처한 삶의 끔찍함(특히 트위디 부인이 닭들을 모두 치킨 파

이로 만들 기계를 구입하기로 결심할 때), 그리고 자신의 **진실**에 대한 진저의 절대적인 헌신을 보여준다.

* 〈라스트 모히칸〉: '가족을 지키기 위해 싸우는 것이 음탕한 왕을 위해 싸우는 것보다 더 중요하다'는 믿음(**거짓**에 반하는 **진실**). 아름다운 자연과 단순하지만 보람 있는 생활 방식이 있는 너새니얼의 **정상 세계**는 지켜낼 가치가 있지만, 프랑스와 영국 간의 침략 전쟁, 그리고 식민지 민병대를 위험에 처한 그 가족들로부터 멀리 떨어진 전투에 투입하려는 영국군의 결정에 의해 위협받는다. 오프닝의 사슴 사냥은 자연주의 세계에 대한 너새니얼의 절대적인 소속감을 증명해주며(**캐릭터 모멘트**), **액트 I**에서는 그의 **진실**이라는 평화로운 세계가 전쟁이라는 **거짓**의 위협에 점점 더 강하게 맞선다.

* 〈글래디에이터〉: '로마는 한 사람의 전유물이 아니라 야만 세계의 어둠을 비추는 빛으로 계속 존재해야 한다'는 믿음(**거짓**에 반하는 **진실**). 막시무스의 **정상 세계**는 현명하고 자비로운 마르쿠스 아우렐리우스가 지배하는 로마제국이었지만 이미 무너지기 시작했다. 아우렐리우스는 죽어가고 있고, 그의 미덥지 못한 아들은 황위 계승을 기다리고 있다. **액트 I**에서 막시무스는 가족이 있는 고향으로 돌아갈 것인가, 로마를 지키기 위해 남을 것인가의 선택에 직면하게 된다. (이것은 **포지티브 체인지 아크**에서처럼 **플랫 아크**에서도 **캐릭터가 원하는 것**과 **캐릭터에게 필요한 것**이 잠깐이

지만 실제로 충돌하는 좋은 사례이다.)

* 〈이성과 감성〉: '삶과 사랑에 대한 이성적인 접근이 무모한 감정적 방종보다 더 큰 결실을 맺을 것'이라는 믿음 (거짓에 반하는 진실). 엘리너 대시우드는 가족 중에서 유일하게 강한 논리를 가진 사람으로, 어머니와 자매들의 감정적 욕구(자신들이 감당할 수 없는 더 좋은 집을 원하는 어머니의 욕망에서부터 메리앤의 로맨틱한 열정에 이르는 온갖 욕구)에 끊임없이 시달리는 **정상 세계**에 살고 있다. 엘리너는 "그 조언이 무척 유용하고, 이해력과 냉철한 판단력을 가진 장녀"로 소개된다(**캐릭터 모멘트**). 엘리너는 **액트 I**에서 어머니의 얽히고설킨 문제와 여동생들의 과열된 감정을 다스리려고 애쓴다.

* 〈캡틴 아메리카: 윈터 솔져〉: '자유는 위협을 사전에 감시하여 파괴하는 경찰국가 방식으로는 이루어낼 수 없다'는 믿음(거짓에 반하는 진실). 스티브 로저스의 현재 **정상 세계**는 불안한 상태로, 그는 소위 자유의 이름으로 '실드'가 자기에게 시키는 일을 점점 더 불편해한다. 이내 로저스는 자신들의 목적을 이루기 위해 그를 무기로 삼는 자들의 동기를 불신하는 모습을 보인다(**캐릭터 모멘트**). 퓨리 국장의 비밀을 알게 된 후 그는 실드에 남으면 자신의 **진실**을 지킬 수 없다는 것을 알게 되고, 그냥 떠나버리는 것을 **액트 I** 대부분에 걸쳐 심각하게 고민한다.

* 〈더 브레이브〉: '정의는 추구할 가치, 심지어 희생을 무

릅쓸 가치가 있으며, 사회 정의를 무시하는 태도는 무정부 상태를 만들 뿐'이라는 믿음(**거짓**에 반하는 **진실**). 이러한 **진실**에 대한 매티 로스의 믿음은 끊임없이 살인자, 도둑, 선의의 마을 사람, 심지어 자신과 동행하는 법 집행관들에게까지 도전받는다. 그녀는 삭막하고 잔인한 변경지대에 살고 있는데, 그곳에서 정의는 걸핏하면 편의에 따라 희생되거나 양보된다(**정상 세계**). 매티가 사는 세상은 회색이지만, 반대로 그 자신은 흑백이 분명하다. 시작 부분에서부터 그녀는 아버지의 살인자를 법의 심판대에 세우는 것을 목표로 하고(**캐릭터 모멘트**), **액트 I**을 거치며 자신의 진척을 사법기관들이 반대 또는 방해한다는 것을 알게 되면서 그런 것을 모조리 우회하여 스스로 일을 해내겠다는 결심을 점점 더 굳히게 된다.

* 〈배트맨 비긴즈〉: 브루스 웨인이 축약된 **포지티브 체인지 아크**를 겪는 **액트 I**의 플래시백 시퀀스 덕분에 알게 되는 '정의는 화합이요, 복수는 자기 자신의 기분을 풀어주는 것'이라는 믿음(**거짓**에 반하는 **진실**). **액트 I**의 '실시간' 연대기 안에서 브루스는 이미 이러한 **진실**을 알고 있으며, 단지 이를 이행하는 방법을 보여주기만 하면 된다. 그의 **정상 세계**는 고담시 부패의 썩은 진원지를 감추는 부의 화려한 외관이다. 오프닝 시퀀스에서 듀커드에게 구출된 후 브루스는 **액트 I**에서 부패와 싸울 채비를 하며 시간을 보낸다. 하지만 **거짓**이 소위 정의로운 '어둠의 사

도들'에까지 침투했다는 사실이 밝혀지자 비로소 사태의
심각성을 알게 된다.

플랫 아크에서의 액트 I: 질문

1. 여러분 작품의 캐릭터는 스토리의 시작 부분에서 어떤
   진실을 이미 믿고 있는가?
2. 그의 배경 스토리에 이러한 믿음을 불러일으킨 **유령**이
   있는가?
3. 적대 세력으로 대표되는 어떤 **거짓**과 그는 싸워야 하
   는가?
4. 캐릭터의 **정상 세계**는 그가 싸워서 지켜야 할 **진실**을 상
   징하는가? 아니면 **진실**을 확립하기 위해 타도해야 하는
   거짓을 상징하는가?
5. 만일 전자라면, **거짓**이 **정상 세계**를 잠식해 오는 위협을
   여러분은 어떻게 그려낼 수 있는가?
6. 주인공은 언제 **거짓**의 위협을 처음으로 알게 되는가?
7. 주인공이 처음에는 **거짓**과의 투쟁에 뛰어들기를 주저하
   는가?
8. 그가 이미 **거짓**과 투쟁하는 데 전념하고 있다면, **액트 I**
   의 어떤 장애물이 그가 **거짓**과 전면 대결하지 못하도록
   막는가?

9. **진실**에 대한 캐릭터의 헌신, 그리고 그에 따른 지식과 기술을 보여주는 데 사용할 수 있는 **캐릭터 모멘트**는 무엇인가?
10. 오프닝에서 주인공에게 대립되는 **거짓**을 어떻게 그려낼 수 있는가?
11. **액트 I**에서 **거짓**을 어떻게 이용하여 주인공의 무엇이 위태로운지를 증명할 수 있는가?

플랫 아크는 주변 세계를 바꿀 수 있는 유능하고 헌신적인 주인공을 만들어낼 기회를 부여한다. 수많은 영웅담에는 **플랫 아크**가 구사되는데, 이는 플롯이 묵직해서가 아니라 **플랫 아크**가 캐릭터의 주변 세계 안에서 폭발적인 변화가 일어나도록 해주기 때문이다. **플랫 아크**가 **포지티브 체인지 아크**보다 복잡하지 못하다거나 중요하지 않다고 잘못 생각해서는 안 된다. **플랫 아크**는 어느 모로 보나 그 자체로 흥미롭고 강력하다.

"거짓이 만연한 시대에
진실을 말하는 것은
혁명적인 행위이다."

조지 오웰

16

액트 II

액트 II는 스토리의 핵심부이며, 이는 **체인지 아크**에서든 **플랫 아크**에서든 마찬가지이다. **액트 II**의 핵심은 주인공을 불안정한 세계에 풀어놓는 것이다. 처음에는 주인공이 **첫 번째 구성점**에서 벌어진 주요 사건에 반응하고 **거짓**과 씨름할 수밖에 없다. 그러고는 **중간점**에서 모든 것이 바뀌는데, 이때 자신이나 세상에 대한 새로운 지식이 그가 공세를 취하여 행동을 개시할 수 있도록 해준다.

포지티브 체인지 아크와 비교할 때, **플랫 아크**의 **액트 II**의 차이점은 주인공이 자신의 내적 오해를 알아내고 맞서는 데 중점을 두지 않는다는 것이다. 오히려 **플랫 아크**의 **액트 II**에서 그는 주변 세계에 내재된 **거짓**을 발견하게 된다. 그는 우선 자신이 그 **거짓**을 받아들이고 '싫어 하는지 아닌지'를 알아내고, 그런 다음 어떻게 하면 자신의 **진실**을 이용하여 목표를 달성하고, 적대 세력을 이겨내고, 주변 사람들의 삶에서 **거짓**을 뿌리 뽑을 수 있을지를 생각해내야 할 것이다.

캐릭터는 이미 **진실**을 쥐고 있겠지만, **액트 II**에서는 그가 **거짓**에 포위되어 있음을 보게 될 것이다. 그에게는 쉬운 길을 택해서 자신의 **진실**을 그 **거짓**에게 넘겨줄 이유가 충분히 있을 것이다. 어쩌면 심지어 **거짓**에 맞서려고도 하지 않고 **진실**을 챙겨서는 **거짓**으로부터 도망칠 수도 있다. 요컨대 캐릭터 아크가 평탄하다고 해서 쉽게 흘러가지는 않을 것이다.

첫 번째 구성점

이 주요 장면은 스토리의 첫 전환점이며, **액트 I**의 끝이자 **액트 II**의 시작 지점이다. 또한 캐릭터가 통과해야 할 첫 번째 '관문'이다. 그는 **액트 I**의 **정상 세계**를 떠나, 돌아올 수 없는 새로운 '모험' 세계로 들어갈 것이다.

첫 번째 구성점은 **체인지 아크**와 **플랫 아크** 모두에서 매우 유사하게 작동한다. 캐릭터의 세계를 뒤엎고, 자신만의 **진실**을 세상의 **거짓**에 정면으로 부딪치게 할 반응을 끌어내는 주요한(아마도 재앙적인) 사건이 될 것이다.

이 시점까지 캐릭터는 대립을 피하려고 노력해왔을 것이다. 아마 그저 갈등에 개입하고 싶지 않을 수도 있다. 세상은 물론 나락으로 떨어지겠지만, 그가 싸울 문제는 아니다. 아니면 **거짓**을 '극복하고 싶으면서도' 정면으로 대립하지 않고 절충을 통해 평화롭게 해결되기를 바라면서 **액트 I**을 보냈을 수도 있다. 어느 경우든 **첫 번째 구성점**은 세상의 외적인 문제를 갑자기 주인공의 매우 개인적인 문제로 만드는 충격적인 사건이 될 것이다.

액트 II 전반부

첫 번째 구성점의 세계를 뒤흔드는 사건 이후 주인공은 적극적으로 **거짓**에 개입해야 한다. 그는 자신이 필요한 무기인 **진실**을 이미 소유하고 있다는 것을 알고 있으며, 이제 그것을 휘두를 책임이 자신에게 있다는 것을 깨닫는다. 주인공의 직접적인 플롯 목표가 설령 '**거짓**을 극복하는 것'이 아닐지라도, 자신이 추구하는 것을 얻고자 한다면 **거짓**의 파괴는 불가피할 것이다.

　액트 II 전반부에서 주인공은 여전히 반응 모드에 있을 것이다. 그렇다고 수동적이라는 것은 아니며, 단지 갈등을 통제하고 있지 않다는 뜻이다. 갈등을 통제하고 있는 것은 적대 세력이다. 대개 캐릭터에게 이런 통제력이 없는 이유는 중요한 정보가 부족하기 때문이다. 이때 그는 주변 세계에 중대한 문제가 있고, 이것을 극복하기 위해 뭔가를 해야 한다는 것을 분명히 알고 있다. 하지만 아마도 그 문제의 심각성은 아직 모를 것이다. 아직은 **거짓**의 토끼 굴이 얼마나 깊은지 모른다.

포지티브 체인지 아크와는 대조적으로, 캐릭터는 **진실**을 믿었다는 이유로 벌을 받으며 **액트 II 전반부**를 보낼 것이다. 주변 사람들은 그에게 **거짓**에 반대하는 멍청이라며 설득하려 할 것이다. **진실**에 대한 그의 헌신이 시험에 들 것이고, 이러한 시험들이 위력을 발휘하려면 **진실**에 대한 주인공의 확신이 '반드시' 없어져야 한다. 그는 자신이 **진실**을 정말로 따르고 있는지 진지하게 고민해야 한다. 자신이 틀리고 다른 사람들은 다 맞는다는 말인가? 어쩌면 **진실**이 실제로는 **거짓**이고, **거짓**이 실제로는 **진실**일지도 모른다! 이런저런 순간이나 장면 어디를 떠올려봐도, 무엇을 믿어야 할지 확신하지 못한다. 하지만 **진실**을 완전히 외면하지는 않는다.

중간점

중간점은 스토리의 중심부이다. 중요한 폭로에 의한 반전이다. 주인공에게 새로운 정보를 제공하는 일이 일어난다. 갑자기 전반부의 모든 문제가 답을 찾기 시작한다. 그는 적대 세력의 '진짜' 속셈이나 능력이 무엇인지 알아내고, **거짓**이 실제로 얼마나 타락해 있고 강력한지를 처음으로 보게 된다.

　이 모든 것이 겉으로는 약간 답답해 보일 텐데, 주인공의 **진실**은 그가 싸우려 하는 거대한 **거짓**에 비해 갑자기 작은 무기로 보이기 때문이다. 하지만 영웅은 낙담하지 않는다(아마 그러더라도

1~2분 정도). 오히려 갑자기 새로운 각오로 불타오른다. 이제 모든 것이 납득이 간다. 자신이 옳은 길을 가고 있는지 아닌지에 대한 의심이 사라지고, **거짓**을 극복하기 위해 해야 할 모든 일에 100% 전념하게 된다.

포지티브 체인지 아크에서처럼, **중간점**과 그 폭으로는 **진실의 순간**을 포함해야 한다. 여기서 다른 점은 통찰과 새로운 결의에 따른 이 구원의 순간이 주인공에게는 주어지지 않는다는 것이다. 그 대신 주인공은 (비유적으로든 문자 그대로든) 주변 세계에 **진실**을 제공하는 사람이다. 이전에 **진실**에 저항했던 협력자들(이들은 본질적으로 각기 나름의 **포지티브 체인지 아크**를 따라가게 된다)은 빛을 보기 시작할 것이다. 적들(**네거티브 체인지 아크**를 따라간다)은 비웃으며, 자기에게 제공된 **진실**의 은총을 주인공 면전에 다시 던져버릴 것이다.

액트 II 후반부

중간점은 주인공을 위해 모든 것을 바꿔놓았다. 그의 의구심은 대부분 사라졌다. 그는 자신이 어떤 상황에 처해 있는지 알고 있으며, **거짓**에 맞서기 위해 무엇을 해야 하는지 알고 있다. 물론 승산이 거의 없지만(결국 모든 좋은 스토리는 본질적으로 약자의 스토리이다), 죽어야 한다면 기꺼이 죽고자 한다.

액트 II 전반부가 주인공의 반응을 다룬다면, **후반부**는 주인공의 행동을 다룬다. 편집자 캐시린 다이크는 다음과 같이 말한다.

캐릭터가 어떤 행동을 하는지 마는지는 그가 스토리의 몇 번째 액트에 있는지와 직접적으로 관련이 있다. **액트 1**에서는 캐릭터의 반응과 결정이 지금까지 자신이 알아온 평범한 삶에 기초하여 이루어질 것이다. **액트 2a**에서는 이런저런 반응과 결정이 **첫 번째 구성점**에 대한 지속적인 반응에서 유발된다. **액트 2b**에서는 캐릭터의 관점을 **중간점**의 폭로가 어떻게 변화시키는지에서 비롯된다. 그리고 **액트 3**에서는 극적 문제를 마침내 해결하려는 의도로부터 생겨난다.

이제 주인공은 **거짓**의 실제 힘은 물론 약점(아주 작은 것일지라도)도 알게 되었으니 이를 이용하기로 결심한다. 이 부분에서 그가 벌이는 공격적인 행동은 주변 세계에 극적으로 영향을 미칠 것이다. 비록 **거짓**이 열심히 버티고 있지만, 세상 사람들은 자기들이 스토리 내내 쌓아왔던 믿음의 실제 참상에 눈을 뜨기 시작한다. 이들이 주인공의 명분에 동참하기 시작하자, 적대 세력은 진땀을 흘리기 시작한다. **액트 II**는 주인공 입장에서 확실한 승리인 양 끝날 것이다. 하지만 이는 **세 번째 구성점**에서 당할 크나큰 패배를 위한 설정일 뿐이다.

플랫 아크에서 액트 II는 어떻게 나타나는가?

액트 II에서 **플랫 아크**는 다음과 같이 나타날 수 있다.

* 〈헝거 게임〉: **첫 번째 구성점**이 캣니스를 적의 영토인 캐피틀 시티에 정면으로 배치하자, 그녀는 자신의 의지와는 달리 **거짓**의 세계로 뛰어들게 된다. 그녀는 **거짓**을 물리치는 것에 그다지 신경 쓰지 않는다. 단지 살아남는 것에만 관심이 있을 뿐이다. 그것이 동료 참가자(조공인)인 피타를 제거하는 것을 의미할지라도 말이다. 캣니스가 아직 완전히 이해하지 못하는 것은 살아남기 위해서는 먼저 **거짓**의 세계를 무너뜨려야 한다는 것이다. 그녀는 **중간점**에서 비로소 이것을 완전히 깨닫기 시작하는데, 여기서 피타가 트래커 재커(추적 말벌 떼)의 공격을 받은 캣니스를 구해준다. 그러자 캣니스는 스노 대통령의 게임을 할 가능성마저 제쳐놓는다. 피타를 죽이지 않기로 한 것이다. 같은 구역에서 온 두 조공인이 공동으로 우승할 수 있다는 게임메이커의 발표는 그녀에게 영향을 미친다. 캣니스는 부상당한 피타를 발견하고 자신들의 생명을 구하기 위한 계획을 세우기 시작한다.
* 〈치킨 런〉: 진저는 서커스단의 로키가 우리 안에 불시착하면서 탈출의 기회를 발견한다. 탈출의 필요성을 아무도 이해해주지 않음에도, 그녀는 자기가 다른 닭들에게

나는 법을 가르치는 것을 도와달라고 로키를 압박한다. **중간점**에서 진저는 트위디 부인이 자기들 모두를 죽이리라는 것을 깨닫고, "도망치든가 도망치다 죽든가" 하지 않는다면 모두가 무조건 죽고 말 거라며 마침내 다른 닭들을 설득한다. 로키(**포지티브 체인지 아크 캐릭터**)는 **거짓**으로부터 벗어나 진저 무리를 돕기 위해 진지하게 노력하기 시작한다.

* **〈라스트 모히칸〉**: 너새니얼의 **정상 세계**는 그가 코라와 앨리스 먼로를 마구아의 매복 공격으로부터 구출할 때 **거짓**의 세계와 충돌한다. 그는 자신의 **진실**을 이용하여 영국군이라는 외부 세계를 변화시키려는 생각이 없지만, 친구들이 프랑스군과 동맹을 맺은 인디언들에게 살해당했다는 것을 알게 된다. 그는 영국군과 싸우는 다른 식민지 개척자들에게 경고하기 위해 두 자매를 윌리엄헨리요새에 있는 자매의 군인 아버지에게 돌려보내기로 약속한다. 식민지 개척자들이 가족에게 돌아갈 수 있도록 너새니얼이 도와준 후, 적대자가 **중간점**에서 그를 체포함으로써 **거짓**의 실제 깊이를 보여준다. 그 결과 너새니얼의 주변 세계는 **진실** 쪽으로 변화하기 시작한다. 이는 코라의 변화된 마음가짐에서 가장 두드러지지만, 덩컨 또한 슬며시 변화하기 시작한다.

* **〈글래디에이터〉**: 막시무스가 부친을 살해한 콤모두스와 손잡기를 거부한 후 그의 아내와 아들이 충격적인 **첫 번**

째 **구성점**에서 살해되고, 막시무스 자신도 노예 검투사가 된다. 그는 삶에 냉담한 채 **액트 II 전반부**를 비틀거리며 보낸다. 흥행을 위해 흘릴 수밖에 없는 피를 역겨워하면서도, 자신의 **진실**을 위해 싸울 힘과 확신을 찾느라 고군분투하는 시기를 겪는다. 그러다가 **중간점**에서 모든 것이 변하는데, 막시무스는 로마의 검투장에 투입되어 싸우던 끝에 콤모두스의 면전에다 그 아버지의 왕좌에서 그를 몰아내기 전에는 눈을 감지 않겠노라고 말하기에 이른다. 루실라가 콤모두스를 끌어내리는 데 도움을 주겠다고 막시무스가 동의하면서 그의 동기는 한층 재정비되어 **진실**과 다시 일치하게 된다. 즉 복수가 아니라 로마의 평화와 안전을 도모하겠다는 것이다. **액트 II 후반부** 내내 막시무스는 콤모두스의 필사적인 살해 시도를 이겨내고 승리로 나아간다. 승리할 때마다 그는 자신의 대의에 가까운 사람들을 규합한다.

* 〈이성과 감성〉: 엘리너네 가족이 데번셔의 작은 집에서 살게 되고, 메리앤이 강직한 브랜던 대령과 열정적인 윌러비라는 두 구혼자를 만난 후, 엘리너는 **액트 II 전반부** 대부분을 감정적인 가족들의 처신에 도움을 주려 애쓰며 보낸다. 엘리너의 이성적인 방식은 자신이 사랑하는 남자가 별안간 집에 들러서는 그녀에게 청혼하기를 거부하면서 위기에 직면한다. 윌러비가 히스테리 상태의 메리앤을 갑자기 버리고 아무 설명도 없이 동네를 떠나버리

는 **중간점**은 엘리너의 세계를 뒤죽박죽으로 만들고 그녀의 **진실**의 중요성을 견고하게 한다. 비통함 속에서도 엘리너는 **액트 II 후반부**의 폭풍우를 뚫고 끈기 있게 가족을 이끌어간다.

* **〈캡틴 아메리카: 윈터 솔져〉**: 실드에 충성할 것인지에 대한 스티브의 망설임은 닉 퓨리가 자기 부하들에게 총을 맞았을 때 완전히 끝난다. 그 순간부터, 특히 실드가 스티브를 죽이려 하면서 도망자로 낙인찍은 후, 그는 자신의 원칙을 따르며 실드에서 실제로 무슨 일이 벌어지고 있는지 파악하는 데 전념한다. 스티브는 도망 다니며 **거짓**을 쫓아 깊이깊이 들어간다. 바로 여기가 **중간점**으로, 그는 마침내 실드의 부패상과 '자유라는 미명 아래' 수백만 명을 죽이려는 계획의 전모를 알아차린다. 그 시점에서 스티브는 잃을 것이 많고 이길 가망이 거의 없지만, "다만 내가 누구와 싸우고 있는지 알고 싶을 뿐"이기 때문에 그의 전망은 밝아진다. 그의 **진실**이 **거짓**에 미친 영향은 특히 **액트 II 후반부**에 블랙 위도가 스티브와 실드에 대한 태도를 바꾸는 모습에서 뚜렷이 나타난다.

* **〈더 브레이브〉**: 아버지의 살인범 톰 체이니를 추적하도록 도와달라며 '막장' 보안관 루스터 코그번을 고용하면서 매티는 **거짓**에 짓눌린 세계를 단숨에 쳐들어간다. 이 경우에, **진실**에 입각한 매티의 강력한 결정은 사실 그녀의 **진실**에 대한 이전의 도전, 즉 사법기관이 매티 아버지

의 살해에 아무런 조치도 취하지 않은 것보다 훨씬 극적이다. 매티는 유난히 강한 촉매 캐릭터로서 실질적으로 스토리의 모든 주요 순간을 직접 몰아간다. **액트 II 전반부**에서 루스터와 텍사스 레인저 라뵈프는 때로는 이기심으로, 때로는 선의로 매티가 사명감을 버리게 만들려 하지만 그녀는 꿋꿋하게 버텨낸다. **중간점**에서 두 남자가 매티는 뒤에 남아 있어야 한다고 주장하는데도, 그녀는 인디언 거주지역으로 고집스럽게 동행한다. 매티의 결단은 **진실**을 향한 그녀의 강한 의지를 두 사람이 인정하고 마지못해 그녀를 협력자로 받아들이는 **진실의 순간**으로 몰아넣는다. **액트 II 후반부**의 갈등은 주로 외적인 것으로, 그들은 체이니와 함께 도주하는 무법자 패거리를 추적한다. 매티가 두 법 집행관을 그녀와 그녀가 지닌 **진실**을 더 잘 이해하도록 느리지만 확실하게 바꾸어가면서, 이 캐릭터 아크는 그 역할을 꾸준히 해낸다.

* **〈배트맨 비긴즈〉**: 말 그대로 불타오르는 다리를 뒤로하고 새로운 역할에 완전히 뛰어든 후, 브루스는 고담으로 돌아온다. **액트 II 전반부** 대부분은 배트맨이라는 자신의 페르소나를 마련하고 범죄조직 두목 카마인 팔코네의 계략을 탐색하는 등 외적 활동을 중심으로 전개된다. 그의 **진실**은 앨프리드의 걱정, 레이철의 의심, 심지어 고든의 회의적인 태도에 이르기까지 거의 모든 사람의 시험을 받는다. **중간점**에서 브루스는 팔코네가 운영하는 크레인

박사 휘하의 마약 조직 심장부를 들이치고는 도시에 자신의 '표지'를 극적으로 드러낸다. 이제부터 그는 **진실**에 헌신할 뿐만 아니라, 그 '자신'이 결국 **'진실'**이다. 고든은 브루스의 뜻에 동참하고, 레이철을 비롯한 이 도시 사람들은 그가 **거짓**을 무너뜨릴 수 있다고 믿기 시작한다. 브루스는 여전히 반대에 직면해 있으며, 이는 앨프리드가 그에게 "자신의 괴물 속에서 길을 잃으면" 과대망상증에 걸릴 수도 있다고 경고할 때 아주 잘 드러난다. 이것은 잘 실행된 **플랫 아크**가 독자들을 긴장시키는 좋은 예이다. 독자들은 주인공이 옳다는 것을 100% 확신하지 못한다. 심지어 주인공 자신도 100% 확신할 수 없다. 어쩌면 그는 잘못된 길로 들어섰는지도 모른다. 그의 **진실**은 참이 아닐지도 모른다. 이를 모른 채 **진실**로부터 '멀어지고' 있을지도 모른다. 하지만 진실된 **플랫 아크**에 있는 여느 주인공처럼, 브루스도 간신히 진실의 줄타기를 계속해나간다.

플랫 아크에서의 액트 II: 질문

1. 여러분 작품에서 **첫 번째 구성점**은 어떻게 하여 캐릭터를 **거짓**에 정면으로 맞서게 만드는가?
2. 그는 기꺼이 **거짓**에 맞서는가, 아니면 다른 선택의 여지

가 없다는 이유만으로 **거짓**에 맞서는가?

3. 캐릭터는 어떻게 자신의 **진실**을 멀리하라는 부추김을 받는가?

4. 그는 **진실**을 버리고 **거짓**을 받아들이는 데 얼마나 근접하는가?

5. 처음에 어떤 협력자들이 **진실**에 대한 그의 헌신을 막아서는가?

6. 그 협력자들은 결국 **진실**에 의해 어떻게 변화되는가?

7. 캐릭터의 적들은 어떻게 그 **진실**을 방해하는가?

8. 그 적들은 그 결과 어떻게 **거짓**에 더 깊이 뿌리박게 되는가?

9. 캐릭터의 중심 플롯 목표는 주변 세계의 **거짓**을 물리치는 것과 직접적인 관련이 있는가?

10. 그렇지 않다면, 왜 **거짓**을 극복해야 그의 중심 플롯 목표에 도달할 수 있는가?

11. 스토리의 전반부에서 캐릭터는 **거짓**에 대해 무엇을 이해하지 못하는가?

12. 그가 **중간점**에서 **거짓**과 적대 세력에 대해 알게 되는 중요한 정보는 무엇인가?

13. 그는 어떻게 자신의 주변 세계나, 특히 협력자나 적대자에게 **진실의 순간**을 제공할 수 있는가?

14. **중간점**에서는 주인공이 후반부에 이용할 수 있는 **거짓**의 어떤 약점을 찾아내는가?

많은 **플랫 아크**가 '묵직한 플롯'으로 인식되는 이유는 주인공의 주변 세계의 변화에 중점을 두고 있기 때문이다. 그러나 그러한 변화를 일으키는 것은 자신의 **진실**을 뒷받침하는 '주인공'의 행동이다. 무엇보다 중요한 것은, **액트 II**에서 그가 보여주는 **진실**에 입각한 행동이 조연 캐릭터들을 변화시키기 시작하리라는 점이다. 주인공의 **플랫 아크** 때문에 조연들은 각기 나름의 **포지티브** 또는 **네거티브 체인지 아크**를 따라갈 것이다.

"진실은 그것을 소화하는 우리의 능력에 따라
변하는 것이 아니다."

플래너리 오코너

17

액트 III

액트 III는 **플랫 아크**와 **포지티브 체인지 아크** 사이의 유사점이 가장 큰 곳이라고 볼 수 있는데, 이 두 유형의 스토리 중 어떤 것에서든 주인공이 이때쯤이면 **진실**을 완전히 파악하게 되기 때문이다. 물론 가장 기본적인 차이점은, **플랫 아크**에서는 십중팔구 주인공이 '스토리 내내' 그 **진실**을 이미 소유해왔으리라는 점이다.

다음과 같은 또 다른 차이점도 중요하다. **플랫 아크**에서는 선별된 조연 캐릭터들(주인공의 주변 세계를 대표한다)이 각기 나름의 **체인지 아크**를 따라가는데, 이 지점에서 주인공의 **진실**이 그들에게 **거짓**을 거부하도록 설득해낸다. 주인공 앞에는 아직도 엄청난 역경이 남아 있지만, 혼자 맞서지는 않을 것이다. 설사 주인공이 지금 죽더라도, 그 대의는 그가 그동안 만들어온 개종자들 덕분에 계속될 것이다.

그렇다고 모든 **플랫 아크**가 심오한 주제를 보여줄 '필요'는 없다. 모든 **플랫 아크**는 적대자의 영향을 받는 세계에 반하는 견해를 가진 주인공을 제시한다. 하지만 그런 견해가 심오한 도덕적 문제는 아닐 수도 있다. 때로는 **진실**이 '악인은 저지당하지 않으면 세상을 파괴할 것이다'처럼 단순하지만 언제나 호응을 얻는 것일 수도 있다. 이런 유형의 **플랫 아크**는 액션 스토리에서 인기가 있으며, 주제적 요소가 아주 분명하지는 않지만 여전히 성공 가능성이 높은 스토리 형태이다.

세 번째 구성점

액트 II의 끝부분에서 대승을 거둔 것처럼 보인 후, 주인공의 형세는 완전히 역전되어 이제껏 겪어보지 못한 가장 극심한 패배의 나락으로 떨어질 것이다. 캐릭터가 어떤 종류의 아크를 따라가건 간에, **세 번째 구성점**은 침울한 순간, 즉 한계점이 될 것이다. 비유적으로든 문자 그대로든 죽음에 직면하게 될 것이다. 그리고 두려움을 인정하여 **진실**을 다시 받아들이고 새로운 각오와 활력으로 일어설 것이다.

플랫 아크에서 주인공은 실제로 **진실**을 의심하지는 않겠지만, **진실**을 이용해 **거짓**을 물리칠 수 있는 자신의 '능력'을 심각하게 의심하는 지경에 이를 것이다. **세 번째 구성점**은 그가 벽에 물건을 던지고 자신의 무력함에 분노하는 장면이다. 주인공이 지금까지 할 수 있었던 일이 고작 적대 세력의 갑옷에 '흠집'을 내는 것뿐이었다면, 그 싸움은 무슨 의미가 있으며 그가 이제껏 겪은 모든 고통은 무슨 소용이 있단 말인가?

세 번째 구성점에서는 가능한 한 주인공의 개인적인 측면에 초점을 맞추어보자. 적대 세력이 주인공의 아픈 부위를 때리게 만들 필요가 있다. 이것은 단순한 패배가 아니다. 주인공의 가장 친한 친구가 죽거나, 아내와 아이들이 위기에 빠지거나, 심지어 그가 부상을 입고 포로가 되어버릴 수도 있는 전투이다. 모든 것을 잃어버린 것 같다.

액트 III

액트 III 전반부에서 가장 중요한 것은 **세 번째 구성점**에 대한 주인공의 반응이다. 지금쯤 조연 캐릭터들은 주인공의 영향 덕분에 **진실**을 받아들이는 법을 배웠을 것이다. 흔히 이 부분에서는 조연 캐릭터들이 주인공을 위로하고 격려하면서, '자신들'이 **거짓**을 넘어설 수 있도록 그가 이미 얼마나 많은 도움을 주었는지를 상기시켜줄 것이다. 아니면, 주인공이 조연 캐릭터들이 각기 의심을 품으며 흔들리는 모습을 보고, 다시 한번 그들을 강하게 만들기 위해 자신을 일으켜 세울 것이다.

주인공은 남은 자원과 인력을 모아 다음에 무엇을 할지 궁리

해야 할 것이다. 주인공이 **진실**이라는 궁극의 무기를 가지고 있음에도 불구하고, **세 번째 구성점**은 그를 아주 불리한 지경에 빠뜨렸다. 그에게 적대 세력을 물리칠 기회는 단 한 번뿐이며, 그나마 승산도 거의 없다.

다른 한편으로 중요한 것은 **진실**에 대한 주인공의 재서약이다. 이쯤 되면 그는 사력을 다할 것이다. 목표를 이루기 위해서라면 어떤 일이든 할 것이다. 목숨마저도 희생할 것이다. 이 부분은 **세 번째 구성점**의 비교적 차분한 후속편이기 때문에, 주인공이 **진실**과 **거짓**에 대해, 그리고 왜 그가 **진실**에 전념하기로 선택(그리고 재선택)했는지에 대해 솔직하게 이야기하게 해줄 좋은 기회가 된다.

절정

절정은 **액트 III** 중간쯤(약 90% 지점)에 시작된다. 여기가 바로 주인공이 적대 세력과 **거짓**에 대한 마지막 공격에 돌입하는 곳이다. **포지티브 체인지 아크**에서처럼, 주인공의 **진실**이 적대 세력의 **거짓**과 맞대결을 벌인다. 이 두 가지 무형의 요소는 어떤 물리적인 힘의 과시보다도 전투의 향방을 판가름하는 데 훨씬 중요할 것이다.

포지티브 체인지 아크의 **절정**과 **플랫 아크**의 **절정** 사이의 차이점은, **플랫 아크**의 주인공은 이미 자신의 **진실**에 대한 믿음이 완전히 확고하다는 것이다. 적대 세력은 캐릭터의 면전에 **거짓**을 퍼부어 그를 약화시키려고 하지만, 주인공은 꿈쩍도 하지 않는다. 상대가 물리적으로 우위를 점하더라도, 주인공의 결의 앞에서는 자신의 무력함만을 발견하게 된다.

나름의 **체인지 아크**를 따라가는 조연 캐릭터들은 **진실**에 대한 헌신을 마지막으로 한 번 더 시험받는 절정의 순간을 맞을 수도 있는데, 작가가 이러한 순간에 부여하는 중요성은 캐릭터들이 각기 스토리에서 차지하는 중요도에 따라 달라진다. 주인공은 항상 최종 승리의 일등 촉매제가 되어야 한다. 어떤 조연 캐릭터의 **진실**에 대한 최종 선언이 전투에서 승리하는 열쇠라면, 그는 본질적으로 주요 캐릭터가 되어버린다. **플랫 아크** 캐릭터와 **포지티브 체인지 아크** 캐릭터가 주도권을 공유한다고 해서 반드시 문제가 되는 것은 아니다. 하지만 어떤 아크가 스토리의 전면에 나와 있어야 하는지를 절대 놓쳐서는 안 된다.

해결

어떤 유형의 스토리에서든, **해결**은 갈등이 캐릭터나 세상을 어떻게 변화시켰는지를 증명하기 위해 존재한다. **플랫 아크**에서 이러한 변화는 주인공 주위의 조연 인물들과 세계에서 가장 뚜렷하게 나타난다. **진실**은 이제 **거짓**보다 우위에 서게 된다. **진실**에 의해 변화된 조연 캐릭터들은 이제 마지막 캐릭터 모멘트를 통해 자신의 삶이 나아갈 새로운 방향을 증명해야 한다. 줄곧 **진실**을 믿었던 조연 캐릭터라면 이제 자유롭게 그것을 받아들이고 실천할 수 있을 것이다.

스토리 시작 부분의 **정상 세계**가 사악하고 **거짓**에 짓눌린 상태였다면 지금은 파괴되었을 테고, 주인공과 조력자들은 그 잔해 위에 더 나은 세상을 건설할 수 있을 것이다. 애초에 **정상 세계**가 **진실**을 기반으로 한 곳이었다면, 이제 그곳으로 돌아가 평화롭게 살아갈 수 있을 것이다.

주인공 자신은 크게 변하지 않았을 것이다. 하지만 그렇다고 해서 그의 겉모습과 생활 방식마저 전혀 달라지지 않았다는 의미는 아니다. 이제는 더 이상 자신의 **진실**에 대한 위협이 존재하지 않으므로, 총을 버리고 농부가 되기로 결심할지도 모른다. 아니면 다른 삶을 추구할 수 있도록 해주는 중요한 새 기술을 습득했을 수도 있다. 다른 곳에서 **거짓**과 싸우기 위해 길을 떠날 수도 있다. 사실상 주인공의 거의 모든 면이 스토리의 마지막 부분에 달라지는 것이 '가능'하다. 하지만 동일하게 유지되어야 하는 것 한 가지는 스토리의 핵심인 **진실**에 대한 주인공의 절대적인 헌신이다.

플랫 아크에서 액트 III는 어떻게 나타나는가?

액트 III에서 **플랫 아크**는 다음과 같이 나타날 수 있다.

* 〈헝거 게임〉: 캣니스가 피타의 목숨을 구하는 데 필요한 약을 얻는 방법을 알아내는 외견상의 승리 이후, 그녀는 코르누코피아에서의 대결에 모든 것을 걸게 된다. 캣니스는 동굴로 돌아가 피타를 치료하고 나서 자신의 부상으로 인해 정신착란에 빠진다. 앞서 캣니스의 어린 협력자 루가 살해되었을 때 진정한 감정적 최저점에 이르렀기 때문에, 이것은 비교적 약한 **세 번째 구성점**이다. 여기에서 강조점은 피타에 대한 캣니스의 커지는 애정, 그리고 게임에서 둘 다 살아남게 하겠다는 그녀의 결의에 있다. 두 사람은 마지막 라이벌 참가자를 물리치기 위해 함께 싸우는데, 이는 그들 자신의 **진실**을 상징적으로 강화한다. 하지만 스노 대통령이 두 사람이 서로 죽일 수밖에 없도록 몰아가면서, **거짓**이 있는 힘을 다해 그들을 강타한다. 캣니스는 자신의 **진실**을 절대 굽히지 않고 그것을 이용하여 게임메이커의 의표를 찔러서는 자신과 피타를 공동 우승자로 선언하게 만든다. **해결**은 캣니스의 행동이 그들의 주변 세계에 일으킨 변화를 암시한다.

* 〈치킨 런〉: 한바탕 외견상의 성공(로키의 진저 구출, 파이 기계 폭파, 로키와 진저의 서로에 대한 감정 확인, 로키가 날개가 치료된 지금 자기들을 위해 날아주리라는 진저의 믿음)을 거둔 후에, 로키가 그들을 버리고 떠나면서 **세 번째 구성점**이 진저를 강타하고 그녀는 로키가 날 수 있다고 거짓말했다는 것을 깨닫는다. 쓰라린 패배의 순간 이후 그녀는 비행

기를 만들 새로운 계획을 세워 다른 닭들을 규합한다. **절정**에서 그들은 비행기를 일찍 띄워야 할 상황에 놓이는데, 변화된 로키의 귀환 덕분에 가까스로 성공하게 된다. 하지만 **거짓**을 강화하려는 트위디 부인을 최종 격퇴하는 것은 진저의 몫이다. **해결**에서 닭들은 말 그대로 신세계에 도착한다. 푸른 잔디가 가득하고 울타리가 없는 세상이다.

* 〈**라스트 모히칸**〉: 복수심에 불타는 마구아가 부추긴 학살을 간신히 피한 너새니얼은 인디언들에게 붙잡히지 않기 위해 코라, 앨리스, 덩컨을 버려야만 한다. **진실**('사랑하는 사람들을 보호하는 것')에 대한 너새니얼의 절대적인 헌신은 결코 흔들리지 않는다. 그는 코라에게 시간이 얼마나 걸리든 그녀를 찾아서 구해주겠다고 맹세한다. 그리고 결과적으로 그리 오래 걸리지 않는다. 그는 변화된 덩컨의 도움을 받아 코라의 자유를 지켜주지만 앨리스는 구하지 못한다. 사실 **절정**에서 그의 입양으로 맺어진 형제 웅카스가 앨리스를 구하기 위해 목숨을 바치는 바람에 너새니얼에게서 웅카스로 관심이 옮겨 가게 되지만, **진실**의 추진력은 그대로이다. **해결**에서 그들은 마구아와 먼로 대령의 **거짓**에서 벗어나 너새니얼의 평화로운 세계로 돌아가고, 이곳에서 너새니얼과 코라는 함께 새롭게 시작해야 한다.

* 〈**글래디에이터**〉: 막시무스와 루실라는 콤모두스를 전복

하기 위한 비밀 계획에 원로원 의원들과 병사들을 규합한다. 하지만 발각되는 바람에 막시무스의 충실한 하인(막시무스의 패배를 더욱 개인적인 것으로 만들어준다)을 비롯하여 음모에 가담한 핵심 인물 몇 명이 살해된다. 막시무스는 콤모두스에게 붙잡혀 칼에 찔린다. **절정**에서 콤모두스는 부상당한 막시무스와 콜로세움에서 일대일로 싸우고, 막시무스는 경합 끝에 사악한 황제를 무찌르지만 결국 자신도 치명적인 상처로 인해 목숨을 잃는다. 그는 더 나아진 로마, 심지어 검투사들에게도 더 나아진 로마를 남겨두고 떠난다. 주바가 마지막 대사에서 말하듯이 "이제 우리는 자유다".

* **〈이성과 감성〉**: 윌러비가 메리앤을 버렸다는 사실을 알게 된 직후, 엘리너 자신의 로맨틱한 희망은 그녀의 사랑 에드워드 페러스가 못돼먹은 루시 스틸과의 약혼을 발표하게 되면서 결국 완전히 무너지고 만다. 심지어 엘리너의 합리성도 슬픔 속에서 스스로 무너져 내리면서 잠시 흔들린다. 하지만 그녀는 마음을 가다듬고 메리앤을 집으로 데려가는 일에 관심을 돌린다. 비극이 닥치고 **절정**은 메리앤이 비를 맞으며 돌아다니다가 중병에 걸리면서 시작된다. 결국 엘리너의 인내심과 분별력은, 루시가 에드워드를 버리면서 마침내 에드워드가 엘리너에게 구혼할 수 있게 됨으로써 보상받는다. **해결**에서는 엘리너와 이제는 분별 있는 여동생 메리앤이 각각 에드워드와 브

랜던 대령과 행복한 결혼 생활을 하게 된다.

* 〈캡틴 아메리카: 윈터 솔져〉: 세 번째 구성점에서 스티브 일당은 붙잡혀 형장으로 향한다. 설상가상으로(개인으로서도 충격적으로) 스티브는 자신이 지금껏 싸워온 적이 사실은 오랫동안 보지 못했던 절친한 친구라는 사실을 알고 불시의 타격을 입게 된다. 그는 여전히 자신이 실드를 파괴해야 한다는 **진실**을 진심으로 믿지만, 이제 그 임무는 그가 상상했던 것보다 더 큰 대가를 치르게 될 것이다. 스티브는 협력자들의 격려로 앞으로 나아가며 **진실**을 자신의 감정, 심지어 자신의 생명보다도 단호하게 더 중요시한다. 결국 그의 행동은 실드가 없는 새로운 세계를 창조하고, 이곳에서는 이제 모든 사람이 자신의 마음가짐과 삶을 재정비하기 위해 안간힘을 써야 한다.

* 〈더 브레이브〉: 매티는 살인범 톰 체이니가 말에게 물을 먹이는 것을 발견하고는 아버지의 크고 낡은 권총을 그보다 먼저 들이대면서 개인적 승기를 거머쥔다. 자신의 **진실**에 대한 확신은 매티가 혼자서 체이니를 체포할 수 있다고 믿게 만든다. 그리고 해낼 뻔하지만 권총이 두 번째는 불발되는 바람에, 루스터와 라뷔프가 미처 끼어들기도 전에 체이니가 부상당한 채로 매티를 붙잡아간다. 루스터가 매티를 무법자 패거리의 손아귀에 내버려둘 것처럼 보이면서 그녀에게 감정적으로 힘든 순간이 다가온다. 그러나 매티는 활기를 되찾아 패거리 두목 네드 페퍼

에게 자신의 의지를 피력하기 시작하고, 그는 매티를 체이니에게 맡기고 떠나며 그녀를 해치지 말 것을 요구한다. 루스터는 결국 체이니를 죽이고 방울뱀에게 물린 매티를 구출하게 되는데, 이로 인해 그녀는 **절정**에서 비교적 사소한 역할로 강등된다. 그러나 매티의 성격에서 나오는 힘은 시나리오를 작동시킨다. 왜냐하면 루스터가 하는 모든 일은 궁극적으로 매티가 스토리 전체에 걸쳐 그에게 일으킨 변화에서 비롯되거나, **절정** 자체에서 그를 통해 직접 작용하는 매티의 역동성에서 비롯되기 때문이다. 결국 매티 자신은 팔을 잃으면서 신체적 변화를 겪지만 마음가짐만은 확고하다(심지어 경직되어 있다). 루스터와 라뷔프는 극적으로 변화하기보다는, 특히 루스터는 매티에 대한 애정으로 좀 더 미묘하게 변한다. 그러나 에필로그에서 알 수 있듯이 매티의 주변 세계는 이후 세월이 흐르면서 눈에 띄게 변화하는데, 이런 변화는 매티 자신이 이 스토리에서 대변하는 이들, 즉 법을 준수하는 많은 서부 주민의 행동에 힘입은 것이다.

* 〈배트맨 비긴즈〉: 라스 알 굴은 직접 고담을 파괴하러 와서는 브루스 웨인과 그 저택부터 타격을 가한다. 브루스는 부상을 입고 불타는 집에 갇혔다가 간신히 탈출한다. 그는 잔해를 바라보며 그야말로 의구심을 표출한다. **진실**에 대한 자신의 헌신이 아니라, **진실**을 진척시키기 위해서라면 실제로 어떤 일이든 할 수 있는 자신의 능력을

향한 의구심이다. "내가 무슨 짓을 한 거죠, 앨프리드? 우리 가족의 모든 것을… 아버지와 그 아버지가 세워놓은 모든 것을…." 전에는 브루스의 사명에 의심을 표명했던 앨프리드는 이제 브루스를 격려하고 다시 일어서서 시도해볼 것을 촉구한다. 회복된 브루스는 라스 알 굴이 고담에서 일으킨 혼돈 속으로 뛰어든다. 사실상 홀로인 전투에서 그는 라스와 마주하고 자신의 **진실**을 이용하여 마침내 그를 물리친다. **해결**에서 고든은 브루스가 만들어낸 새로운 세계를 분명하게 묘사한다. "당신은 정말로 뭔가를 시작했어요. 부패한 경찰들은 겁먹어 도망치고, 거리에는 희망이 생겨났죠." 스토리가 속편으로 이어질 것이기 때문에 새로운 세계는 완벽하지 않지만, 영화는 고담이 브루스 웨인의 신념과 행동 때문에 확실히 바뀌었음을 분명히 한다.

플랫 아크에서의 액트 III: 질문

1. 예전에는 **거짓**에 휘둘리던 조연 캐릭터들의 삶에서 **진실**은 이제 어떻게 드러나는가?
2. **세 번째 구성점**에서 어떤 패배가 주인공을 육체적 또는 정신적으로 거의 무너뜨리는가?
3. **세 번째 구성점**에서 그는 말 그대로든 비유적으로든 어

떻게 하여 죽음에 직면하게 되는가?

4. 어떻게 하면 이 패배를 주인공에게 최대한 개인적인 것으로 만들 수 있는가?

5. 주인공이 실제로 **진실** 자체를 의심하지는 않으면서도 **거짓**을 정복할 수 있는 자신의 능력을 어떻게 의심하는가?

6. 그는 이 의심을 어떻게 극복할 것인가? 조연 캐릭터들이 그를 격려할 것인가, 아니면 주인공이 그들을 격려할 것인가?

7. 주인공이 **세 번째 구성점**에서 패배한 후 **진실**에 다시 헌신하는 모습을 어떻게 나타낼 것인가?

8. 갈등의 근본적인 전제인 '**거짓** 대 **진실**'을 분명하게 표현할 수 있는가?

9. 왜 **진실**은 적대자를 실제로 물리칠 수 있는 주인공의 능력에 내재해 있는가?

10. **진실**에 대한 조연 캐릭터들의 새로운 이해가 어떻게 주인공이 받을 관심을 가로채지 않으면서 **거짓**에 대한 주인공의 마지막 공격을 뒷받침할 수 있는가?

11. **해결**은 주인공과 그의 **진실**이 만들어낸 변화를 어떻게 증명할 것인가?

12. 세상은 시작 부분에서와 달라지는가? 아니면 주인공이 처음에 떠나야 했던 동일한 세상으로 돌아가는가?

13. 어떤 조연 캐릭터들이 **해결**에서 **진실**을 드러내는가?

14. 주인공은 스토리 시작 부분에서의 자신과 어떤 외면적

또는 개인적 차이점을 보여주는가?

15. 주인공의 핵심 **진실**이 전혀 변하지 않았다는 점을 어떻게 강화해줄 수 있는가?

 사람들은 플랫 '아크'를 종종 잘못 이해하기도 하고 때로는 간과하기도 한다. 작가는 주인공이 변하지 않으면 자신의 스토리에 뭔가 잘못된 것이 있다고 생각하는 경우가 많다. 하지만 사실 **플랫 캐릭터 아크**는 대단히 역동적인 스토리를 만들어내기도 한다. 강한 촉매 캐릭터는 몹시 굴곡진 **체인지 아크**의 캐릭터 못지 않게 결함과 매력이 넘칠 수 있다. 그러나 하나의 근본적인 **진실**에 대한 확고한 헌신은 이런 캐릭터에게 세상과 주변 인물들을 극적으로 변화시킬 수 있는 힘을 부여한다. 제대로 구성해낸다면, 그 결과는 잊지 못할 작품이 될 것이다.

제3부

네거티브 체인지 아크

The Negative Change Arc

"우리 자신에게 하는 거짓말이
남에게 하는 거짓말보다
더 깊이 뿌리박힌다."

표도르 도스토옙스키

18

액트 I

누가 **네거티브 아크**를 쓰고 싶어 하겠는가? 셰익스피어나 도스
토옙스키, 포크너, 플로베르 정도? 들어본 적 있을 법한 시시한
문장가 몇 사람만 꼽아보자면 말이다.

누구나 해피엔딩을 좋아하지만, 모든 스토리가 해피엔딩은 아
니다. **네거티브 체인지 아크**는 독자에게 따뜻한 솜털을 제공하
거나 데이트용 영화 각본을 낳지는 않는다. 하지만 '진실되기만
하다면' 비할 데 없는 힘과 울림을 지닌 스토리를 만들어낼 능력
이 있다.

진실은 즐겁든 힘들든 간에 울림을 일으키며, 좀처럼 받아들
이기 힘든 진실 몇 가지는 우리 모두가 이해해야 할 가장 중요한
것이다. 바로 여기서 **네거티브 체인지 아크**를 잘 다루는 능력이
유용할 것이다. **네거티브 체인지 아크**는 자신이 시작한 곳보다

더 나쁜 곳에서 끝나는 캐릭터의 스토리를 담으며, 아마 그와 함께 다른 사람들도 끌어내릴 것이다. 『도덕적 전제』에서 스탠리 D. 윌리엄스는 다음과 같은 **네거티브 체인지 아크**의 공식을 제공한다.

> **선행**은 성공으로 이어지고, **악행**은 패배로 이어지지만, **끊임없는 악행**은 파멸로 이어진다.

네거티브 체인지 아크의 세 가지 형태

제대로 하는 방법보다 잘못하는 방법이 훨씬 더 많다(따라서 내가 블로그에 연재 중인 『가장 흔한 글쓰기 실수Most Common Writing Mistakes』는 아마도 소재가 고갈될 일은 결코 없을 것이다). 이 말은 캐릭터 아크에도 적용된다. **포지티브 체인지 아크**는 한 가지 기본 형태로 나타나며, **플랫 아크**도 마찬가지이다. 그러나 **네거티브 체인지 아크**는 몇 가지 변이형을 따라갈 수 있다.

네거티브 체인지 아크의 **액트 I**의 구조적 요점을 파헤치기 전에, 스토리의 **네거티브 체인지 아크**가 취할 수 있는 세 가지 경로를 살펴보겠다.

1. 환멸 아크

캐릭터가 **거짓**을 믿는다 ⇒ **거짓**을 극복한다 ⇒
새로운 **진실**은 비극이다

(예: F. 스콧 피츠제럴드의 〈위대한 개츠비〉, 앤트완 퓨콰 감독의 〈트레이닝 데이〉)

많은 면에서 **환멸 아크**는 전혀 부정적이지 않다. **포지티브 체인지 아크**에서처럼 주인공은 **진실**을 더 잘 이해하게 된다. 어쩌면 그의 삶은 더 좋게 바뀔지도 모른다. 그럼에도 불구하고 스토리는 여전히 우울하다. 캐릭터의 인생관은 긍정적인 것에서 부정적인 것으로 바뀐다. 그의 새로운 **진실**은 햇살과 장미꽃이 아니라 냉혹한 사실이다.

2. 하강 아크

캐릭터가 **거짓**을 믿는다 ⇒ **거짓**에 집착한다 ⇒
새로운 **진실**을 거부한다 ⇒
더 강하거나 더 나쁜 **거짓**을 믿는다

(예: 에밀리 브론테의 〈폭풍의 언덕〉, 존 패트릭 샌리 감독의 〈다우트〉)

하강 아크는 우리가 비극 하면 가장 흔히 떠올리는 형태이다. 이런 유형의 스토리에서 캐릭터는 마치 **포지티브 체인지 아크**에 있는 양 이미 **거짓**에 뒤덮인 채 시작한다. 하지만 결국 **거짓**을 극복하고 **진실**을 수용하는 **포지티브 체인지 아크**와 달리, **하강 아크**의 주인공은 진실을 포용할 모든 기회를 거부하고 점점 더 자신의 죄악의 수렁에 빠져들며, 대개는 다른 사람들이 자신을 따르도록 이끈다. 그의 스토리는 광기, 극도의 부도덕, 죽음으로 끝난다.

3. 타락 아크

> 캐릭터가 **진실**을 주시한다 ⇒ **진실**을 거부한다 ⇒
> **거짓**을 수용한다

(예: 마리오 푸조의 〈대부〉, 조지 루카스 감독의 〈스타워즈〉 에피소드 I~III)

타락 아크에서 캐릭터는 **진실**을 이미 알고 받아들인 세계 속에서 시작한다. 그는 똑같이 할 기회가 충분히 있지만, **거짓**에 유혹당한다. **진실**의 씨앗이 이미 **포지티브 체인지 아크** 캐릭터의 삶에 잠재되어 있듯이, **거짓**의 씨앗은 **타락 아크** 캐릭터에게 잠재되어 있다. **진실**이 이미 눈앞에 있음에도 말이다. 이것은 아마도 모든 아크 중에서 가장 가슴 아픈 아크일 것이다. 왜냐하면 선량하지만, 아니면 적어도 선한 잠재력이 다분하지만, 그 기회를 버리고 의식적으로 어둠을 선택하는 인물을 다루기 때문이다. 여러 면에서 **타락 아크**는 **환멸 아크**와 유사하지만, 월리엄 번하트는 『완벽한 플롯 만들기Perfecting Plot』에서 이렇게 지적한다.

타락하지 않고도 환멸을 느낄 수 있고, 환멸을 느끼지 않고도 타락할 수 있다.

캐릭터가 믿는 거짓

포지티브 체인지 아크에서처럼 **네거티브 체인지 아크**는 캐릭터가 믿는 거짓에 좌우된다. 포지티브 체인지 아크에서 **거짓**은 캐릭터에게 결핍된 것과 관계있다(예: 그는 행복해지기 위해서는 돈이 필요하다고 믿는다). **네거티브 체인지 아크**에서 **거짓**은 캐릭터가 '이미' 소유하고 있지만 폄하하는 것과 관계있다(예: 그는 이미 엄청난 부자이지만, 자신의 복을 중요시하거나 책임지지 않는다). 그의 삶에는 그가 당연하게 여기는, 객관적으로 좋은 것 한 가지가 있을 것이다. 설상가상으로 그는 **거짓**이라는 헛된 약속을 추구하기 위해 기꺼이 이 좋은 것(그리고 그 안에 간직된 **진실**)을 희생할 것이다.

캐릭터가 원하는 것, 그에게 **필요한 것**, 그리고 **유령**은 기본적으로 **네거티브 체인지 아크**에서든 **포지티브 체인지 아크**에서든 동일할 것이다. 다만 스토리가 진행되어가는 동안 캐릭터가 자신의 **유령**에 대처하는 방법이 현저히 다를 뿐이다. **유령**을 극복하는 것이 아니라, **유령**이 자기에게 휘두르는 힘의 희생양이 되고 만다.

환멸 아크의 예

* 〈위대한 개츠비〉: 닉 캐러웨이는 자신의 별난 부자 친구 제이 개츠비의 요란스러운 익살과 취미를 관찰하는 사람일 뿐이지만, 이 고전 소설의 주인공이기도 하다. 그는 중서부 출신의 순진하고 낙천적인 청년으로 이야기를 시작한다. 그의 **거짓**은 유쾌한 것이다. '사람들, 특히 돈 많고 멋지고 인기 있는 사람들의 모습은 보이는 바와 같으며, 따라서 이스트에그 주민들의 삶은 행복의 정점에 도달해 있을 것이다.' **그가 원하는 것**은 그 사람들 무리에 끼는 것인 반면, **그에게 필요한 것**은 '그들의 화려한 외양 뒤에 숨겨진 천박함'이라는 **진실**을 아는 것이다. 그의 **유령**은 본질적으로 그 자신의 순진무구함으로, 이는 세련되지 못한 양육을 받은 결과이다.

하강 아크의 예

* 〈폭풍의 언덕〉: 히스클리프는 '개인적 완성과 행복을 이루려면 입양으로 맺어진 누이이자 어린 시절의 연인이요 유일한 친구인 캐시 언쇼를 완전히 소유해야 한다'는 **거**

짓을 믿기 시작한다. **그가 원하는 것은** 물론 캐시 그 자체이다. 하지만 **그에게 필요한 것은** 캐시를 놓아주고 두 사람의 위험하리만치 강박적이고 파괴적인 관계에서 벗어나는 것이다. 그의 **유령은** 자신의 고아(그리고 짐작건대 사생아)이던 어린 시절로, 이 당시 캐시와 그 아버지를 제외한 모든 사람에게 끝없이 냉대를 당한다.

타락 아크의 예

* 〈스타워즈〉에피소드 I~III: 모든 사람이 이미 알고 있는 사실을 한 가지 언급하면서 이 사례를 시작하겠다. 이 세 편은 '사용해서는 안 되는' 방법을 보여주는 표본이라 할 만하다. 하지만 제대로 만들어낸 한 가지는 아나킨 스카이워커의 몰락의 기본 구조인데, (편향된 소녀 팬임을 자처하는 내가 보기에) 좀 덜 엉망진창인 영화 속에서 펼쳐졌더라면 영화 역사상 최고의 **타락 아크로** 손색이 없었을지도 모른다. 아나킨은 주변 모든 이들의 삶에 빛과 사랑을 가져다주는 낙천적이고 희망찬 아이로 시작한다. 그가 이미 알고 있는 **진실은** '사랑이 물리적 힘보다 강하다'는 것이다. 하지만 억압받고 힘없는 노예라는 그의 **유령에** 의해 잉태된 **거짓의** 씨앗 또한 이미 아나킨의 내면에 있다. **그가 가장 원하는 것은** 자신이 아끼는 사람들(어머니, 나중에는 아내)을 보호하고 구하는 것이지만, 요다가 말해

주다시피 **그에게 필요한 것**은 "네가 잃을까 봐 두려워하는 모든 것을 버리도록 수련하는 것"이다.

정상 세계

네거티브 체인지 아크 속 **정상 세계**의 형태는 스토리가 어떤 변이형을 따라가는가에 달려 있다. **환멸 아크**에서 캐릭터는 **거짓**의 광채와 매력, 즉 희망과 성공에 대한 가짜 약속만을 보기 시작할 것이다. 그 결과 **거짓**의 **정상 세계**는 멋지고 아름다워 보일 것이다. 이때 캐릭터는 이를 믿지 않거나 원하지 않을 이유가 없다.

하강 아크에서 캐릭터는 이미 편안하게, 어쩌면 무심하게 **거짓** 속에 자리 잡고 있을 것이다. 그의 **정상 세계**는 겉으로는 평범하고 좋아 보일지 모르지만 균열이 보인다. 캐릭터는 평지풍파를 일으킬 정도로 자신의 **거짓**이 불편하지는 않지만, 완전히 행복하지도 만족스럽지도 않다. 이 **정상 세계**는 그가 벗어날 수 없는(그리고 벗어날 생각도 없는) **거짓**의 상징이다.

타락 아크에서 캐릭터는 비교적 멋진 **정상 세계**에서 시작한다. 그의 **정상 세계**는 이미 **진실**의 축복을 받았으며, 그 단점에도 불구하고 캐릭터에게 안전한 행복과 성장의 장을 제공한다.

환멸 아크의 예

* **〈위대한 개츠비〉**: 배경 스토리로만 잠깐 엿볼 수 있는 닉 개인의 **정상 세계**는 평온하고 지루한 중서부 생활이다. 이런 설정은 **거짓의 정상 세계**로 빠르게 전환되는데, 여기서 닉은 사촌 데이지가 뉴욕주 이스트에그에서 누리는 고급스러운 삶을 보면서 그 부와 쾌락의 눈부신 소용돌이에 사로잡힌다.

하강 아크의 예

* **〈폭풍의 언덕〉**: 히스클리프가 사는 저택의 이름인 '워더링 하이츠Wuthering Heights'(이 소설의 원제목이기도 하다—옮긴이)는 스토리의 격동적인 주제를 강조한다. 브론테는 '워더링'이란 "그 위치상 폭풍우가 몰아치는 날씨 속에서 저택이 노출되는 대기의 소요"를 묘사한다고 적고 있다. 히스클리프는 양자로 입양되면서, 집주인의 아들에서 하인들까지 모두가 그를 경멸하고 학대하는 이 가혹한 불모지 같은 곳으로 끌려온다. 오직 불운한 양아버지와 제멋대로인 캐시만이 그를 받아들인다. 히스클리프는 곧 다른 이들 모두를 경멸하지만, 캐시와의 거의 초자연적인 유대감이 그를 이 지옥 같은 생활 속에 붙잡아둔다.

타락 아크의 예

* 〈스타워즈〉: 외관상으로는 타투인의 탐욕쟁이 와토의 노예로 사는 아나킨의 **정상 세계**는 별 볼 일 없다. 하지만 정비사이자 조종사로서의 능력은 그와 어머니가 좋은 대우를 받는다는 것을 의미한다. 두 사람은 서로의 사랑에 만족하며 행복하게 산다.

캐릭터 모멘트

포지티브 아크와 **플랫 아크**와 마찬가지로, **네거티브 체인지 아크**의 **캐릭터 모멘트**의 주요 기능은 캐릭터의 진정한 모습을 소개하는 것이다. 이것은 캐릭터의 성격과 관심사(둘 다 중요하다) 그 이상을 망라한다. 또한 특히 **거짓**과의 관계와도 밀접한 캐릭터의 '잠재력'을 암시해주어야 한다. 비록 캐릭터가 길을 건너가 왜소한 할머니들을 도와주는 완벽한 호감형 인간으로 시작하더라도, 독자들은 그의 불운한 미래로 이어질 어두운 본성에 대한 느낌을 거의 즉시 얻어야 한다.

환멸 아크의 예

* 〈위대한 개츠비〉: 나이가 들어 현명해진 닉은 개츠비와

함께했던 모험을 되돌아보면서, 아버지가 자신에게 해주곤 했던 충고, "누군가를 비난하고 싶을 때마다, 이 세상 모든 사람이 네가 누렸던 혜택을 누려보지는 못했다는 것만 기억해라"를 들려준다. 독자들도 알게 되겠지만, 여기서 절묘한 아이러니는 닉과 그의 다소 지긋지긋해하는 경멸이 '중서부' 마을의 산물, 그러니까 언뜻 보기에 개츠비의 사악하고 화려한 도시가 주는 혜택이라고는 아무것도 입지 못한 곳의 산물이라는 점이다. 닉이 이야기를 시작하는 순간 우리는 즉시 순진무구하다는 느낌을 받으며, 그가 이야기를 끝낼 때는 신랄하고 냉소적이라는 느낌을 받는다.

하강 아크의 예

* **〈폭풍의 언덕〉**: 〈위대한 개츠비〉에서처럼, 독자들이 히스클리프를 처음 보는 곳은 연대기적 서사의 거의 마지막 부분에 해당한다. 그는 인제 성인이 되어 사람을 싫어하고 포악해졌으며, **거짓**에 대한 헌신으로 인해 오랜 마음의 상처가 남았다. 몇 챕터가 지나서야 우리는 히스클리프가 자신의 스토리를 시작하는 모습을 보게 되는데, 언쇼 씨가 워더링 하이츠에 사내아이인 그를 처음 데려오는 대목이다. 그는 사랑을 갈망하면서도(하녀는 다음 날 아침 언쇼 씨의 침실 문 앞에서 차가운 바닥에 웅크리고 있는 그

를 발견한다) 엄청난 폭력성과 격정적인 잔인함 또한 지닌 듯 보이는 과묵하고 참을성 있는 아이로 소개된다.

타락 아크의 예

* 〈스타워즈〉: 아나킨은 노예 역할로 소개된다. 그는 곧바로 삶에 대한 **진실**을 이해하는 사람이라는 느낌을 준다. 아나킨은 줏대가 있고 행복하고 너그러우며 친절하다. 하지만 자기를 휘두르는 자들(와토와 세불바)에게 가끔 성나게 쏘아붙이는 등 **거짓**이 불현듯 튀어나온다. 그는 콰이곤에게 제다이가 되어 돌아와 모든 노예를 힘으로 해방시켜주는 것이 꿈이라고 말하면서 자신의 운명에 대한 불만과 어머니를 지키겠다는 결심을 표명한다.

액트 I

여느 유형의 캐릭터 아크에서와 마찬가지로, **네거티브 체인지 아크**의 **액트 I**은 **진실**과 **거짓** 둘 다 발전시키는 데 사용되어야 한다. **진실**이든 **거짓**이든 둘 중 하나가 무대에 오를 때마다, 나머지 하나도 그 반영으로서 함께 나오는 셈이다. 모든 **네거티브 체인지 아크** 변이형에서 **거짓**은 **진실**에 우선한다. 독자들은 **거짓**이 주인공의 세계를 어떻게 형성해왔는지, 그리고 그가 개인적으로 그 **거짓**과 어떤 관계를 맺고 있는지 이해할 필요가 있다.

또 한 가지 중요한 점은, 작가는 위기를 창출해야 한다는 것이다. 주인공이 **거짓**을 추구한다면 스토리 속 모든 이들에게 어떤 위험이 닥치는가? 그가 **거짓**이 아닌 **진실**을 선택한다면 무엇을 희생해야 하는가? 이런 문제를 흑백 논리로만 만들어서는 안 된다. 캐릭터가 중요한 결정을 내릴 때마다 어려운 결정이 되어야 한다. 무엇을 선택하든 가치가 큰 무언가를 희생해야 할 것이다. 마찬가지로, 무엇을 선택하든 가치가 큰 무언가를 얻기도 할 것이다.

캐릭터는 **진실**이나 **거짓**을 구별하는 데 필요한 통찰력이 아직 없을 것이다. 자신이 그렇게 거창한 어떤 것을 상대하고 있다는 사실을 전혀 모른다. 아는 것이라고는 선택의 여지가 있다는 것뿐이다. 캐릭터의 삶에서 무언가 옳지 않은 게 있고, 그는 어떻게 해서든 더 나은 삶을 이루고 싶어 한다. 그가 **정상 세계**에서 벗어날 수밖에 없도록 만드는 그의 첫 번째 중대한 결정과 행동은 **액트 I**이 끝날 때에야 일어날 것이다. 그때까지는 캐릭터의 개인적 불편함을 가중시키고, 그를 **진실**과 동떨어진 길로 향하게 할 기회로 이끌면서 시간을 보내자.

환멸 아크의 예

* 〈위대한 개츠비〉: 닉은 **액트 I**에서 상류 사회에 소개되는데, 이들의 성공 수준은 물론 천차만별이다. 사촌 데이지

와 그 야비한 남편 톰과 어울리면서 닉은 톰과 정비공 조지 윌슨, 윌슨의 아주 매력적인 아내 머틀 사이의 불길한 관계를 알게 되고, 자신의 짧은 연애 상대 조던 베이커를 만나게 된다. 개츠비는 **액트 I**에서 모습을 드러내지 않지만, 그의 존재는 이 화려한 풍경 속에서 빛 중의 빛처럼 대단해 보인다. 우리는 특히 개츠비와 데이지의 기구한 운명을 짐작하게 된다.

하강 아크의 예

* 〈폭풍의 언덕〉: **액트 I** 내내 우리는 히스클리프의 **거짓**('그에게 캐시가 필요하다는 것')에 대한 헌신을 볼 수 있는데, 두 사람은 함께 자라면서 주변의 잔인한 세계로부터 서로를 보호해준다. 어느 정도까지는, 히스클리프는 캐시를 '무척' 필요로 하고, 여기에는 아무 문제가 없어 보인다. 하지만 캐시의 지독히 이기적이고 종잡을 수 없는 행동이 이어진다. 캐시조차도 이웃 린턴가에서 요양하면서 더 우아한 세계를 맛본 후 히스클리프의 헌신을 무시하기 시작한다. 캐시는 에드거 린턴을 사랑해서가 아니라 부유해지고 우아해지고 싶기 때문에 그의 로맨틱한 접근을 받아들이기 시작한다. 비록 히스클리프를 무척 좋아하고 자기 오빠 같은 사람들에 맞서 옹호해주면서도 그를 형편없이 대한다. 독자는 히스클리프가 캐시와의

섬뜩한 유대 관계를 끊을 수만 있다면 훨씬 더 나아지리라는 것을 알게 된다.

타락 아크의 예

* 〈스타워즈〉: 에피소드 I 전체가 본질적으로 이 아크의 **액트 I**이다. 그렇듯 아나킨의 선한 잠재력뿐만 아니라 거대한 힘의 잠재력 또한 보여준다. 어머니와 함께 **정상 세계**에 있는 동안에는 그는 **진실**에 집착한다. 하지만 제다이로서 강력한 힘을 발휘하는 법을 배울 수 있다는 콰이곤의 약속을 듣고는 그러한 **진실**에서 벗어날 마음이 생긴다. 어머니의 해방을 위한 해결책으로서뿐만 아니라 평생을 안고 살아온 무력함에 대한 해결책으로서도 권력을 갈망한다. 제다이 평의회가 아나킨의 꿈을 잠시 위협할 때, 우리는 **거짓**이 이미 그를 장악해가고 있음을 알게 된다.

네거티브 체인지 아크에서의 액트 I: 질문

1. 여러분 작품의 주인공은 **환멸 아크, 하강 아크, 타락 아크** 중 어떤 것을 이행하게 되는가?
2. 주인공은 어떤 **거짓**의 희생양이 되는가?

3. 이 **거짓**은 스토리의 시작 부분에서 어떻게 드러나는가?

4. **진실**은 (**환멸 아크**의) 캐릭터나 그 주변 세계에서 어떻게 드러나는가?

5. 스토리의 시작 부분에서 캐릭터는 **진실**을 어떻게 폄하하는가?

6. 어떤 **유령**이 **거짓**에 대한 캐릭터의 믿음이나 편향에 영향을 미치고 있는가?

7. **캐릭터에게 필요한 것**은 무엇인가?

8. **캐릭터가 원하는 것**은 무엇인가?

9. **환멸 아크**를 사용하고 있다면, 왜 **거짓**의 **정상 세계**가 캐릭터의 마음을 끄는가?

10. **하강 아크**를 사용하고 있다면, 어떻게 하여 캐릭터가 **거짓**의 **정상 세계**에 이미 정착해 있는가? 왜 아직 이 **정상 세계**를 탈출할 움직임을 보이지 않는가?

11. **타락 아크**를 사용하고 있다면, 캐릭터의 **정상 세계**는 어떻게 **진실**에 의해 강화되는가? 캐릭터는 왜 아직도 이 세계에서 편안하지 않은가?

12. **캐릭터 모멘트**를 사용하여 어떻게 **거짓**에 대한 캐릭터의 편향을 소개할 수 있는가?

13. 캐릭터가 **거짓**을 따르기로 선택한다면 어떤 위험에 처하는가?

14. 캐릭터가 **진실**을 따르기로 선택한다면 어떤 위험에 처하는가?

캐릭터 아크 만들기

잘 빚어진 **네거티브 체인지 아크**는 독자들에게, 세상은 물론 독자 '자신'에 대한 흥미로운 진실까지 드러내주는 주인공을 선사한다. **네거티브 체인지 아크**는 좀처럼 편안하지 않지만 중요하다. 문학 역사상 가장 위대하며 길이길이 기억되는 스토리 중 상당수가 비극이라는 것은 틀림없다. 독자들은 **거짓**을 좇다가 대가를 치르고 마는 캐릭터에게 공감하는데, 이는 우리가 살면서 너무나 자주 반복하는 일이기 때문이다. 최대의 반향을 얻도록 적절히 구성되기만 되면, **네거티브 체인지 아크**는 우리 주변 세계에 거대한 변화를 불러일으키는 냉철한 현실을 보여줄 수 있다.

"사람들은 진실을 사랑한다고 말하지만,
실제로는 자기가 사랑하는 것이
진실이라고 믿고 싶어 한다."

로버트 J. 링어

19

액트 II

네거티브 체인지 아크의 **액트 II**는 **포지티브 체인지 아크**의 **액트 II**와 많은 유사점이 있다. 이 두 종류의 아크에서 캐릭터는 자신의 **정상 세계**에서 새롭고 낯선 딜레마로 내몰리게 되어, 자신의 **거짓**에 직면할 수밖에 없게 된다. 그 **거짓**에 대해 더 많은 것을 알게 되고, 자신에게 미치는 **거짓**의 힘을 알아볼 기회가 주어질 것이다.

그렇다면 **네거티브 체인지 아크**의 **액트 II**와 **포지티브 체인지 아크**의 **액트 II** 사이의 주요 차이점은 무엇인가?

짐작했겠지만, 캐릭터는 어둠을 극복하기보다는 어둠에 점점 더 매료된다. **네거티브 체인지 아크**의 **액트 II**에서 캐릭터는 일련의 결정을 내리게 될 텐데, 그중에서 가장 주목할 만한 것은 **첫 번째 구성점**과 **중간점**에서의 결정이다. 이 결정들을 통해 캐릭터는 **거짓**에 대한 자신의 예속을 확고히 굳힐 것이다.

첫 번째 구성점

네거티브 체인지 아크는 어둠 속으로 하강하기 때문에, 스토리가 하강하기에 충분히 높은 곳에서 아크를 시작해야 한다. 따라서 **첫 번째 구성점**은 흔히 긍정적인 것이 된다. 겉으로 보기에 좋거나 흥미로운 일이 캐릭터에게 일어난다. 꿈에 그리던 여자를 만나고, 새 일자리를 얻고, 나쁜 상황에서 탈출한다. 자신의 **거짓**으로부터 '벗어나게' 해줄 가능성이 있는 좋은 결정을 내리기도 한다.

하지만 **첫 번째 구성점**이 아무리 긍정적으로 보여도, 항상 나쁜 일의 징후가 들러붙어 있어야 한다. **네거티브 체인지 아크**에서는 다른 어떤 아크에서보다 더 능숙하게 암시를 구사해야 한다. 불행한 결말이 독자들의 공감을 얻으려면, 독자들이 그에 대비하고 있어야 한다. 그래야 그 결말이 유일한 논리적 결과라고 느낄 것이다.

환멸 아크의 예

* 〈위대한 개츠비〉: 개츠비의 악명 높은 파티는 이 작품에 걸맞게 찬란한 **첫 번째 구성점**이다. 주제적 측면에서 보

면, 이것은 시골뜨기 닉 캐러웨이가 혹해가는 이스트에
그 부자 세계의 화려한 타락상을 상징적으로 잘 보여준
다. 하지만 더 중요한 것은, 신기하고 감탄스러운 제이
개츠비 본인을 등장시킴으로써 닉이 **정상 세계**에서 벗어
나게 해줄 문을 열어준다는 점이다. 그 순간에는 모든 것
이 좋아 보인다. 개츠비와 그 세계는 멋져 보이고, 닉은
그와 우정을 쌓게 되어 기뻐한다. 그는 파티에 참석하기
로 '결정'한다. 이 결정이 닉의 인생을 바꾸게 된다.

하강 아크의 예

* 〈폭풍의 언덕〉: 캐시가 이웃인 에드거 린턴의 청혼을 받
  아들인 후, 히스클리프는 그녀가 하녀에게 이 소식을 전
  하는 것을 우연히 듣게 된다. 캐시는 에드거를 사랑하지
  는 않는다는 것을 인정한다. 사실 히스클리프가 없다면
  그녀는 천국에서조차 비참할 것이다. 그러나 히스클리프
  가 너무 '천하기' 때문에, 자신을 낮추면서까지 그와 결
  혼할 수는 없는 노릇이다. 히스클리프는 꼭 성공해서 다
  시 돌아와 캐시와 결혼하리라 결심하고는 말없이 떠난
  다. 이 결정은 전적으로 긍정적인 것이다. 그는 자신의
  상황을 극복하고, 캐시의 오빠 힌들리의 횡포를 뒤로하
  며, 동등한 사람으로서 캐시에게 구혼하기를 바란다. 그
  러나 독자는 그의 행동에서 위협적인 어둠 또한 감지한

다. 특히 캐시가 에드거와 결혼하려는 마음을 바꿀 기미가 보이지 않기 때문이다.

타락 아크의 예

* 〈스타워즈〉: 영화 각 편의 구분과는 별개로, 아나킨 스카이워커의 전체적인 아크를 살펴보면 **첫 번째 구성점**은 오비완이 마지못해 아나킨을 제자로 받아들이기로 동의하는 에피소드 I의 결말에서 나온다는 것을 알 수 있다. 이 결정의 결과로 아나킨은 공식적으로 타투인의 노예로 살던 **정상 세계**의 마지막 자취를 뒤로하고, 코러산트 행성의 제다이 파다완(수련생)으로서 새로운 세계로 들어간다. 이것은 표면적으로는 어린 아나킨에게 매우 긍정적인 움직임이다. 아나킨은 자기 자신과 능력, 주변 은하계에 대해 더 많이 알아갈 기회를 얻는다. 루카스의 암시가 여기서 좀 더 분명해질 수도 있었지만, 어쨌든 (에피소드 I의 초반에 아나킨이 제다이 평의회에서 처음 거부당한 후 메이스 윈두에게 독기 서린 눈길을 던질 때) 우리는 이 결정이 결국 잘못 흘러갈지도 모른다는 느낌을 받았다.

액트 II 전반부

항상 그렇듯이, **액트 II 전반부**의 핵심은 **첫 번째 구성점**에 대한 캐릭터의 반응이다. 그는 의도적으로 **그가 가장 원하는 것**을 향해 나아가고 있지만 어떤 면에서는 불리한데, 대개 적대자나 목표 자체에 대한 완전한 정보가 부족하기 때문이다. 하지만 때로는 캐릭터가 전투를 치르면서 최후의 수단까지 꺼내려고 하지는 않아서 생기는 불리함도 있다. 아직은 '무슨 수를 써서라도' 이겨낼 준비가 되지 않았을 것이다.

그는 또한 **거짓**과 **진실**에 대해 더 많은 것을 알아간다. **환멸 아크**에서 캐릭터는 **그가 원하는 것**에 가까워지는 동시에 **그에게 필요한 것**에서 멀어지는 동안에도, **거짓**을 추구하는 데 어려움을 겪는다.

하강 아크에서 캐릭터는 **진실**에 관한 극도의 깨달음을 얻게된다. 그는 **거짓**의 결과로 인해 고통받게 된다. **그가 원하는 것**을 얻지 못하고, 얻으려 하다가 심지어는 얻어맞는다. **거짓**에 대한 자신의 헌신을 재고하는 순간이 올 것이다. 하지만 자신의 스토리 목표를 포기하기에는 너무 간절하다.

타락 아크에서 캐릭터는 **거짓**의 위력을 점점 더 알게 될 것이다. 그는 **거짓**을 무의식적으로라도 **그가 원하는 것**을 향한 길로 인식한다. **그가 원하는 것**에 대한 집착이 커지면서 캐릭터는 점점 **거짓**을 받아들이고 **진실**을 거부하기 시작한다.

환멸 아크의 예

* 〈위대한 개츠비〉: 닉은 **액트 II 전반부**에서 개츠비를 알
  아가면서 그의 마법에 걸려든다. 데이지 같은 사람들처
  럼 개츠비도 자신의 생활 방식으로 인해 확실히 타락했
  다. 하지만 남들과 다른 면도 있다. 개츠비의 거의 어린
  아이 같은 희망 속에는 순수성의 핵심이 담겨 있으며, 개
  츠비와 주변 사람들의 차이를 인식하면서 닉은 이스트에
  그 세계에 만연한 허위를 보기 시작한다. 그럼에도 불구
  하고 개츠비가 마이어 울프샤임 같은 지하세계 동료들에
  게 닉을 소개하고, 닉에게 자신의 잃어버린 사랑 데이지
  뷰캐넌과의 만남을 주선해달라고 설득하면서, 닉은 개츠
  비에 의해 타락에 빠져들게 된다.

하강 아크의 예

* 〈폭풍의 언덕〉: 수년 후 히스클리프는 신사가 되어 돌아
  왔지만, 캐시가 이미 에드거 린턴과 결혼했다는 것을 알
  게 된다. 배신감을 느낀 그는 캐시에 대한 사랑을 극복하
  고 그녀가 없는 편이 더 낫다는 **진실**을 받아들이기 위해
  분투한다. 그럼에도 불구하고 히스클리프는 그녀에게 매
  달린다. 비록 마음속 한편으로는 히스클리프와 캐시 자
  신 모두에게 진실하지 않은 그녀를 싫어한다 해도 말이

다. 그 어두운 본성은 그가 힌들리(도박과 음주를 부추겨서)와 에드거(그의 누이 이저벨라와 결혼해서)에게 복수하기 시작하면서 쏟아져 나온다.

타락 아크의 예

* 〈스타워즈〉: 이제 성인이 된 아나킨은 제다이 수련생으로서의 서약을 어기면서까지 파드메 아미달라 의원과 사랑에 빠진다. 그는 제다이가 되는 것과 제다이로서 휘두를 수 있는 힘을 열망하지만, 제다이 기사단이 자신의 삶에 강요하는 규칙에 분개하기도 한다. 아나킨은 기사단에 반항하고 파드메와의 로맨스를 꽃피워서 **그가 원하는 것**과 그에게 **필요한 것** 모두를 붙잡을 수 있기를 바란다.

중간점

중간점은 모든 것이 바뀌는 곳이다. 지금까지 캐릭터는 **거짓**을 향해 나아갔지만, 진전은 더뎠고 돌이킬 수 없는 것은 분명 아니었다. '적어도 몇 번은' 자신이 따라가는 행로를 놓고 번민한 적이 있었다. 그러나 **중간점**에서 캐릭터는 돌이킬 수 없는 행동을 취하거나 눈부시도록 분명한 폭로를 경험한 나머지, 강력한 **거짓**에 기반한 일련의 행동으로 후반부를 시작하기에 이른다.

중간점은 캐릭터가 **진실**과 이를 따를 기회를 명확하게 제시받는 순간을 담아야 한다.

환멸 아크의 예

* 〈**위대한 개츠비**〉: 닉은 개츠비에게 데이지와의 기이한 망상적 재회를 주선해주고 나서, 개츠비의 과거에 대한 진실을 알게 된다. 모든 이의 흠모를 받는 이 멋진 남자는 가짜다. 닉은 특히 변덕스러운 데이지와의 로맨틱한 과거를 반복할 수 있다고 고집하는 개츠비의 허튼소리에 인내심을 잃어간다. 이스트에그 무리 중 단연 최고인 개츠비의 균열상을 들여다보면서, 멋진 상류 사회에 대한 닉의 환상은 무너지기 시작한다.

하강 아크의 예

* 〈**폭풍의 언덕**〉: 캐시가 지병으로 출산 중에 죽게 되자 히스클리프에게 **진실의 순간**이 제공된다. 이제 그의 삶에서 캐시가 강제로 제거되면서, '캐시가 없는 편이 더 낫다'는 **진실**을 받아들일 기회를 얻은 것이다. 하지만 히스클리프는 **진실**을 버릴 뿐만 아니라 새롭고 더 끔찍한 **거짓**을 받아들인다. '그는 캐시를 포기하느니 차라리 캐시의 유령이 자신을 괴롭혀서 미치게 만들도록 할 것이다.'

타락 아크의 예

* 〈스타워즈〉: 아나킨은 자신의 제다이 서약을 무시하고
  파드메와의 은밀한 관계를 옹호하지만, 파드메는 거짓된
  삶을 살 수 없다고 주장하며 저항한다. 바로 그때 아나킨
  은 **진실의 순간**을 경험하게 되는데, 그 순간 그는 파드메
  의 말이 옳음을 인정하고는("당신 말이 맞소. 이러다가 우린
  파멸할 거요") 이를 따르려 애쓴다. 하지만 잡혀간 어머니
  가 나오는 악몽을 꾼 후, 명령에 불복하고 타투인에 돌아
  가 어머니를 구해내기로 결심하면서 아나킨은 절제와 감
  내를 벗어던지고 자신만의 힘이라는 혼란 속으로 큰 발
  걸음을 내디딘다.

액트 II 후반부

중간점에서 **진실**에 대한 거부와 자신의 자각을 보여준 후, 캐릭
터는 이제 **액트 II 후반부**에서 **그가 원하는 것**을 적극적이고 공
격적으로 추구하기 시작한다. 비록 여전히 어렴풋한 **진실**을 (특
히 조연 캐릭터들의 저항과 질책이라는 형태로) 경험하게 될 테지만,
이미 **진실**의 속박에서 벗어났다. **거짓**으로 촉발된 목표를 앞에
둔 그에게 **진실**은 더 이상 개인적 장애물이 되지 못한다.

물론 예외는 **환멸 아크**인데, 여기서 캐릭터는 **포지티브 체인**

지 아크에서처럼 **진실**에 '다가가게' 된다. 둘의 차이점은 **환멸 아크**의 **진실**이 지닌 파괴적 부정성이다.

비극적인 전제는 점점 더 나빠지는 전개를 예고한다. 시작 부분에서 캐릭터의 **거짓**이 어떤 것이었든, 그는 이제 최악의 모습으로 변하기 시작할 것이다. 만일 스토리의 시작 부분에서 욕정과 싸웠다면, 이제 간통이나 심지어 강간에 서서히 빠져들 것이다. 증오심에 몸부림쳤다면, 살인을 계획할지도 모른다.

환멸 아크의 예

* 〈**위대한 개츠비**〉: 닉은 점점 더(여러분도 짐작한 대로!) 돈 많은 친구들의 삶에 환멸과 혐오를 느끼게 된다. 그는 강박적이고 천진난만하리만치 희망에 부푼 개츠비와 불륜을 저지르는 데이지를 지켜본다. 반면 데이지의 위선적인 남편은 막후에서 마음을 졸인다. 닉은 자신의 서른 살 생일을 맞아 "내 앞에 새로운 10년이라는 불길한 험로가 펼쳐졌다"는 논평과 함께 **액트 II**를 마무리한다. 낙천적인 시골뜨기치고는 상당한 마음가짐의 변화이다.

하강 아크의 예

* 〈**폭풍의 언덕**〉: 캐시가 죽은 후 히스클리프는 분노로 날뛰면서, 자기를 캐시에게서 떼어놓는 데 관여한 모든 사

람을 응징한다. 워더링 하이츠의 집문서를 차지하기 위해 캐시의 오빠 힌들리를 음주와 도박으로 몰아넣고, 끝내는 술독에 빠지다가 죽게 만든다. 자신의 임신한 아내 이저벨라 린턴은 전혀 돌보지 않다가 다른 마을로 도망가게 한다. 힌들리의 아들 헤어턴은 자신이 양육된 식으로 극히 비참하고 천하게 키운다. 그리고 세월이 흘러, 죽어가는 에드거의 재산까지 장악하기 위해 자신의 병약한 아들 린턴을 에드거와 캐시의 딸 캐서린과 결혼시킬 계획을 꾸민다.

타락 아크의 예

* 〈스타워즈〉: 어머니가 자기 품에서 죽은 후 아나킨은 사막 종족 주민들을 남녀노소 할 것 없이 닥치는 대로 학살하면서 다크 사이드를 향해 큰 발걸음을 내디딘다. 그러고 나서 어떠한 행동이나 도덕의 제약도 뛰어넘어 초지일관 집요하게 파드메를 보호하기로 하고, 그 과정에서 한쪽 팔을 잃고 스승을 희생시킬 뻔한다. 아나킨은 서약을 무시하고 비밀리에 파드메와 결혼하고, 시간이 흘러 파드메가 출산 도중 죽는 것을 막기 위해 다크 사이드에서까지 해결책을 찾으려는 의지를 보여준다.

네거티브 체인지 아크에서의 액트 II: 질문

1. 여러분이 쓰는 스토리의 시작 부분에서 캐릭터가 지닌 큰 결점(예: 욕망, 증오 등)은 무엇인가?

2. **첫 번째 구성점**은 어떤 면에서 처음에 좋은 일인 것처럼 보이는가?

3. **첫 번째 구성점**의 긍정적인 면에도 불구하고 캐릭터의 궁극적인 하강은 어떻게 암시되는가?

4. **액트 II 전반부**에서 캐릭터가 **그가 가장 원하는 것**을 얻지 못하도록 방해하는 것은 무엇인가?

5. 여러분이 **환멸 아크**를 쓰는 중이라면, 캐릭터는 **액트 II 전반부**에서 **거짓**에 대해 무엇을 알게 되는가?

6. **하강 아크**를 쓰는 중이라면, 캐릭터는 **거짓**에 대한 헌신 때문에 어떤 고통을 겪고 있는가?

7. **타락 아크**를 쓰는 중이라면, 캐릭터는 왜 점점 더 **거짓**에 빠져들고 있는가?

8. **중간점**에서는 어떤 **진실의 순간**이 캐릭터에게 **진실**을 받아들일 기회를 제공하는가? 그는 **진실**을 왜, 어떻게 거부하는가?

9. 캐릭터는 **액트 II 후반부**에서 어떻게 **거짓**을 적극적이고 공격적으로 이용하여 **그가 원하는 것**을 추구하는가?

10. **액트 II 후반부**에서 캐릭터는 어떻게 처음의 큰 결점을 드러내는 최악의 모습으로 변해가는가?

액트 II는 **네거티브 체인지 아크**의 핵심부이다. **액트 I**의 관건은 캐릭터가 어떤 위치에서 추락하는지를 설정하는 것이고, **액트 III**의 관건은 캐릭터가 어떤 위치로 추락하는지를 보여주는 것이다. 하지만 **액트 II**는 추락이 벌어지는 곳이다. 이것은 스토리의 **거짓**과 **진실**을 입증하고, 독자들에게 캐릭터가 겪는 변화의 사실성을 납득시키는 알차고 쫄깃한 먹을거리다. 죽여주는 **액트 II**를 써보자. 그러면 여러분의 **네거티브 체인지 아크**가 독자들의 세계를 뒤흔들 것이다.

"비탄, 파괴, 파멸, 퇴락…
　최악은 죽음이니, 죽음이 창궐하리로다."

　　　　　　　　　　　　　　　　　　윌리엄 셰익스피어

20

액트 III

한마디로 **네거티브 체인지 아크**는 '실패'를 이야기한다. 이는 **액트 III**에서 가장 명확해진다. **포지티브 체인지 아크**가 '자신의 구원'을, **플랫 아크**가 '타인의 구원'을 다룬다면, **네거티브 체인지 아크**는 '자신을 비롯한 타인까지의 파괴'를 이야기한다.

앞의 두 액트에서 가장 중요한 것은 피할 수 없는 파괴를 위한 설정이었다. 캐릭터는 적극적인 선택을 해왔지만, 모두 **거짓**이라는 잘못된 근거에 기반했기에 끔찍하리만치 잘못된 선택으로 판명되었다. 실수를 저지르지만 자신의 실수를 인정하고 배움을 얻게 되는 **포지티브 체인지 아크** 캐릭터와 달리, **네거티브 체인지 아크** 캐릭터는 자신의 실수를 인정조차 하지 않으면서 그 실수를 극복하고 바로잡을 기회를 날려버린다.

그 결과는, 쉽게 알아볼 수 있다는 점에서 소름 끼치도록 공감을 불러일으키는 스토리다. **네거티브 체인지 아크**는 독자들에게 교훈적 스토리로 작용하는데, 우리 중 누구도 영웅의 비극적 종말을 원치 않기 때문이다. 그러나 이러한 스토리의 위대한 힘은 그 '도덕성'에 있는 것이 아니라 더없는 친숙성에 있다. 우리는 모두 자신의 삶에서 **네거티브 체인지 아크**를 (비록 개츠비, 히스클리프, 아나킨보다는 더 작은 무대에 서길 바라지만) 반복해서 연기한다. 우리는 우리 모두가 균형을 잡으며 타고 있는 줄이 얼마나 가느다란지, 그리고 그 줄에서 떨어지고 나서 자신이 살아온 **거짓**이 실수가 아니었노라 믿기로 독단적으로 결정해버리기가 얼마나 쉬운지 알고 있다.

세 번째 구성점

어떤 종류의 아크를 쓰건 간에 **세 번째 구성점**은 항상 죽음의 냄새가 나는 장소이다. 캐릭터는 자신의 생명이 (말 그대로, 또는 더 나아가 생계나 명성이 위기에 처하는 식으로) 위협받는 바람에, 또는 자신이 아끼는 사람들의 목숨이 위태로워지는 바람에 자신의 죽음에 직면하게 된다. **포지티브 아크**와 **플랫 아크**에서 캐릭터는 죽음과 맞서고, 그 힘과 타협하고, 삶을 다시 부둥켜안고, 다시 한번 전투태세를 갖추게 된다.

하지만 **네거티브 체인지 아크**에서 주인공은 이러한 공포 앞에서 자신이 무력함을 알게 된다. 자신이 스토리 내내 고집스럽게 받아들여온 **거짓**은 이제 그를 무력하게 만든다. 본질적으로 그에게는 **거짓**과 싸워 물리치는 데 필요한 유일한 무기, 즉 **진실**이 결여되어 있다. 유일한 선택지는 자신이 올바른 길을 선택했음을 확신하는 차원에서 **거짓**의 손아귀에 더욱 깊이 자신을 내맡기는 것이다.

늘 그렇듯, 이 규칙의 예외는 캐릭터가 **진실**을 마주하고 받아들이게 되는 **환멸** 아크이다. 하지만 그것은 어둡고 몸서리쳐지는 **진실**이다.

환멸 아크의 예

* **〈위대한 개츠비〉**: 세 번째 **구성점**은 개츠비와 데이지 남편 톰의 대결로 시작되는데, 톰은 데이지에게 개츠비가 주류 밀매 같은 범죄 활동을 통해 돈을 벌었다고 폭로한다. 데이지는 개츠비와 함께 도망치려는 결심을 망설이고, 톰은 개츠비에게 그녀를 집까지 태워다 주라고 명령한다. 톰과 닉, 조던은 다른 차를 타고 따라가다가 엄청난 사고를 접한다. 세 사람은 개츠비의 노란색 로드스터가 톰의 정부 머틀을 치어 죽였다는 것을 알게 된다. 닉은 대부분 이런 극적인 사건의 관찰자이지만, 이 사건들은 그로 하여금 이스트에그의 모든 사람과 그들 간의 은밀한 거래에 점점 더 혐오감을 느끼게 만들었다.

하강 아크의 예

* **〈폭풍의 언덕〉**: 히스클리프는 에드거와 캐시의 10대 딸 캐서린을 납치하고는, 그녀가 자기 아들 린턴과 결혼하지 않는 한 죽어가는 아버지에게 돌아가지 못하게 한다. 캐서린은 마침내 승낙하고 아버지의 임종을 지켜보기 위해 집으로 달려간다. 많은 비극적 주인공들처럼 히스클리프는 자신의 복수를 완성함으로써 위대한 결말을 쟁취했다. 그는 에드거를 파멸시켰다. 적은 죽었고, 히스클리프는 이제 에드거의 모든 재산을 소유한다. 그러나 이 승리는 그에게 평화를 가져다주지도, 캐시와 함께하려는 자신의 진정한 목표를 이루게 해주지도 못했다.

타락 아크의 예

* **〈스타워즈〉**: 아나킨의 아크에 있는 **세 번째 구성점**은 그가 메이스 윈두를 비롯한 제다이 마스터들이 시스 군주 다스 시디어스를 죽이는 것을 용납할 수 없음을 깨닫는 순간이다. 어떤 대가를 치르더라도 아내를 보호하려는 아나킨의 절박한 욕구는 그로 하여금, 이미 수백만 명을 죽였고 수백만 명을 더 죽일 남자의 생명을 구하게 만든다. 한 발 더 나아가, 시디어스의 삶과 죽음에 관한 비밀을 알아내기 위해 다크 사이드의 수련생으로 투항한다.

액트 III

세 번째 구성점에서 한계점에 다다른 후, 이 비극적 영웅은 개인적 부활을 향해 일어서기보다는 죽음과 그 힘에 맞서 헛된 분노를 표출한다. 빅토리아 린 슈밋은 『45가지 캐릭터 유형45 Master Characters』에서 다음과 같이 쓰고 있다.

그는 자신의 경험으로 인해 전혀 겸손해지지 않는다. 사실은 자신이 단순한 인간 이상이라는 것을 증명하기 위해 자신의 자아를 증강한다. 아무 생각 없이 위험을 무릅쓰는가 하면, 혼자서 악당과 싸우게 해달라고 요구하기도 한다. 아무도 필요 없고 아무것도 필요 없는 … 원맨쇼와 같다. 그는 [적대자가 진실에 관해] 자기에게 보여주는 것을 마주하려 하지 않는다. 자기가 인생에서 진정으로 원하는 것이 무엇인지 찾기 위해 자신의 내면을 들여다보지 않는다.

진실이 없다면, 그는 이 새로운 비극에 대처할 방법이 없다. 그 결과 (**절정** 이전의) **액트 III** 전반부에서 그는 적대 세력을 공격해 '어떻게든' **그가 원하는 것**에 도달하겠다는 각오를 다진다. 얼마든지 범죄를 저지르고 죄를 지을 것이다. 잃을 것도 없고, 그를 인도할 도덕적 나침반도 없다.

조연 캐릭터들이 그를 설득하려고 할 수도 있지만, 이제 그런 제안에 더욱 귀를 닫을 것이다. 심지어 예전에는 이견에도 불구하고 기꺼이 받아들이려 했던 사람들에게 덤벼들 수도 있다. 그야말로 자신의 현재 행로에 너무 많은 것을 쏟아부은 것이다. 예전이라면 자신이 기꺼이 싸워주고 목숨까지 바쳐주었을 사람들을 멀어지게 만드는 대가를 치르더라도 만류당할 여유조차 없다. 그 결과는 그 일을 이루기 위해 드는 비용을 완전히 능가한다.

환멸 아크의 예

* **〈위대한 개츠비〉**: 뷰캐넌의 집에 조던과 함께 들어가기를 거부한(사실상 그들의 부패한 생활 방식에 동참하기를 거부한) 닉은 개츠비와 마주치게 되어 자동차 사고의 진실을 알게 된다. 차를 운전한 사람은 개츠비가 아니라 데이지였다는 것이다. 톰이 데이지를 해칠까 봐 개츠비는 사고에 대한 책임을 지겠노라며 밤새도록 뷰캐넌의 집 밖에서 머문다. 이제 닉에게는 어두운 **진실**이 분명해졌다. 그는 톰과 데이지가 같은 부류라는 것을 너무 잘 알고 있다. 데이지는 개츠비가 비난을 받도록 내버려둘 것이다. 더 생각할 것도 없이 그와 멀어지더라도 말이다. 남편에게 돌아가는 것이 옳아서가 아니라 자신에게 가장 이득이 된다는 것을 이기적으로 알기 때문이다. 닉은 마침내 이스트에그 사람들이 '썩은 무리'라는 것을 확실히 깨닫는다. 개츠비를 도와주려고 계속 붙어 있지만, 그때부터

는 더 이상 부귀영화에 홀리지 않게 된다.

하강 아크의 예

* 〈폭풍의 언덕〉: 에드거에 대한 복수가 끝난 후 히스클리프는 점점 더 깊은 절망 속으로 가라앉는다. 망가진 그는 캐시와 함께하고자 하는 강박관념을 극복할 수 없다. 심지어 심하게 부패된 캐시의 시신을 파내기까지 하고, 죽어서 그녀와 재회하는 것은 에드거가 아니라 자신의 영혼이 될 것이라는 믿음으로 순간적인 평화를 찾는다. 아들이 죽은 후 그는 힌들리의 아들 헤어턴과 캐서린을 학대하고, 캐시의 유령이 자기를 괴롭히러 마침내 돌아왔다고 몽상하며 인생을 떠돈다. 자신의 목표에 이를 수 있는 유일한 길은 바로 죽음이다.

타락 아크의 예

* 〈스타워즈〉: 다크 사이드가 아내를 구할 유일한 해결책이라고 믿고 아나킨은 어둠 속으로 완전히 몸을 던진다. 새로운 스승이 명령한 잔혹 행위를 한탄하면서도 주저하지 않는다. 그럴 여유가 없다. 너무 멀리 왔다. 구멍이 너무 깊어서 다시 올라갈 방법이 없다. 자신과 아내를 위한 유일한 기회는 더 깊이 파는 것이다. 메이스 윈두가 죽은

후 아나킨은 노소를 막론한 제다이며 분리주의 연합 등 자신과 새 스승을 방해하는 모든 이들을 학살한다.

절정

절정은 모든 것이 마침내 완전히 무너지는 곳이다. **거짓**을 이용하여 **그가 원하는 것**을 얻으려는 캐릭터의 마지막 필사적 돌진은 두 가지 결과 중 하나를 달성할 것이다.

1. 외견상의 외적 승리를 얻어 **그가 원하는 것**을 차지할 수 있게 되지만, 그 성공은 공허한 것이다. **진실**이 없이는 결코 **그에게 필요한 것**을 얻어 내적 온전함을 찾을 수 없다. 이런 식의 결말에서 **절정의 순간**은 **진실**을 언뜻 보여줄 가능성이 높다. 이때 캐릭터는 자신이 벌인 전투가 소모적이었고, 설상가상으로 그동안 저지른 잔학 행위가 자기 자신은 물론 자신이 한때 사랑했던 모든 것까지 파괴해버렸다는 사실을 참담히 깨닫게 된다.
2. 내적 전투와 외적 전투를 모두 패한다. **진실**을 갖추지 못했기에 결국 마지막 결전에서 실패하고 만다.

네거티브 체인지 아크의 **절정**을 구상할 때는, 캐릭터가 스토리의 시작 부분에서 어떤 사람이었는지 돌아보자. 시작 부분에서 그가 이겨내려 했던 **거짓**, 그리고 싸웠던 방법은 절정의 정점을 분명하게 알려줄 것이다.

환멸 아크의 예

* 〈위대한 개츠비〉: 닉의 환멸은 개츠비가 머틀의 남편에게 살해되면서 완성된다. 개츠비 때문에 아내가 죽었다고 믿었던 그는 그 뒤 스스로 목숨을 끊는다. 개츠비 생전에 그의 파티에 몰려들었던 사람들은 모두 개츠비가 죽었다는 소식을 듣자 사라지고 만다. 닉을 비롯한 소수의 조문객만이 개츠비의 장례식에 참석한다.

하강 아크의 예

* 〈폭풍의 언덕〉: 캐서린과 헤어턴이 사랑에 빠지기 시작하자, 히스클리프는 둘의 관계가 자신의 젊은 시절 캐시와의 과거를 흡사하게 반영하고 있기에 당혹스러워한다. 캐시가 자기를 괴롭히고 있다는 믿음은 점점 더 강해지고, 그는 캐시라는 가상의 존재에서 망상적인 행복의 수단을 찾는다. 밤마다 황량한 들판을 걸은 탓에 건강이 급속히 쇠약해진 끝에, 어느 날 아침 헤어턴이 그의 주검을 발견한다. 죽음은 그들이 함께할 수 있는 유일한 방법이니, 히스클리프는 마침내 캐시와 함께하기 위해 떠났다.

시작에서보다도 결말에서 **거짓**을 더욱 완전히 받아들인 것이다.

타락 아크의 예

* 〈스타워즈〉: 아나킨의 아내 파드메와 옛 스승 오비완이 서둘러 그를 막아선다. 파드메가 자기를 구해주려던 아나킨의 방법을 거부하자, 아나킨은 그녀를 맹렬히 비난한다. 파드메를 살리는 것이 그 끔찍한 선택과 행동의 이유였지만, 이제는 너무 멀리 어둠의 길로 내려와버렸기에 파드메의 저항마저도 용납할 수가 없다. 아나킨은 파드메를 죽일 뻔하다가 오비완에게 달려들더니 결국 자신만의 힘에 대한 맹목적인 믿음으로 인해 참혹한 상처를 입고 만다.

해결

비극의 마지막 장면은 비교적 짧은 경우가 많다. 긍정적인 스토리와 달리 **네거티브 체인지 아크**는 미해결 부분을 거의 남기지 않으며, 대체로 독자들에게 스토리 세계에 머물려는 욕구를 불러일으키지 않는다. **절정**의 거대한 비극은 뒷마무리가 별로 필요하지 않은 최종 결말이라는 느낌으로 강조된다.

그래도 약간의 후기는 필요하게 마련이다. 주인공이 사망할 경우 살아남은 캐릭터들의 반응을 보여주어야 하는데, 특히 상당수가 주인공의 추락을 목격한 결과로 **환멸 아크**를 겪게 되기 때문이다. 작가는 주인공의 행동이 주변 세계에 미친 영향을 보여주고 싶을 것이다. 아마도 주인공은 주변 세계를 시작했을 때보다 더 나쁜 곳으로 만들어버렸겠지만, 주인공의 어두운 영향력이 걷혔으니 세상에 새로운 희망이 생길 가능성을 암시하고 싶을지도 모른다.

가장 중요한 것은 캐릭터의 최종 상태를 잘 보여줄 마무리 장면을 만드는 것이다. 죽음, 광기, 전쟁, 파괴, 투옥 등 그의 종착역이 무엇이든 간에, 스토리의 시작과 뚜렷한 대조를 이루는 스토리의 마지막 모티브로 표현되어야 한다.

환멸 아크의 예

* 〈위대한 개츠비〉: 장례식이 끝난 후 닉은 이스트에그의 군상을 멀리한다. 눈을 현혹시키는 것들은 이제 사라졌고, 그는 한때 사랑했던 도시 생활에서 감사할 만한 것을 거의 찾지 못한다. 닉은 집으로 돌아가기로 결심하지만, 조던과의 관계를 정식으로 끝내고 톰을 대면하지 않고는 안 된다. 그는 풀이 무성해진 개츠비의 집을 다시 찾아가 개츠비의 경이로움과 희망을, 그를 파멸시킨 세상의 냉소와 이기심과 비교한다.

하강 아크의 예

* 〈폭풍의 언덕〉: 자신들의 삶에서 독약같이 어두운 존재이던 히스클리프가 사라지자, 캐서린과 헤어턴은 마침내 워더링 하이츠의 타락한 분위기에 사랑과 행복을 되찾아 오기 시작한다. 이 스토리는 고통의 종말을 기약하며 대단히 희망적인 분위기로 막을 내린다. 늙은 하인이 주인의 유령이 캐시와 함께 황량한 들판을 걷는 모습이 보인다고 주장할 때는 히스클리프를 위한 희망도 조금 엿보인다. 그러나 화자는 히스클리프가 적어도 죽어서는 안식을 찾으리라 믿으면서 희망적인 결말에 대한 자신의 견해를 밝힌다.

타락 아크의 예

* 〈스타워즈〉: 아나킨의 노력은 그 몰락이 정점을 찍으면서 완전히 무너져버렸다. 그가 두려워했던 대로 아내는 출산 중에 죽는데, 이는 아이러니하게도 자신의 행동으로 인한 결과였다. 아나킨은 죽기 직전 새 스승에게 구출되어 괴물 같은 사이보그의 삶에 갇히게 된다. 물론 그의 스토리는 은하계의 '새로운 희망'을 약속하며 계속된다.

네거티브 체인지 아크에서의 액트 III: 질문

1. 여러분이 쓰는 스토리의 결말에서 캐릭터는 어떻게 실패하는가?
2. 그의 행동은 어떻게 다른 사람들에게 돌이킬 수 없는 피해를 주는가?
3. **세 번째 구성점**에서 주인공은 어떤 비극에 직면하는가?
4. **세 번째 구성점**에 캐릭터는 어떻게 반응하는가?
5. 캐릭터가 **진실**을 받아들이기를 거부하는 것은 자신의 내적, 외적 갈등 모두에 더욱 잘 대처할 수 있는 **세 번째 구성점**에서 왜 그를 무기력하게 만드는가?
6. 주인공은 적대 세력에 맞서 **그가 원하는 것**을 얻기 위해 어떤 바람직하지 않은(어쩌면 대단히 사악한) 계획을 세우는가?
7. 조연 캐릭터들이 주인공을 설득하려고 하는가? 이에 주인공은 어떻게 반응하는가?
8. **절정**에서 캐릭터는 **그가 원하는 것**을 얻게 되는가? 만일 그런다면, 왜 그는 자신의 승리가 여전히 공허하다는 것을 깨닫게 되는가? 어떤 반응을 보이는가?
9. 아니면 캐릭터가 궁극적인 목표를 달성하지 못하는가? 어떤 반응을 보이는가?
10. **절정**에서의 실패 이후 캐릭터는 적어도 잠시나마 **진실**을 깨닫고 자신의 행동이 헛됨을 직시하는가?

11. **절정**에서 캐릭터가 보이는 행동은 스토리의 시작 부분에서 보였던 자신의 **거짓**을 어떻게 확대 반영하는가?

12. **해결** 부분은 주인공의 행동이 조연 캐릭터들과 세계에 미친 영향을 어떻게 보여주는가?

13. 희망적인 분위기로 끝낼 것인가, 절망적인 분위기로 끝낼 것인가? 그 이유는 무엇인가?

14. 마무리 장면은 캐릭터의 궁극적인 실패를 어떻게 강조하는가?

우리는 종종 **네거티브 체인지 아크**를 우울하다고 생각하며, 실제로도 때로는 우울하다. 하지만 마치 단것을 듬뿍 먹고 나서 입가심용으로 시큼한 것이 필요하듯, 이것 또한 매우 필요한 것이기도 하다. 자신만의 **네거티브 체인지 아크**를 과감하게 펼쳐보자. 독특한 구조적 전환점이라든가 적절한 속도감, 암시 등을 유념하기만 한다면, 해피엔딩 못지않게 매력적이고 흥미진진한 **네거티브 체인지 아크**를 만들어낼 수 있을 것이다.

제4부

캐릭터 아크 Q&A

FAQs About Character Arcs

"플롯을 시작하기에 앞서
캐릭터를 살아 숨 쉬는 사람으로서
알아야 한다.
그러지 않으면
공황과 무질서, 혼란을 느낄 것이다."

데버라 모가크

21

어떤 캐릭터 아크가 적합할지
어떻게 알아낼 수 있는가?

포지티브든 **플랫**이든 **네거티브**든 이제 여러분은 캐릭터 아크를 구조화하는 방법을 알게 되었다. 하지만 자신의 캐릭터에 '어떤' 아크를 선택해야 좋을지를 여전히 궁금해할 듯싶다.

캐릭터 아크를 선택하는 것은 올바른 플롯을 선택하는 것 못지않게 중요한 결정이다. 처음부터 잘못된 선택을 한다면 결국 대대적으로 고쳐 써야 할 테니까. 어떤 스토리는 이미 온전한 캐릭터 아크를 지닌 채로 머릿속에 떠오를 것이다. 하지만 또 어떤 스토리는 심사숙고가 조금 더 필요할 것이다. 그렇지만 다행히도 다음 세 가지 질문에 답하는 것만으로 자신의 스토리에 완벽하게 들어맞는 캐릭터 아크를 고를 수 있다.

1. 어떤 장르인가?

장르가 '항상' 여러분이 그리는 캐릭터 아크의 유형에 결정적인 요소가 되지는 않겠지만, 한 가지 고려 사항임은 분명하다. 〈스트레인저 댄 픽션〉에서 해럴드 크릭이 알게 되었듯이, 스토리는 특정한 패턴을 따른다. "죽음에 이르는 비극, 결혼에 골인하는 코미디." **포지티브 체인지 아크**는 행복한 결말을 맞고, **네거티브 체인지 아크**는 슬픈 결말을 맞는다.

판타지, 웨스턴, 역사극 같은 보다 포괄적인 '상위' 장르라면 어떤 종류의 스토리든 펼칠 수 있다. 그러나 예를 들어 로맨스에는 대부분 **포지티브 체인지 아크**나 **플랫 아크**가 필요할 것이다.

2. 캐릭터 아크가 어디서 시작하는가?

캐릭터 아크는 항상 '스토리의 결말에서 스토리의 시작을 뺀 최종 합계'이다.

캐릭터가 스토리의 시작 부분에서 어떤 사람인지 알아낼 수 있다면, 이미 그 아크를 절반은 써낸 셈이다.

시작 부분에서 그는 비교적 좋은 곳에 있는가?

만일 그렇다면, **플랫 아크**(그 좋은 곳이 위협받을 때 그곳을 떠나서 그곳을 위해 싸워야 한다) 또는 **환멸**이나 **타락 아크**(그 좋은 곳을 떠나서 다시는 돌아오지 않는다)에 있는 것이다.

아니면 캐릭터가 별로 좋지 않은 곳에 있는가? 만일 그렇다면, **포지티브 체인지 아크**(더 나은 곳을 향해 여행하게 된다) 또는 **하강 아크**(상황이 더욱 악화된다)에 있는 것이다.

더 중요한 것은 시작 부분에서 캐릭터가 무엇을 믿는가이다.

그가 자신이나 주변 세계에 대한 **거짓**을 믿는 것으로 출발한 다면, **포지티브 체인지 아크**(거짓을 극복하고 긍정적인 **진실**에 도달하게 된다), **환멸 아크**(거짓을 극복하고 부정적인 **진실**에 도달하게 된다), 또는 **하강 아크**(진실에 접근조차 못 하고, 그 대신 훨씬 더 나쁜 **거짓**을 받아들이게 된다)의 시작 부분에 있는 것이다.

캐릭터가 **진실**을 믿는다면, **플랫 아크**(진실을 이용하여 주변 세계를 변화시키게 된다) 또는 **타락 아크**(진실에서 벗어나게 된다)에서 출발하는 것이다.

3. 캐릭터 아크가 어디서 끝나는가?

이 질문은 바로 "행복한 결말인가, 슬픈 결말인가?"라는 오랜 문제를 상기시킨다. 캐릭터가 **거짓**을 믿는 것으로 출발했지만 결국 행복해진다면, **포지티브 체인지 아크**를 따라가리라는 것을 알 수 있다.

바꿔 말하면, **포지티브 체인지 아크**를 가진 스토리는 항상 캐릭터가 시작할 때와는 정반대 상황에 처한 채로 끝날 것이다. 캐릭터는 변화했을 것이고, 주변 세계는 그 변화를 반영할 것이다.

네거티브 체인지 아크도 마찬가지지만, 그 역순이다. **환멸 및 타락 아크**에서 캐릭터는 시작 부분을 더 어둡게 반영하는 곳에 다다를 것이며, **하강 아크**에서 캐릭터는 시작할 때와 같은 곳, 하지만 더 나빠진 곳으로 되돌아갈 것이다.

플랫 아크의 캐릭터는 개인적으로 바뀌지는 않겠지만, 주변 세계와 캐릭터들은 스토리의 시작 부분과 크게 달라질 것이다.

캐릭터 아크가 적합한지 재확인하기

이 세 가지 질문에 대한 답을 바탕으로 하여 캐릭터가 따라가야 할 아크를 식별해내고 그에 따라 플롯 구성을 시작할 수 있다. 하지만 엔진의 회전 속도를 너무 높이기 전에 잠시 멈춰서 다음 질문을 통해 스스로 다시 확인해보자.

1. 식별해서 고른 아크가 가장 강력한 선택지인가?
2. 스토리의 시작과 끝이 서로 아주 강한 대조를 이루는가?
3. 만일 주인공이 **절정** 부분의 사건들을 스토리의 시작 부분에서 맞닥뜨려야 한다면, 그 사건들에 결말 부분에서와 마찬가지 방식으로 반응할 것인가?

주인공이 스토리의 시작에서나 결말에서나 거의 같은 행동을 취한다면, 그의 **체인지 아크**가 그리 강력하지 못하다는 것을 알 수 있다.

이것은 **플랫 아크**에도 적용된다. 비록 캐릭터 개인의 **진실**과 온전함은 스토리 내내 확고하게 유지된다 해도, 시작 부분에서는 결말에서와 같은 방식으로 행동할 동기나 이해력을 갖추고 있어서는 안 된다.

일단 플롯 구성을 시작하면, 알맞은 캐릭터 아크를 결정하는 것이 아크 자체의 구체적인 스토리 디테일만큼이나 중요하다. 뭔가를 쓰기에 앞서, 잠시 여유를 가지고 여러분의 캐릭터 아크가 무엇인지 파악하여 가급적 강력하고 기억에 남을 만한 아크를 만들어보자.

"대부분의 단편소설에는 하나의 플롯만이 있다.
그러나 가장 좋은 스토리에는
내가 '하나 반짜리 플롯'이라고 부르는 것,
즉 중심 플롯 하나와
스토리 전체에 식감과 풍미를 더해주는
예상 밖의 상황 전개나 작은 사건이 포함된
작은 서브플롯 하나가 있다."

엘리자베스 심스

22

캐릭터 아크가
서브플롯이 될 수 있는가?

여러분은 방금 놀라운 스토리를 완성했다. 전제가 하이콘셉트다. 플롯 구조도 훌륭하다. 모든 것이 죽여준다. 하지만 주인공의 캐릭터 아크는 왠지 부족해 보인다. 거기 분명히 있기는 하다. 단지 눈에 자주 띄지 않을 뿐이다. 그렇다면 이것은 서브플롯에 가깝다.

그런 것도 가능한가? '성공'이 가능한가? 아니면 스토리가 맥없고 얄팍하며, 독자들을 지루하게 하고 말리라는 신호인가?

내가 자주 접하는 질문 하나는 이것이다. "캐릭터 아크가 서브플롯이 될 수 있는가?"

짧고 상냥하게 답하겠다. "그렇다. 될 수 있다."

모든 스토리, 특히 액션 위주의 스토리가, 상영 시간 내내 지속되면서 **거짓**과 **진실**, 그리고 캐릭터의 사이사이 정차를 또렷하게 보여주는 거대 캐릭터 아크를 담는 것은 아니다. 이러한 스토리도 또렷하게 전개되는 아크를 가진 스토리 못지않게 설득력이 있다. 실제로 작은 아크가 훨씬 큰 주목을 받는 아크만큼이나 강력할 수도 있다.

중심 플롯보다 오히려 서브플롯에서 더 돋보일 수 있는 세 가지 캐릭터 아크의 사례를 한번 살펴보자.

얕은 아크Shallow Arc

어떤 캐릭터 아크는 마치 전설 같다(앞의 많은 사례 중에서 〈크리스마스 캐럴〉, 〈더 브레이브〉, 〈폭풍의 언덕〉 등이 떠오른다). 하지만 어떤 아크는 배경색일 따름으로, 주인공을 더 높은 차원으로 끌어올리기 위해 배치한 것이다. 이런 캐릭터 아크 역시 완벽한 구조로 존재하지만, 그 주요 촉발 지점은 훨씬 덜 규정되어 있다. 그 캐릭터 아크 자체도 마찬가지이다. 캐릭터가 '변화'한다기보다 태세를 '전환'할 수도 있다.

이것은 많은 액션 스토리에서 자주 채택된다. 마블의 스페이스 오페라 액션물 〈가디언즈 오브 갤럭시〉에서 주인공 피터 퀼은 미숙한 이기주의에서 이타적 영웅주의로 변모하는 아주 흔한 **포지티브 체인지 아크**를 경험한다. 그의 **유령**(어머니의 죽음과 자신의 납치), **거짓**('유일한 생존 방법은 자기 일만 생각하는 것'), **진실**('완전하고 충만한 사람이 되기 위한 유일한 방법은 타인의 일도 신경 써주는 것')은 모두 명백하다. 그러나 이것들은 플롯을 위한 추진 수단이라기보다는 캐릭터를 위한 서브텍스트 역할을 더 많이 한다.

대개 이러한 유형의 서브플롯은 이미 익숙한 아크를 기반으로 할 때 가장 잘 작동한다. 외톨이에서 구원자가 되어가는 퀼의 여정은 현대 모험담에서 가장 익숙한 부류이기 때문에, 대부분의 독자는 캐릭터의 변화를 보여주는 뻔한 사례가 별로 없어도 빈칸을 상상으로 채우고 아크를 느낄 수 있다.

이것은 이용할 만한 재료가 너무 적기 때문에 어떤 캐릭터 아크에서도 효과가 가장 떨어지는 표현이 되기 십상이다. 하지만 주로 액션에 초점을 맞춰야 하는 스토리에 깊이를 더하는 데는 여전히 유용하다.

접선 아크Tangential Arc

'서브플롯 캐릭터 아크'의 '진정한' 변이형은 접선 아크이다. 이 아크에서는 캐릭터 아크가 한가득 눈에 띄지만, 중심 플롯과 스치듯이만 관계를 맺는다. 중심 플롯과 영향을 주고받지만, 어디까지나 간접적으로다. 대개는 주요 모험과 별개로 독자적이며, 얼마든지 촉매의 결과로도 일어날 수 있다.

제1부에서 **포지티브 체인지 아크**를 위해 참조한 〈쥬라기 공원〉이 좋은 예다. 그랜트 박사의 **체인지 아크**는 '아이들은 성가시다'는 **거짓**에 대한 그의 믿음을 중심으로 전개된다. 스토리가

진행되는 동안 박사는 렉스, 팀과 친해지고, 심지어 공룡들로부터 구해주기 위해 목숨을 걸 정도로 돌봐줄 가치가 아이들에게 있다는 것을 깨닫게 된다.

그러나 이 **체인지 아크**는 중심 플롯을 살짝 비껴간다. 중심 플롯에서 그랜트 박사가 실제로 선보이는 **플랫 아크**는 '자연은 통제할 수 없다'는 **진실**에 대한 믿음을 기초로 한다. 스토리에서 서브플롯을 빼낸다면 그 스토리의 많은 부분을 잃겠지만, 중심 플롯은 변하지 않을 것이다. **체인지 아크** 자체는 그랜트 박사가 아이들을 돌봐주어야 했던 것 등 공룡과는 상관없는 여러 모험의 결과로 일어났을 수도 있다.

접선 아크를 작성할 때에도 서브플롯과 플롯 사이를 더욱 긴밀히 연결하도록 노력해보자. 이 두 가지가 더 통합될수록, 더욱 더 캐릭터 아크가 돋보이고 스토리가 하나의 전체로서 응집될 것이다. 그럼에도 불구하고 〈쥬라기 공원〉은 극 차원에서 불필요한 **체인지 아크**가 어떻게 전체 스토리의 개선에 사용될 수 있는지를 보여주는 좋은 예이다.

추가 아크 Extra Arc

〈쥬라기 공원〉은 주인공이 '두 가지' 아크를 경험하는 스토리의 좋은 예이기도 한데, 그중 하나는 중심 플롯에 필수적이고 다른 하나는 서브플롯이다. 그랜트 박사가 엘리 및 맬컴 박사와 공유하는 **플랫 아크**('자연은 통제할 수 없다'는 **진실**을 중심으로 한다)는 중심 플롯을 작동시키는 반면, 그의 **체인지 아크**는 돋보이는 서브 플롯에 불과하다.

추가 캐릭터 아크는 흔히 서브플롯과 관련되면서 드러난다. 이 아크는 같은 주제의 다른 면을 제시함으로써 중심 플롯의 **거짓**과 **진실**을 쥐락펴락하는 식으로 제 역할을 톡톡히 해낼 수 있다. 하지만 아주 산만하고 엉성한 스토리가 되어버릴 수도 있기 때문에 주의해서 사용해야 하는 기법이다.

캐릭터 아크는 언제 서브플롯이 될 수 있는가?

대체로 스토리는 또렷한 캐릭터 아크를 담는 편이 더 낫다. 항상 시작할 때는 캐릭터 아크를 중심 플롯에 눈에 잘 띄도록 엮어 넣으려고 노력해보자. 그런데 길이는 작가의 결정에 영향을 미칠 수 있는 한 가지 요소이다. 스토리가 짧아질수록 다양한 요소를 여러모로 활용할 수 있는 여지가 줄어들고, 캐릭터 아크는 뒷전으로 밀려나야 할 수도 있다. 스토리가 길어질수록 탐색할 수 있는 깊이와 차원이 늘어난다.

어떤 캐릭터 아크를 서브플롯에 엮어 넣기로 결정한 경우에도, 마치 캐릭터 아크가 중심 플롯에 들어가는 양 철저하고 구체적인 계획을 세우자. 그 구성점과 폭로가 그리 노골적이지는 않을지도 모르지만, 스토리에 가급적 가장 큰 심리적 충격을 부여하기 위해서는 그 내용이 미묘하게나마 눈에 띄어야 한다.

광범위한 요건을 갖추어야 함에도 불구하고, 캐릭터 아크에는 상당한 유연성도 있다. 스토리를 다양한 각도에서 살펴보면서, 플롯의 장점을 최대한 끌어내려면 캐릭터 아크를 어느 정도로 뚜렷하게 만들어야 할지 생각해보자.

"나머지 캐릭터들이 스토리에서
단연 중요한 이유는
주인공과 부대끼면서
복잡한 특성을 지닌 주인공의
여러 측면을 그려내는 데
각기 도움을 주기 때문이다."

로버트 매키

23

임팩트 캐릭터란 무엇인가?
그리고 왜 모든 스토리에 필요한가?

필요한 캐릭터들을 생각할 때면 우리는 주인공, 적대자, 그리고 어쩌면 조언자, 애정 상대, 단짝(또는 조수) 등과 같은 분명한 선택지를 떠올리곤 한다. '임팩트 캐릭터'는 아마도 여러분의 목록 맨 위에는 있지 않겠지만, 어쨌든 반드시 있어야 한다. 임팩트 캐릭터 없이는 캐릭터 아크를 만들 수 없기 때문이다.

'임팩트 캐릭터'는 『드라마티카』의 저자 멜러니 앤 필립스와 크리스 헌틀리가 만든 용어로, 앞서 편집자 로즈 모리스는 이를 '촉매 캐릭터'라고 불렀다. 이 캐릭터는 주인공에게 돌진하고, 변화를 촉진하며, 그 삶에 중대한 '영향'을 미치는 인물이다.

임팩트 캐릭터는 다른 캐릭터가 변화할 수 있게 하거나, 그럴 능력을 주거나, 때로는 변화하도록 그냥 강요하는 인물이다.

기본적으로 이러한 캐릭터는 **플랫 아크** 캐릭터이다.

체인지 아크에서는 주인공 자신이 변화하는 반면, **플랫 아크**에서는 주인공이 '주변' 세계를 변화시킨다는 것을 명심해야 한다. 본질적으로 **플랫 아크** 캐릭터는 자신의 스토리에서 임팩트 캐릭터가 되어, 주위에 있는 조연 캐릭터들의 **체인지 아크**가 이루어지게 한다.

그렇다면 **체인지 아크**의 임팩트 캐릭터는 어떤 인물인가? 물론 이것은 중요한 질문이다.

임팩트 캐릭터란 '무엇'인가?

임팩트 캐릭터는 친구일 수도 적일 수도 있다. 잠시 후에 더 자세히 말하겠지만, 지금은 스토리에서 그의 실제 역할은 주인공의 변화에 중추적인 캐릭터로 인정받는 것이 아니라고만 말해두자. 그렇다면 무엇을 하는가?

이렇게 생각해보자. 적대자가 스토리의 '외적' 갈등을 상징한다면, 임팩트 캐릭터는 '내적' 갈등을 상징한다.

적대자와 마찬가지로 임팩트 캐릭터는 갈등 유발자이다. 적대자처럼 주인공과 마찰을 빚는다. 하지만 적대자와는 달리 그 갈등이 반드시 서로 반대되는 목표의 결과는 아니다. 오히려 주인공과 임팩트 캐릭터의 상반된 '세계관'이 핵심이다. 주인공은 **거짓**을 믿는 반면, 임팩트 캐릭터는 이미 **진실**을 알고 있다.

이야기 내내 주인공과 자신의 **거짓**에 대한 맹신은 계속해서 임팩트 캐릭터의 **진실**과 부딪칠 것이다. 주인공은 자신의 **거짓**을 지닌 채 조용히 살고 싶을지도 모르지만, 임팩트 캐릭터의 지속적인 출현은 **진실**에 대한 주인공의 인식을 계속 끌어올리고 내적 갈등을 야기한다.

로체스터는 제인 에어가 자신을 그와 동등한 사람으로 여기도록 (결국 그가 일시적인 손해를 입을 때까지) 계속해서 자극한다. '크리스마스 유령들'은 스크루지가 고질적인 인색함을 버리도록 계속 재촉한다. 매티 로스는 남부끄러운 법 집행관 루스터 코그번을 정의로 가는 길에 오르도록 계속 끌어당긴다.

임팩트 캐릭터는 주인공이 **진실**을 보게 하도록 적극적으로 노력할 수도 그러지 않을 수도 있지만, 스토리의 중요한 순간에 나타나 주인공이 자기 방식의 오류를 알도록 도와줄 것이다. 그는 주인공이 (스토리 초반에는 알려고 하지 않았을지라도) 찾고 있는 답들을 가지고 있으며, 그 답들은 결국 주인공이 스토리 목표를 추구하는 길에 자리한 적대자와 외적 갈등을 정복하는 능력에 중추적인 역할을 하게 될 것이다.

임팩트 캐릭터는 '누구'인가?

로즈 모리스가 자신의 저서 『독자를 사로잡을 캐릭터 쓰기Writing Characters Who'll Keep Readers Captivated』에서 설명한 대로, 임팩트 캐릭터는 스토리 속에서 어떤 형태든지 취할 수 있다.

멘토 캐릭터일 수도 있다. 주인공을 새로운 세계로 인도하면서, 직면해야 할 도전에 대처하는 데 필요한 자질을 깨우쳐주는 인물이다. 보통은 코치나 아버지 같은 인물이다. 때로는 자신의 역할을 다하고 죽거나, 배반적인 반전을 통해 무시무시한 적대자임이 밝혀질 수도 있다.

임팩트 캐릭터가 주인공에게 필요한 특정한 **진실**을 이해한다고 해서, 모든 **진실**을 알아냈다는 의미는 아니라는 점을 주목하자. 경우에 따라서는, 실제로는 주인공보다 아는 것이 훨씬 적은 미숙한 인물일 수도 있다. 단 하나의 **진실**에는 도달했다는 점이 유별날 뿐이다.

몇 가지 선택 사항을 고려해보면, 스토리의 임팩트 캐릭터는 다음과 같은 형태를 띨 수 있다.

1. 안타고니스트(〈보물섬〉의 롱 존 실버)
2. 콘타고니스트(〈리버티 밸런스를 쏜 사나이〉의 톰 도니폰)(안타고니스트antagonist가 궁극적 목표를 방해하는 적대자라면, 콘타고니스트contagonist는 표면적 목표를 방해하는 적대자이다—옮긴이)
3. 멘토(〈미스트본Mistborn〉의 켈)
4. 단짝(〈붉은 강〉의 나딘 그루트)
5. 애정 상대(〈엠마〉의 나이틀리 씨)
6. 스토리의 대부분에 등장하는 캐릭터(〈레인 맨〉의 레이먼드 배빗)

7. 간헐적으로만 등장하지만 주인공의 마음속에 어른거리는 캐릭터(〈스타워즈〉의 오비완 케노비)

8. 여러 캐릭터의 집합체(〈카〉의 라디에이터스프링스 마을 주민들)

임팩트 캐릭터는 변화하는 캐릭터 아크의 회전축이다. 캐릭터는 **거짓**에 대한 자신의 믿음과 일관되고 설득력 있게 상충됨으로써 자신에게 영향을 미치는 '무언가'가 없이는 변화할 수 없다. 캐릭터 아크를 구상하면서 임팩트 캐릭터를 해야 할 일 목록의 맨 위에 올려놓고, 아크가 사실상 저절로 일어나는 것을 지켜보자!

"오직 적만이 진실을 말한다.
친구나 연인은 의리의 거미줄에 걸려
끝없이 거짓을 말한다."

스티븐 킹

24

모든 마이너 캐릭터에게
아크가 있어야 하는가?

주인공의 캐릭터 아크가 스토리에 깊이를 더할 수 있다는 가정
아래, 모든 마이너 캐릭터에게 아크를 가지게 한다면 스토리를
얼마나 더 깊이 있게 만들 수 있을지 생각해보자! 생각만으로도
어질어질하지 않은가? 그러면서 (다소 두려운) 의문이 생겨난다.
모든 마이너 캐릭터에게 아크가 있어야 하는가?

충분히 나올 법한 의문이다. 어쨌든 작가는 모든 조연 캐릭터
들에게 주인공처럼 입체감과 생동감이 있기를 바란다. 그들이
'자신만의 스토리 속 영웅'이 되기를 바란다. 그렇다면 모두가
자신만의 아크를 가져야 한다는 뜻이 아닐까?

이 말이 맞을지도 모른다. 하지만 아닐 수도 있다.

캐릭터 아크가 너무 많아지면 역효과가 나지 않을까?

모든 마이너 캐릭터에게 완전한 아크를 부여한다면 바로 다음과 같은 문제가 발생한다.

머리가 돌 것이다.

정말이다. 최근 진행 중인 작품에서 캐릭터 하나하나마다 완전한 아크를 만든다는 생각만으로도 눈이 번쩍 뜨인다. 이건 아크 과부하야!

하지만 또 소심하게 써서는 괜찮은 작품 계약을 따내지 못하지 않았던가?

이 또한 사실이다. 그러나 모든 마이너 캐릭터에게 완전한 아크를 부여하는 데에는 또 다른 문제가 있다. 너무 과도하다는 것이다.

수십 명의 주인공이 등장하는 몇 세대짜리 장편 서사를 쓰지 않는 한, 모든 캐릭터에게 아크를 부여할 필요는 없다. 독자들은 '모든 캐릭터'가 아크를 가지고 있는지 눈여겨보지 않을 것이다. 설사 눈여겨본다 해도, 그러다가 숨이 막히거나 혼란에 빠질 수도 있다.

완전한 아크들은 플롯과 주제를 안내하는 역할을 한다. 촘촘하고 잘 짜인 스토리를 만들기 위해서는, 각각의 아크는 그 자체만으로 완벽하고 일관성 있는 것을 넘어서 '그 이상'의 자질을 갖추어야 한다. 한 아크는 나머지 아크들과 서로 '긴밀하게 연결되어야' 한다. 소수의 완전한 아크보다 더 많은 아크로 인한 복잡함의 무게를 감당할 수 있는 스토리는 거의 없다. 또 중요한 것은, 소수의 완전한 아크 이상으로 많은 수의 아크가 '필요한' 스토리는 아주 드물다는 사실이다.

마음 놓고 안도의 한숨을 쉬어보자.

마이너 캐릭터의 마이너 아크

그렇긴 해도, 중요한 마이너 캐릭터는 '반드시' 아크를 가져야 한다. 물론 '완전한' 아크는 아니다. 주인공은 물론이고 잠시 후 논의할 몇 가지 캐릭터 등의 주요 캐릭터는 메이저 아크를 가진다. 하지만 마이너 캐릭터는 마이너 아크를 가진다.

기본적으로 마이너 아크는 완전한 아크를 상당히 압축한 형태이다. 『팔리는 시나리오 쓰기』에서 마이클 헤이그는 작가들에게 다음과 같은 질문을 스스로 해보도록 조언한다.

주요 캐릭터 각각의 스토리에 '아크'가 있는가? 다시 말해 [적대자, 단짝, 애정 상대] 모두가 명백한 외적 동기[목표]를 가지고 있는가? 그리고 그 욕망이 쌓이다가 결말에 이르러 해결되는가?

요컨대 마이너 아크는 좋은 스토리(또는 장면)의 기본적인 틀만을 필요로 한다. 그렇다고 모든 마이너 캐릭터의 아크가 그래야 한다는 의미는 아니다. 하지만 스토리 체크리스트를 훑어볼 때,

중요한 마이너 캐릭터가 모두 개별적인 목표를 가지고 있는지, 그 목표가 장애와 갈등에 봉착하는지, 그러한 장애와 갈등이 결국 스토리의 결말에서 어떤 식으로든 해결되는지 정도는 적어도 확인해야 한다.

이러한 인물들이 자신의 개인적 목표를 추구해가면서 (긍정적으로든 부정적으로든) 변화해야 하는지의 여부는 전적으로 작가의 의도와 스토리의 요구에 달려 있다. 하지만 어떤 캐릭터에 살을 붙이기 시작하기에 앞서, 모든 마이너 캐릭터의 목표는 플롯과 관련이 있어야 한다는 것을 기억하자. 이들의 아크가 더 상세해질수록, 그 목표들은 스토리의 총체적 주제에 더욱 분명한 기여를 해내야 한다.

어떤 마이너 캐릭터가 완전한 아크를 가져야 하는가?

'어떤' 마이너 캐릭터가 단순한 마이너 아크 이상의 아크를 가질 자격이 있는가?

주제. 결국 모든 것이 주제로 귀결된다.

무인도에 홀로 남은 주인공의 외로움만으로도 괜찮은 주제를 발견할 수 있을 것이다. 하지만 중요한 마이너 캐릭터 둘을 스토리에 등장시킨다면, 좀 더 조리 있고 공감을 불러일으키는 주제를 만드는 데 도움이 될 수 있다.

어떻게? 몇 가지 방법을 생각해보자.

마이너 캐릭터들이 주제를 대하는 다양한 태도 강조하기

이를테면 주인공이 자신의 여정을 통해 진정한 존경이란 부나 사회적 지위가 아니라 행실을 통해 얻는 법이라는 지혜를 터득한다고 해보자. 기본적으로 이 작품의 주제는 '존중'으로 요약할 수 있다.

작가는 자기 존중, 윗사람 존중, 아랫사람 존중 등 존경과 무례의 여러 측면을 살펴볼 수 있다. 주인공은 존중의 한 가지 특정한 측면에 초점을 맞출 것이다. 하지만 마이너 캐릭터들 또한 각기 나름의 존중 문제를 다루고 있을 수 있다. 어떤 캐릭터는 대하기 어려운 권위자를 존중하고자 할 수도 있다. 또 어떤 캐릭터는 자신만의 죄책감과 싸우며 일말의 자존감에 매달리려고 할 수도 있다. 그런가 하면 또 다른 캐릭터는 존경이란 환상일 뿐이라 믿고는 남을 속여서 존경을 얻으려 할 수도 있다.

각각의 캐릭터가 약간씩 다른 각도로 주제에 접근하도록 만들면, 주제의 모든 측면을 탐색할 때 활용할 만한 온갖 재료를 얻을 수 있다.

단짝과 주인공 대조하기

단짝은 주인공을 거의 전적으로 지지하는 인물이다. 단짝은 주인공과 여정을 함께하면서 주인공의 목표 추구를 응원한다. 주인공과 단짝은 많은 유사점을 공유하게 될 것이다.

그러나 중요한 차이점 또한 있어야 한다. 이 차이점들로 인해 주제가 나타나기 시작할 것이다. 이러한 차이는 좋을 수도 나쁠 수도 있다. 만일 주인공이 오직 부자만 존경받을 자격이 있다고 믿는다면, 단짝은 '행실이 그 사람을 규정하는 법'이라고 믿을지도 모른다. 아니면 주인공이 존경이란 노력으로 얻는 것이라고 믿는다면, 그 단짝은 남들이 자기를 존경하도록 속여넘기기 위해 거짓말을 해도 괜찮다고 믿는 사람일 수도 있다.

이 두 협력자의 신념과 행동의 대조는 주제의 초점을 더 선명하게 잡아줄 것이다.

적대자와 주인공 비교하기

적대자에 대해 생각할 때면, 작가는 그가 주인공과 어떻게 다른지에 집중하게 될 것이다. 하지만 스토리의 가장 중요한 측면 중 어떤 것은 적대자와 주인공이 결국 다르지 않기 때문에 드러날 것이다.

헤이그는 다음과 같이 설명한다.

주인공이 지닌 강적[적대자]과의 유사점 및 닮은꼴[단짝]과의 차이점이 드러날 때 주제가 나타난다. … 강적이라고 해서 주인공이 지니고 있고 극복해야 하는 어떤 나쁜 자질을 반드시 보여주는 것은 아니다. 주인공과 강적 사이의 유사점에는 긍정적인 특성이든 부정적인 특성이든 포함될 수 있고, 이런 유사점은 시작,

결말, 아니면 중간 어디서든 드러날 수 있다. 유일한 규칙은 유사점을 찾아내는 것이다.

주인공과 적대자는 둘 다 어린 시절에 가난에서 비롯된 사회적 경멸이라는 고통을 당했을지도 모른다. 결과적으로 두 사람 모두 부가 곧 존중이라고 믿는다. 둘 사이의 공통점은 온갖 흥미로운 주제를 만들어낸다. 주인공이 받게 될 유혹이라든가 주인공이 장차 어떻게 되리라는 (전조로 가득한) 경고는 모두 주제와 관련된 서브텍스트로 가득 차 있다.

캐릭터를 이용하여 주제를 그려내면, 주제를 펼칠 가능성이 활짝 열릴 뿐만 아니라 주제가 스토리에서 자연스럽게 발생하게 된다. 주제를 단도직입적으로 언급하거나 독자에게 억지로 떠먹여줄 필요가 전혀 없다.

적대자의 아크

적대자의 아크는 항상 **네거티브 체인지 아크**여야 하는가? 어쨌든 부정적인 인물이므로 그럴 거라고 생각하는 사람도 있겠지만, 전혀 그렇지 않다.

적대자의 아크는 항상 주인공의 아크를 반영하는 역할을 한다는 것을 기억하자. 둘 사이의 차이점 못지않게 유사점 또한 둘의 관계를 규정한다. 물론 그 형상은 반전된다.

적대자의 아크는 흔히 주인공의 아크와 반대일 것이다. 주인공이 **포지티브 체인지 아크**를 따라간다면, 적대자는 사실상 거울에 비친 듯 **네거티브 체인지 아크**를 따라갈 수 있다. 그러다가 유사한 **거짓**을 극복하지 못하고 결국 구원받는 대신 파멸하고 만다. 마치 빅토르 위고의 〈레 미제라블〉에서 **환멸 아크**를 따라가는 자베르 경감처럼 말이다. 그는 주인공 장 발장과 비슷하게 '자비 대 정의'라는 **거짓**으로 시작한다. 하지만 장 발장과 달리 자베르는 마침내 **진실**을 마주하게 되면서 파멸한다.

적대자는 자신만의 **진실**(매우 파괴적인 **진실**)에 매달리는 **플랫 아크**를 따라갈 수도 있다. 특히 적대자가 임팩트 캐릭터인 경우 더욱 그럴 가능성이 크다.

임팩트 캐릭터의 아크

앞 장에서는 임팩트 캐릭터가 어떻게 모든 **체인지 아크**에 촉매로 작용하는지 이야기했다. 임팩트 캐릭터는 조언자, 단짝, 애정 상대 등의 캐릭터 중 하나(또는 여럿)로 나타날 수 있다. 하지만 적대자 자신도 빈번하게 임팩트 캐릭터 역할을 할 것이다.

어떤 인물이 임팩트 역할을 담당하든 그 아크는 **플랫 아크**가 될 것이다. 그는 **진실**을 알고 있고, (의식적으로든 무의식적으로든) 그 **진실**을 이용하여 주인공이 자신의 **거짓**을 극복하도록 자극할 것이다. 적대자가 임팩트 캐릭터라면, 주인공의 목표에 대한 적대자의 반대가 자극제로 작용할 것이다. 이것은 적대자를 만들어내는 데 강력한 방법이 될 수 있는데, (비록 주인공을 도와줄 의도는 없겠지만) 주인공에게 심대한 영향을 미치는 능력 덕분에 적대자는 복잡한 도덕성을 지닌 캐릭터로서 엄청난 무게감을 획득하기 때문이다.

앤트완 퓨콰의 〈트레이닝 데이〉에 등장하는 알론조 해리스 형사가 좋은 예다. 그는 사악하지만 도덕적으로 너무 복잡한 나머지, 주인공을 자극하여 자기만족적인 이상주의 세계관에서 벗어나 고통스럽더라도 새로운 **진실**로 접어들게 만들어버린다. 결국 해리스는 주인공의 삶에 심대한 영향을 준 대가를 치르게 된다.

마이너 캐릭터가 다중 아크를 가질 수 있는가?

이제 조금 더 복잡하게 만들어보자. 어떤 캐릭터는 다중적인 아크를 따라가게 될 수도 있다. 어김없이 이 문제는 이런 캐릭터가 다른 캐릭터들의 **거짓**과 **진실**에 비해 얼마나 많은 **거짓**과 **진실**을 알고 있는가로 귀결된다.

예를 들어 임팩트 캐릭터는 이미 주인공이 추구하는 **진실**을 이해하고 있기 때문에, 이러한 면에서는 **플랫 아크**를 따라갈 것이다. 그렇다고 해서 그가 '모든' **진실**을 이해한다는 뜻은 아니다. 자신만의 **거짓**을 고집하거나 극복하고 있을지도 모른다. 주인공도 마찬가지다. 그의 중심 캐릭터 아크와 **거짓**만 놓고 보면, 문제아일 수도 있다. 하지만 그는 다른 종류의 **진실**을 알아냈을지도 모른다. 주인공은 이 **진실**을 이용하여 마이너 캐릭터들의

포지티브 체인지 아크 속에서 도움을 줄 수 있다.

다중 아크를 신중하게 사용하면 대단한 깊이와 복잡성을 지닌 캐릭터를 만들어낼 수 있다. 하지만 항상 명심해야 할 규칙은 어떠한 마이너 아크도 주인공의 주된 아크를 뛰어넘어서는 안 된다는 점이다.

주인공의 아크가 바로 '스토리'다(그렇지 않다면 주인공이 아니니까). 나머지 아크는 모두 그 아크보다 아래에 있어야 한다. 주인공의 아크를 '뒷받침하고' 그 특정한 도덕적 전제에 이바지해야 한다.

즉, 모든 아크는 하나의 태피스트리를 만들기 위해 서로 엮여야 한다. 어떤 캐릭터가 자비를 배우는 반면 다른 캐릭터는 지구를 보호하는 것의 중요함을 깨닫는 스토리를 (이 주제들이 지금 이 순간 내 머릿속에서는 분명하지 않은 모종의 방법으로 묶이지 않는 한) 만들 수는 없다.

처음의 질문으로 돌아가보자. 스토리에 캐릭터 아크를 몇 개나 배치해야 하는가?

주인공, 적대자, 단짝, 애정 상대에 관심을 기울여보자. 주인공에게는 완전한 아크가 주어질 테고, 적대자의 아크는 서브텍스트로서 반영하고 대조하는 역할을 한다. 임팩트 캐릭터는 좀 더 작고 보조적인 아크를 따라간다. 나머지 캐릭터는 적어도 하나씩 주제와 관련된 목표, 갈등, 해결을 부여받을 것이다.

"변화는 처음엔 힘들고,
중간엔 골치 아프며,
마지막엔 빛을 발한다."

로빈 샤르마

25

보상과 징벌을 이용하여
어떻게 캐릭터를 변화시킬 수 있는가?

어떻게 캐릭터를 변화시킬 수 있는가? 이 질문은 간단해 보이겠지만 유용하고 중요한 질문이기도 하며, 그런 만큼 유용한 답을 구해야 할 가치도 있다.

캐릭터 아크 속을 헤매는 여정의 이 시점에서, **포지티브 체인지 아크, 플랫 아크, 네거티브 체인지 아크** 등 캐릭터의 잘 구조화된 내적 여정이 지닌 잠재력에 여러분이 더욱 열광하기를 바란다. 이제 환호성을 지르고 팔을 걷어붙이며 멋진 **체인지 아크**를 구현할 수 있다.

하지만… 어떻게 캐릭터를 변화시킬 것인가?

캐릭터 아크의 유기적 변화를 일으킬 '유일한' 방법

물론 첫 단계는 캐릭터 아크 체크리스트를 살펴보는 것이다.

그래, 그는 **거짓**으로 인해 비참해지지(아니면 적어도 어떤 면에서는 만족하지 못하지).

그래, 결말은 그의 삶이나 세계를 훨씬 더 좋게 만들어줄 멋진 새 **진실**을 담고 있어.

그래, 플롯의 모든 구조적 비트는 아크의 매 순간에 영향을 미치도록 제대로 배치되어 있군.

이 모든 것을 점검했다면, 이제 어떻게 캐릭터를 변화하도록 '만들' 것인가? 어떻게 A 지점(거짓)에서 B 지점(진실)으로 대단히 그럴싸한 방법을 써서 이동시킬 것인가? 캐릭터가 적절한 변화 단계를 모두 거치게 하는 것만으로는 부족하다. 실제로 효과를 발휘하려면, 캐릭터가 그런 변화를 '실감'해야 한다. 변화의 동기를 온몸에 부여받아야 한다.

작가는 이를 어떻게 달성하는가?

그러려면 맛있는 당근과 달갑잖은 채찍을 준비할 것을 권한다.

보상과 징벌을 사용하여 캐릭터 변화시키기

사람들은 고통과 쾌락에 의해 동기가 부여된다. 우리는 고통에서 벗어나 쾌락을 향해 나아간다. 원치 않는 것에서 벗어나 원하는 것으로 나아간다. 부모라면 누구나 알겠지만, 이는 보상과 징벌이 매우 효과적인 동기 부여 수단이라는 것을 의미한다. 그렇다면, 더 나은 길을 부모가 제시해주어야 하는 고집불통 아이들 말고 우리의 캐릭터들은 어떠한가?

『캐릭터 아크』에서 조던 매콜럼은 다음과 같은 통찰을 보여준다.

캐릭터의 긍정적인 선택 덕분에 그가 아크 이후의post-arc 상태에 더 가까워진다면, 스토리텔링 측면에서 최고의 '보상'은 그를 자신의 외적 목표에 더 가까이 데려다주는 것일 터이다. 부정적인 선택이 역효과를 낳는다면, 가장 큰 '징벌'은 외적 목표에서 더 멀리 떨어뜨리는 것이다. 우리는 캐릭터가 자신의 아크 이전의pre-arc 신념과 행동이 더 이상 통하지 않으리라는 것을 서서히 알게 한다. 그러면 그는 새로운 것을 시도할 수밖에 없다.

모든 스토리는 주인공이 원하는 것을 통해 정의된다. 이러한 외적 목표(그가 가장 원하는 것)는 스토리의 궁극적인 쾌락(이 '쾌락'의 '진정한' 원천이 알고 보니 그에게 가장 필요한 것일지라도)의 발현으로 시작된다. 당연히 캐릭터는 이 행복의 샘을 향해 곧장 나아간다.

하지만 그의 거짓은, 특히 중간점에서 진실의 순간이 오기 전까지 스토리의 전반부에서 그 앞길을 끊임없이 가로막는다. 캐릭터가 거짓에 기반하여 행동할 때마다 작가는 전능한 채찍으로 엉덩이를 후려갈긴다. 캐릭터가 완전히 마약에 취해 있지 않은 이상, 결국 엉덩이를 맞는 것에 지쳐서 **진실**에 기반한 새로운 방법을 시도할 것이다.

캐릭터가 **진실**에 발맞추어 행동하기 시작할 때에야 비로소 징벌이 끝나고 그 대신 보상이 시작될 것이다. 바로 여기가 당근을 꺼내 드는 곳이다! 캐릭터가 **진실**과 한몸이 될수록 그 보상이 커지며, **그가 원하는 것**과 (더 중요한) **그에게 필요한 것**을 향한 진전도 더 커지게 된다.

'그래, 하지만…'이라는 실패가 어떻게 보상으로 작용하는가?

제대로 구성된 장면은 행동과 반응 두 부분으로 나뉜다. 행동에 해당하는 절반은 목표, 갈등, 결과의 세 부분으로 구성된다. 그 결과는 십중팔구 처참하거나, '적어도' 한구석이 처참할 것이다. 이러한 부분적 실패를 '그래, 하지만…' 실패라고 하자. 캐릭터의 주요 장면 목표가 일부만 가로막히는 실패이다.

스토리의 전반부에서는 **거짓**에 기반한 자신의 행동들로 인해 캐릭터가 여러 차례 극도의 실패를 맛볼 것이다. 이러한 실패는 징벌이다. 그는 목표를 잘못 잡을 때마다 얻어맞는다. 그는 갈등에 빠져들고 매번 욕구불만에 처한다. 하지만 이 모든 실패는 그에게 한 가지 중요한 교훈을 줘야 한다. 그의 **거짓**은 자신이 원하는 것을 얻기 위한 알맞은 도구를 주지 않는다는 교훈이다.

실패를 피하고 자신의 목표에 도달할 새로운 방법을 모색하기 시작하면서, 그는 **진실**에 다가가고 더욱 효과적인 도구를 얻기 시작한다. 그 결과 스토리의 후반부에서 점점 더 많은 '그래, 하지만…' 실패를 맞게 될 것이다. 여전히 적대자를 완전히 물리치고 투쟁에서 이길 수 있는 능력은 없지만(물리치고 이기는 순간 스토리는 끝난다), 점점 더 가까이 가고 있다. 그리고 가까이 갈수록, 더 좋은 결과라는 보상을 더 많이 받을 것이다.

캐릭터를 어떻게 변화시킬지 계산하는 것은 전체 스토리의 거시적 차원(플롯 구조, 그리고 그 구조가 캐릭터 아크의 모든 촉매 순간에 어떤 영향을 미치는지)에서 이루어져야 하는 결정이다.

그러나 캐릭터를 변화시키는 작가의 능력은 스토리 속 각각의 장면에서 내리는 미시적 차원(**거짓**에 기반한 행동에 가하는 징벌, **진실**에 기반한 행동에 주는 보상)의 결정에도 좌우된다.

각 장면마다, 캐릭터가 따르는 지침을 확인하고 그가 적절한 징벌과 보상을 받고 있는지 확인하는 시간을 가져보자. 그러면 현실에 있을 법한 동기 및 흠잡을 데 없는 원인과 결과를 바탕으로 하는 강력한 캐릭터 아크를 얻게 될 것이다.

"여느 핵심 아이디어처럼
캐릭터 아크라는 개념도 시험용으로 만들어졌다.
작가가 긍정적인 결과를 얻기 위해
의도적으로 스토리텔링의 이러한 측면을 버리는 것이
도리어 환상적인 스토리텔링을 낳는 경우도 많다."

로버트 우드

26

스토리에
캐릭터 아크가 없다면?

캐릭터 아크 없이도 스토리를 쓸 수 있을까? 그 일이 가능하긴
한가? 만약 그렇다면, 풍부한 캐릭터 아크를 가진 스토리에 비
해 단조로워질 수밖에 없을까?

내가 자주 접하는 이러한 질문들은 절대적으로 유효하다. 우
리는 종종 캐릭터 아크와 스토리가 동의어라고 생각하고는 자
기가 좋아하는 스토리에서 캐릭터의 **거짓**과 **진실**을 찾으려고
애쓰면서 아크들을 찾아보지만, 때로는 기대에 미치지 못할 때
도 있다. 작가가 의도한 아크를 우리가 못 본 것인가? 아니면 캐
릭터 아크 없는 스토리처럼 영혼 없는 것이 실제로 존재할 수도
있을까?

캐릭터 아크 없이 스토리를 쓸 수 있는가?

한마디로 말해서, 그렇다. 충분히 가능하다. 이건 결국 픽션이다. 뭐든 가능하다!

캐릭터 아크는 사람들이 살아가면서 마음가짐, 세계관, 개인적 패러다임을 바꾸는 순간들을 중심으로 전개된다. 하지만 수많은 흥미로운 일이 급격한 개인적 성장 없이도 일어날 수 있다.

그 예로 우리 남매들의 어릴 적 이야기를 해보겠다.

그 시절 우리가 가장 좋아했던 영화는 〈대탈주〉였다. 우리는 뒷마당에 나가서 전쟁 포로 놀이를 했다. 마당 주변을 두른 울타리가 수용소 담인데, 우리는 땅굴을 파서 감시병을 피해 도망쳐야 했다. 모두 신나는 일이었다.

하지만 우선 배역을 정해야 했다. 캐스팅은 언제나 거의 같은 방식으로 진행되었다. 내가 가장 나이가 많았기(그리고 대장 노릇을 했기) 때문에 배역을 먼저 골랐는데, 그 말은 당연히 내가 항상 스티브 매퀸이 되어야 한다는 걸 의미했다.

남동생은 항상 제임스 가너였으며, 그건 정말 훌륭한 차선책이었다.

그러고는 여동생이 남았다.

막내는 항의에도 불구하고 어쩔 수 없이 늘 '또 다른' 미군이 되어야 했다.

장담하건대 여러분도 아마 그 배역은 기억조차 못 할 것이다. 어릴 때 우리는 그 이름조차 몰라서 적당히 따분한 이름을 지어

캐릭터 아크 만들기

미키 브라운이라고 불렀다.

그게 막내가 항상 되어야 했던 인물이었다. 스티브 매퀸이나 제임스 가너가 될 수는 없었다. 솔직히 말해 우리가 여동생을 수용소에서 탈출하게 해준 적은 없었던 것 같다. 탈출을 시도하다가 항상 총에 맞는 식이었다.

말할 것도 없이 막내는 절대 남동생과 내가 그 일을 잊게 놔두지 않는다.

이제 우리 셋은 그 일을 꽤 괜찮은 스토리라고 여기고, 얘기할 때마다 재미있어한다. 하지만 그런 패턴은 우리의 〈대탈주〉 열풍이 지속되던 동안에는 계속 반복되었기 때문에, 안타깝게도 그 일이 개인적 성장과 관련되었다고 말할 수는 없다.

이것이 바로 캐릭터 아크가 없는 스토리다.

실생활에서 일어나는 일은 픽션에도 적용된다. 어떤 일이 일어나고 그 일이 '흥미롭지만' 캐릭터 아크가 없다고 해서, 엄청나게 웅장한 이야기가 남아 있지 않다는 뜻은 아니다.

캐릭터 아크 = 스토리, 캐릭터 아크 부재 = 상황

『작가The Writer』라는 잡지에 실린 제프 라이언스의 글 「대도시 경찰이 작은 해안 마을로 이동…A Big-City Cop Moves to a Small Coastal Town…」(2013년 9월)에서는 다음과 같은 네 가지 기준을 사용하여 '스토리'와 '상황'을 구별한다.

[1] 상황은 분명하고 직접적인 해결책이 있는 문제 또는 곤경이다. [2] 상황은 캐릭터를 드러내는 것이 아니라, 문제 해결 능력을 시험한다. [3] 상황에는 서브플롯, 예상 밖의 전개 또는 뒤얽힌 관계가 (거의) 없다. [4] 상황은 처음과 동일한 감정적 공간에서 시작되고 끝난다.

두 번째 기준이 특히 중요하다. 캐릭터 아크가 없는 스토리라도 그 주인공은 무언가를 원하고, 그것을 얻기 위한 계획이 있으며, 앞을 가로막는 반대에 부닥칠 것이다. 그 과정에서 분명 몇 가지 사실과 기술을 배우게 된다. 하지만 적대자를 물리치기 위해 근본적인 개인적 변화를 겪을 필요는 없다. 그 삶에 어떤 **거짓**이 있더라도 이 스토리의 사건들로부터 도전을 받지는 않을 것이다.

라이언스의 정의에 따르면 스티븐 스필버그의 〈레이더스〉는 스토리가 아니라 상황이다. 인디아나 존스에게는 캐릭터 아크가 없다. 그는 영화의 말미에도 처음과 동일한 사람이다. 이것이 스토리에 해를 끼쳤는가? 전혀. 어느 누구도(자기가 만드는 작품이 B급 영화라고 확신했던 스필버그도) 이 영화가 너무 심오한 주제의 이야깃거리라며 비난할 일은 없을 것이다. 하지만 관객을 여전히 매료시키는 이 영화는 시대를 초월한 혁신적 오락물이다.

아크 부재와 플랫 아크를 구별하는 법

플랫 아크 또한 주인공 개인의 내적 변화를 수반하지 않는다. 그렇다면 아크가 없는 스토리와 무슨 차이가 있는가?

핵심은 **플랫 아크** 스토리에는 그래도 **거짓**과 **진실**이 포함되어 있다는 것이다. 하지만 **체인지 아크**와는 달리 주인공은 이미 **진실**을 지니고 있으며, **진실**을 가지고 '주변'의 인물들과 세계를 변화시킬 수 있다. 반대로 '아크가 없는' 스토리에서는 **진실**과 **거짓** 사이의 공방이 없을 것이다.

아크 없는 스토리는 주로 액션과 어드벤처 장르에서 나타나는데, 캐릭터들의 물리적 여정과 생존에 중점을 둔다. 첫눈에 우리는 모든 액션 환경을 이러한 조합에 넣고 싶을지도 모른다. 하지만 이러한 종류의 스토리 상당수는 비교적 얕은 **거짓**과 **진실**들을 포함하고 있기에 **플랫 아크** 스토리가 된다.

예를 들어 〈쥬라기 공원〉(내가 가장 좋아하는 사례 하나로 돌아가자면)은 비록 서브플롯에 **포지티브 체인지 아크**를 포함하고 있지만, 본질적으로는 〈인디아나 존스〉 시리즈만큼이나 '상황'이다. 그러나 〈인디아나 존스〉와 달리 〈쥬라기 공원〉은 '생명은 통제할 수 없는 것'이라는 **진실**을 이용해 자기들이 처한 위험한 세상을 보호하고 변화시키려 하는 과학자 주인공들을 **플랫 아크** 캐릭터로 등장시킨다.

이러한 유형의 **진실**은 햄릿의 "사느냐 죽느냐"라는 실존적 **진실**만큼 주제가 심오하지는 않겠지만, 표면적으로는 아크가 필요

없는 것처럼 보이는 스토리에도 새로운 차원을 더할 수 있다.

캐릭터 아크 없이 스토리를 써도 되는가?

이제 중요한 질문으로 넘어가겠다. 캐릭터 아크 없이 스토리를 쓰는 것을 고려해도 되는가?

이 질문에 대한 답이 정해져 있지는 않다. 캐릭터 아크 없이도 이야기를 쓰는 것은 '가능'하고, 게다가 놀랍도록 재미있는 이야기를 쓸 수 있다. 여러분에게 상황만으로도 잘 진전되는 스토리가 하나 있는데 굳이 아크를 넣다가 '망치고 싶지' 않다면, 그렇게 한번 해보자.

하지만 나는 〈쥬라기 공원〉의 **플랫 아크**처럼 비록 미미하더라도 세심하게 구성된 캐릭터 아크를 통해 개선하지 못한 스토리는 아직 본 적이 없다. 라이언스는 자신의 글에서 이렇게 말한다.

상황은 우리를 즐겁게 하고, 스토리는 우리를 즐겁게 하는 '동시에' 인간이 된다는 것이 무엇을 의미하는지 가르쳐준다.

여러분 앞에 놓인 선택지들을 고려해보자. 지금 쓰려는 스토리에서 아크를 제외할 경우 장단점은 무엇인가? 직감에 귀를 기울이되, 단순한 의무감만으로 캐릭터 아크를 넣지는 말자.

"존재는 변화요,
 변화는 성숙이며,
 성숙은 끝없이
 자신을 창조하는 일이다."

앙리 베르그송

27

시리즈물에서는
캐릭터 아크를 어떻게 쓰는가?

요즘에는 꽤 많은 스토리들이 여러 편짜리 시리즈 중 한 부분으로서 펼쳐진다. 3부작에서 많게는 30부작 이상에 이르는 시리즈의 각 편은 결말을 뚜렷하게 보여주지 않는다. 지금까지 나는 주로 단일 스토리의 구조 내에서 캐릭터 아크를 다루면서, 고전적인 **3액트**(3막) 플롯의 중요한 구조적 순간들을 사용하여 타이밍을 맞추어왔다. 하지만 캐릭터 아크가 세 개의 액트 이상, 즉 한 편 이상에 걸쳐 펼쳐진다면?

시리즈물에 아크를 넣는 두 가지 방법

다음 두 가지 방법 중 하나로 시리즈물의 캐릭터 아크를 다룰 수 있다.

1. 시리즈 전체에 걸친 하나의 캐릭터 아크

'스타워즈' 3부작, 브렌트 위크스의 '나이트 에인절' 3부작, 스티븐 로헤드의 '킹 레이븐' 3부작, 수잰 콜린스의 '헝거 게임' 3부작과 같이 시리즈가 끊김 없이 죽 흘러가는 하나의 스토리를 담고 있다면, 작가는 아마도 시리즈 전체를 가로지르는 하나의 캐릭터 아크를 구현하기를 원할 것이다. 1편에서 시작된 캐릭터 아크는 3편(마지막 편)이 끝날 때에야 완성된다.

2. 시리즈를 거쳐 가는 다수의 캐릭터 아크

마블 영화 시리즈, 패트릭 오브라이언의 '오브리-매튜린' 시리즈, 루스 다우니의 '로마제국' 시리즈와 같이 시리즈의 각 편 하나하나가 완결적인 별개 에피소드인 경우에는, 각 편에 새로운 캐릭터 아크를 구현할 수 있다. 이 방법을 이용하게 되면, 캐릭터는 각 편에서 새로운 **거짓**을 직면하여 에피소드가 끝날 때까지 극복해야 한다. 이런 **거짓**은 이전 모험과는 완전히 다른 새로운 것이거나, 아니면 캐릭터의 이전 경험을 바탕으로 만들어진다(예를 들어, 토르는 첫 번째 영화에서 **포지티브 체인지 아크**를 겪으며, 이 아크가 설정해주는 **진실**은 두 번째 영화 속 **플랫 아크**의 토대가 된다). 이 방식은 기본적으로 독립적인 캐릭터 아크가 있는 독립적인 스토리와 동일한 공식을 사용하기 때문에 매우 직관적이다.

하나의 큰 맥락이 있는 시리즈에서 캐릭터 아크를 구축하는 방법

하나의 큰 맥락이 있는 시리즈를 집필할 경우, 마치 독립적인 스토리를 집필하는 것처럼 캐릭터 아크를 다루게 된다. (앞부분에서 논의한) 모든 중요한 구조적 순간들이 스토리의 전개 과정에 걸쳐 자리를 잡아야 한다. 다만 타이밍이 널찍하게 분산되어 있다는 점만 다르다.

3부작에서 전체를 가로지르는 캐릭터 아크

3부작은 전체를 가로지르는 하나의 캐릭터 아크에 비교적 쉽게 맞출 수 있다. 세 편이라는 형식이 독립적인 스토리의 세 액트 (**액트 I**은 캐릭터가 비교적 별 소득 없이 **거짓**에 종속되는 시기, **액트 II**는 **진실**을 발견하고 **거짓**으로부터 점점 멀어지는 시기이며, **액트 III**는 **진실**을 통한 자신의 새로운 역량 강화를 선언하는 시기이다)와 흡사하기 때문이다. 오리지널 스타워즈 3부작은 이것이 어떻게 작동하는지를 보여주는 대단히 훌륭하고 확실한 예이다.

그러나 독립적인 하나의 스토리에서는 **액트 II**의 길이가 **액트 I**이나 **액트 III**의 두 배라는 점을 명심해야 한다. 물론 이 말이 3부작의 두 번째 편이 나머지 두 편보다 두 배 길어야 한다는 의

미는 아니다. 실제로는 시리즈 한 편당 한 액트로 깔끔하게 나누어떨어지지는 않는다는 것을 의미한다. **액트 II**는 첫 편의 4분의 3 지점쯤에서 시작되어 세 번째 편의 4분의 1 지점쯤에서 끝날 것이다. 그럼에도 불구하고, 캐릭터 변화의 타이밍 조절(그리고 전체적인 구조)은 3부작에서 비교적 쉽게 계산해낼 수 있다.

네 편 이상의 시리즈에서 전체를 가로지르는 캐릭터 아크

세 편이 넘는 길이로 확정된 시리즈를 집필하는 경우에도 동일한 기본 원리가 적용되지만, 시리즈의 전체 과정에 걸쳐 아크가 원활하게 펼쳐지도록 하려면 타이밍 조절을 조금 더 깊이 생각해야 할 것이다.

3액트 구조는 네 섹션(**액트 I, 액트 II 전반부, 액트 II 후반부, 액트 III**)으로 깔끔하게 나뉘기 때문에, 4부작 시리즈는 사실 3부작 못지않게 쉽다. 하지만 그 이후에 편수를 더 추가할수록 타이밍과 속도 조절이 복잡해진다.

보너스 팁: 시리즈를 이용하여 캐릭터 아크에 깊이 더하기

여기까지는 이 모든 것이 아주 간단하지 않은가? 시리즈의 모든 편에 걸치도록 캐릭터 아크를 늘이거나, 각각의 편에 새 아크를 하나씩 만든다. 하지만 (마법처럼) '둘 다' 할 수 있다면?

하나의 큰 맥락을 가진 시리즈일지라도, 각 편은 세 개의 액트, 시작, 중간, 결말, 극적 질문을 던지는 오프닝, 그 질문에 답하는 해결로 맺는 결말 등 그 자체로 완결성을 갖추어야 한다. 중심 플롯과 주인공의 캐릭터 아크가 개별 편을 넘어 펼쳐지더라도, 각 편마다 고유한 독립적 상황 또한 전개할 수 있다.

이런 조건이 캐릭터 아크에 어떻게 작용하는가?

이를테면 주인공이 자기가 겁쟁이라고 믿는 큰 **거짓**을 기반으로 하는, 3부작 전체를 가로지르는 캐릭터 아크가 있다고 해보자. 그는 3부작 내내 그 **거짓** 때문에 몸부림을 치면서 '용기는 타고나는 덕목이 아니라 선택'이라는 **진실**을 서서히 받아들일 것이다. 아마 이것만으로도 시리즈를 성공적으로 띄우기에 충분할 수도 있다. 하지만 이것을 증폭하는 건 어떤가? 층위와 깊이를 추가한다면?

시리즈의 각 편은 전체를 가로지르는 아크의 구조를 이루는 단순한 구성 요소 그 이상이 될 수 있다. 또한 그 자체로 작고 보조적인 독립 아크가 될 수도 있다. 각 편은 더 작은 **거짓**을 기반으로 더 작은 아크를 만들 수 있다. 이러한 아크 하나하나는 궁극적으로 캐릭터가 시리즈 전체에 걸친 거대 **거짓**을 극복하는 데 도움이 될 것이다. 예를 들어, 1편에서는 '용감한 행동을 하는 것(예: 강도짓을 막는 것)은 사회적 지명을 받은 영웅(예: 경찰)만의 일'이라는 '미니' 거짓을 다룬다면, 2편의 **거짓**은 '두려움은 비겁함이나 다름없다'는 것일 수도 있다.

그러다가 3편에는 '용기의 필요성을 모르는 채로 살 수 있다면 용감한 일을 할 책임이 없다'는 **거짓**을 담을 수도 있다. 하지만 3편은 시리즈 전체를 가로지르는 **거짓**의 정점이기도 하므로, 작가는 더욱 매끄러운 효과를 위해 모든 에너지를 여기 집중하는 것 또한 바랄 것이다.

캐릭터 아크는 독립적인 스토리에 더할 나위 없는 깊이와 울림을 가져다주는 것만큼이나, 시리즈를 평범한 이야기에서 기억에 남을 작품으로 끌어올리기도 한다. 그 복잡한 속도감과 타이밍에 어떤 것을 투입해야 하든 간에, 주제의 힘과 캐릭터 변화에 있어서 열 배를 돌려받을 수 있다. 시리즈에서 캐릭터 아크를 사용하여 더 멀리 나아가는 것을 두려워하지 말자. 독자들은 그런 여러분을 대단히 좋아할 것이다.

이것으로 우리는 캐릭터 아크 탐사의 결론에 도달한다! 여러분이 스토리 이론의 이런 흥미로운 면을 즐겁게 배우고, 자신만의 이야기를 펼칠 수 있는 유용한 도구들을 모았기를 바란다. 놀라운 주인공에 걸맞은 스토리를 쓰려면, 먼저 독자들에게 반향을 불러일으켜 마침내 숨을 멈추거나 환호하거나 울부짖게 할 만한 캐릭터 아크를 써야 한다. 아니면 세 가지 다 하게 만들든가! "캐릭터 아크를 어떻게 쓸 것인가?"는 작가에게 그저 오래된 문제가 아니라 '궁극의' 문제이다. **포지티브 체인지 아크, 플랫 아크, 네거티브 체인지 아크**의 원리를 터득하면 어떤 스토리든 자신감 있고 솜씨 있게 쓸 수 있을 것이다.

참고문헌

Ackerman, Angela, Puglisi, Becca, *The Negative Trait Thesaurus* (JADD Publishing, 2013)

Bell, James Scott, *Write Your Novel From the Middle* (Compendium Press, 2014)

Bernhardt, William, *Perfecting Plot* (Babylon Books, 2013)

Gerke, Jeff, *Plot vs. Character* (Writer's Digest Books, 2010)

Hauge, Michael, *Writing Screenplays That Sell* (Collins Reference, 2011)

Lyons, Jeff, "A Big-City Cop Moves to a Small Coastal Town...," *The Writer*, September 2013.

McCollum, Jordan, *Character Arcs* (Durham Cress Books, 2013)

McKee, Robert, *Story* (HarperCollins, 2010)

Morris, Roz, *Writing Characters Who'll Keep Readers Captivated* (Red Season, 2014)

Phillips, Melanie Anne, Huntley, Chris, *Dramatica* (Write Brothers Press, 1999)

Schmidt, Victoria Lynn, *45 Master Characters* (Writer's Digest Books, 2011)

Sicoe, Veronica, "The 3 Types of Character Arc—Change, Growth and Fall," (http://www.veronicasicoe.com/blog/2013/04/the-3-types-of-character-arc-change-growth-and-fall/)

Vogler, Christopher, *The Writer's Journey* (Michael Wiese Productions, 2007)

Williams, Stanley D., *The Moral Premise* (Michael Wiese Productions, 2006)

지난 30년간 교육 현장에서 시나리오 창작과 영화 제작을 지도
하며, 그저 마음 내키는 대로 시나리오를 써서 영화를 만들려는
학생들에게, 영화는 밑도 끝도 없이 진행되는 이야기(스토리)가
아니라 대부분의 소설처럼 '기승전결'의 분명한 선형 구조를 가
진 짜임새 있는 이야기(플롯)라는 사실을 끊임없이 상기시켜야
했다. 그러면서 영화는 건축물과 같은 구조체로서, '바닥-벽-지
붕'의 순서로 쌓아 올리는 건물처럼 '설정-대립-해결'의 순서로
여러 요소를 유기적으로 배열, 서술하는 '3막(액트) 구조'의 시나
리오를 기반으로 하여 만들어가야 한다는 점을 이해시켜야 했
다. 한편으로, 성취해야 할 목표나 해결해야 할 문제를 지닌 주
인공, 주인공의 목표 성취나 문제 해결을 가로막거나 지연시키
는 장애물 역할을 하는 적대자 등 극적 요소로서의 캐릭터가 중
요하다는 것을 재차 강조했다. 더 나아가서 성공적인 영화의 결
정적 요인인 사실적이고 입체적인 '살아 있는' 캐릭터의 창조 과
정에 대해 제대로 설명하고 '가르쳐야' 했다.

  하지만 플롯을 구조적으로 설명할 수 있는 것과는 달리, 플롯
과 불가분의 관계인 캐릭터 특성과 변화를 플롯 구조만큼 똑 부
러지게 설명하기가 쉽지 않았다. 특히 캐릭터 변화에 대해서는,

이야기가 진전되면서 결국 주인공이 변화하든가 아니면 주인공이 세상을 변화시킨다고 막연하게 설명하거나, "얻는 것이 있으면 잃는 것이 있고, 잃는 것이 있으면 얻는 것이 있다"는 식으로 플롯, 캐릭터 변화, 주제 사이의 연관성에 대해 조금 더 설명하는 정도였다. 어떻게 하면 캐릭터 변화에 대해 자세히 설명하고 분명히 이해시킬 수 있을까? 이러한 의문과 열망을 품고 참고할 만한 자료를 찾던 중 소설 작가이자 글쓰기 지침서 저자인 K.M. 웨일랜드가 캐릭터 아크를 상세히 설명해놓은 웹사이트가 눈에 띄었고, 특히 이 책 서문에도 언급된 "캐릭터는 플롯을 주도하고, 플롯은 캐릭터 아크를 주조한다"는 문구에서 눈이 멎었다.

이 책 『캐릭터 아크 만들기』는 3막 구조의 영화(또는 소설)에서 각 액트 및 플롯의 주요 전환점인 **구성점** 등에서 캐릭터에게 어떤 변화가 일어나고 그러한 캐릭터 변화가 플롯에 어떤 영향을 미치는지, 다시 말해 플롯과 캐릭터 아크 사이에 놓인 불가분의 상관관계를 다룬다. 플롯의 시작 부분에서 주인공은 자신이 믿는 **거짓** 또는 **진실**에 따라 행동하고 생각하다가 플롯이 전개되면서 점차 변화를 겪게 된다. 그 패턴은 결말에서 주인공이 긍정적으로 변화하는 **포지티브 체인지 아크**, 그 반대로 주인공이 부정적으로 변화하는 **네거티브 체인지 아크**, 그리고 주인공이 주변 세계를 변화시킬 뿐 자신은 변화하지 않는 **플랫 아크** 등으로 나눌 수 있다. 저자는 이 세 가지 주요 캐릭터 아크가 실제로 적용된 수많은 작품을 분석하면서 독자의 이해를 돕는다. 이와 더불어 각 장 끝의 폭넓은 '질문'을 통해 독자가 실제로 창작 중인 이야기에 필요한 캐릭터 아크의 여러 가지 요소를 스스로 점검해볼 수 있도록 함으로써 성공적인 캐릭터 아크 만들기에 실질적인 도움을 준다. 이 책이 캐릭터 창조와 변화에 대해 고민하는 모든 예비 작가에게 길잡이가 되어줄 것은 물론, 전문 작가에게도 유용한 도움이 될 것이라 기대한다.

2022년 4월
박지홍

캐릭터 아크 만들기

캐릭터 변화 곡선으로 탄탄한 스토리를 구축하는 법

초판 1쇄 펴낸날 | 2022년 5월 25일
초판 2쇄 펴낸날 | 2023년 11월 30일

지은이 | K.M. 웨일랜드
옮긴이 | 박지홍

편집 | 김성천, 김인숙
디자인 | 부추밭
마케팅 | 박병준
관리 | 김세정

펴낸이 | 박세경
펴낸곳 | 도서출판 경당
출판등록 | 1995년 3월 22일(등록번호 제1-1862호)
주소 | (04002) 서울시 마포구 월드컵북로5나길 18 대우미래사랑 209호
전화 | 02-3142-4414~5
팩스 | 02-3142-4405
이메일 | kdpub@naver.com

ISBN 978-89-86377-63-7 03800
값 20,000원

ㅇ 잘못 만들어진 책은 구입처에서 바꾸어드립니다.